임동석중국사상100

산해경

山海經

晉, 郭璞 註/淸, 郝懿行 箋疏/袁珂 校註
林東錫 譯註

〈神農 採藥圖〉

象犀珠玉珍怪之物有悦於人之耳目而不適於用而用之金石草木絲麻五穀六材有適於用用之則弊取之則竭悦於人之耳目而適於用用之而不弊取之而不竭賢不肖之所得各因其才仁智之所見各隨其分才分不同而求無不獲者惟書乎

丁亥菊秋錄東坡李氏山房藏書記 丘堂 呂元九

"상아, 물소 뿔, 진주, 옥. 진괴한 이런 물건들은 사람의 이목은 즐겁게 하지만 쓰임에는 적절하지 않다. 그런가 하면 금석이나 초목, 실, 삼베, 오곡, 육재는 쓰임에는 적절하나 이를 사용하면 닳아지고 취하면 고갈된다. 그렇다면 사람의 이목을 즐겁게 하면서 이를 사용하기에도 적절하며, 써도 닳지 아니하고 취하여도 고갈되지 않고, 똑똑한 자나 불초한 자라도 그를 통해 얻는 바가 각기 그 자신의 재능에 따라주고, 어진 사람이나 지혜로운 사람이나 그를 통해 보는 바가 각기 그 자신의 분수에 따라주되 무엇이든지 구하여 얻지 못할 것이 없는 것은 오직 책뿐이로다!"

《소동파전집》(34) 〈이씨산방장서기〉에서 구당(丘堂) 여원구(呂元九) 선생의 글씨

책머리에

도연명陶淵明은 〈독산해경讀山海經〉이라는 시의 첫 구절에서 "맹하(孟夏, 음력 4월 한여름)에 밭 갈기를 대강 마치고 잠시 망중한의 틈을 내어 《주왕전》을 보다가 《산해경》 그림도 훑어보도다. 위아래 온 우주를 두루 구경하는 것이니 즐겁지 않을 수 있겠는가?(汎覽周王傳, 流觀山海圖. 俯仰終宇宙, 不樂復何如)" 라 하였다.

나도 글을 쓰다가 지치거나 혹 그날 목표량을 마치고 잠시 쉴 때면 우리나라 지도를 보다가 다시 세계지도를 펴들고 편안히 누워 온갖 상상을 다하는 재미를 느낄 때가 있다.

옛사람들도 이러한 책, 더구나 그림까지 곁들인 상상의 책, 거짓말이고 아니고를 떠나 신비한 꿈을 꾸게 하는 책을 버리지 아니하고 가끔은 즐겨 보았을 것이다. 그러한 책은 시공時空에 얽매인 현실을 훌쩍 넘어 먼 미지의 세계를 마음놓고 날아다닐 수 있게 해주며, 나아가 그 책을 지은 저자보다 더 거짓다운 허상의 세계를 만들어 내가 창조주가 되어도 된다는 행복감을 줄 수도 있다. 그리고 그러한 삼매경에 빠졌을 때에는 그야말로 물아양망 物我兩忘의 편안함을 느낄 수 있을뿐더러 와각蝸角과 같은 이 좁은 세계에서 아웅다웅하는 내 모습이 참다운 '나 자신'이 아닐 수도 있다는 안도감도 맛볼 수 있을 것이다.

근엄하고 현실주의적이며 실증적인 사람이 이 책을 보면 황당하다는 느낌을 넘어, "이렇게까지 기괴한 내용을 책인 양 꾸며 수천 년을 이어왔단 말인가?"라고 의아해할 것이다. 아니 "이러한 것이 무슨 가치가 있다고,

중국학이나 중문학, 신화, 전설, 무속, 의약, 지리 등 온갖 연구에 영향을 주었으니 어쩌니 하는가?"라고 할 것이다. 실로 그렇다. '백불일진百不一眞' (백 가지 이야기 중 단 하나도 진짜가 없다)이라고 청나라 때 이미 결론은 내려졌다. 그럼에도 이토록 오랜 시간 중국 사유思惟의 내면을 자리잡고 있었던 것은 무슨 까닭에서인가?

중국과 우리 동양의 도안, 문양, 길상문, 벽화, 전화塼畵, 화상석畵像石, 조각, 예술 등에 나타난 그 기괴하면서도 신비한 그림은 어디서 온 것일까? 아니 우리나라 고구려 사신도나 고운 한식 건축 속에 있는 십이지상十二支像, 궁궐 앞의 해치海豸, 그리고 용상, 봉황, 신선도 등을 보라. 어디 사람 몸에 쥐를 포함한 12가지 띠를 형상화한 모습이 실제 있는가? 그럼에도 우리는 거부감 없이 아름다움과 신비함, 그리고 나아가 제액除厄과 초복招福의 원초적 믿음까지 갖게 되지 않는가? 바로 이러한 것이다.

아주 멀고 오랜 옛날, 중국 초창기 사람들은 그러한 상상의 신비한 기록을 공간 위주로 설정하였다. 즉 지리에 그 상상의 그림을 채워 넓혀나간 것이다. 시간은 거기에 설정하지 않았다. 왜? 시간은 그 공간 위에 서로 함께 저절로 편재遍在하고 있기 때문이다. 동심원을 중심으로 동서남북과 중앙의 산이라는 기준점을 마련하여 있을 수 있는, 있어야 하는 온갖 동식물을 그곳에 나서 살고 생육하며 퍼져나가도록 생명을 불어넣었다. 그리고 당시 지구 구조는 사방 바다가 땅을 둘러싸고 있다고 믿었다. 이에 그 바다 너머, 아니면 그 바다 안쪽에도 시간과 공간이 있을 것이므로 반드시 어떠한 구조와 생명이 있을 것으로 여겨 그곳 세계를 설정하였던 것이다.

그리하여 이름을 '산과 바다'라는 두 축을 중심으로 불려왔던 것이다. 그러나 분명 《산해경》이라는 뜻은 '산과 바다에 대한 경전'이라는 뜻은 아니다. 공간의 확대를 위한 경유, 방향으로 보아 그렇게 방위를 경유하여 넓혀가는 경로라는 뜻의 '경經'이다.

  이 책은 기술 방법이 아주 정형화되어 있고 단순하다. 즉 "어디로 몇 리에 무슨 산이 있고, 그 산에는 무슨 나무나 풀, 광물이 있다. 그리고 무슨 짐승(동물)이 있다. 그중 어떤 것은 어떤 병의 치료에 약이 된다, 혹은 그것이 나타나면 사람들에게 어떠한 재앙이나 복을 준다"는 따위의 공식이다. 이른바 〈산경山經〉 480여 가지 기록은 모두가 이렇다. 그런가 하면 이른바 〈해경海經〉도 "어디에 어떠한 기괴한 종족의 나라가 있다. 그들은 전혀 상상할 수 없는 이상한 생김이다"의 틀을 이루고 있다. 다만 뒤편에 이르면 고대 중국 인명을 가탁(?)하여 원시 역사의 어떠한 사건을 겪었다는 내용이다. 그러나 그것도 아주 추형雛形의 거친 기록이다. 따라서 다른 기록의 역사적 사실을 방증 자료로 설명해도 맞지도 않는다. 서사성敍事性도 빈약하고 내용도 얼핏 보아 앞뒤가 맞지도 않는다. 기승전결의 긴장감도 없고, 사용된 문자도 일관성이 없이 벽자투성이이다. 그럼에도 겉으로 드러난 본문을 이해하는 데에는 그다지 힘을 들이지 않아도 된다. 공식대로 대입代入하면 되기 때문이다. 그러나 속에 든 내용은 무엇을 뜻하는지 도무지 알기 어렵다. 바벨탑이 무너진 직후 사람들이 제각기 떠들어대는 소리와 같다.

  그래서 진晉나라 때 곽박郭璞의 주注와 청淸나라 때 학의행郝懿行의 전소箋疏 등을 바탕으로 그 자질구레한 소문자를 있는 대로 동원하여 보았지만 역시 미진하기는 마찬가지이다. 그래서 본 역주자는 우선 전체를 868개의 문장으로 세분하고 일련번호를 부여함과 동시에 모두 해체하듯 뜯어놓고 다시 맞추어보았더니 역시 작업을 해볼 만한 가치를 느꼈다. 그러나 이 방면이 전공이 아니고 다만 중국고전이라는 고정된 관념을 가지고 정리한 것인 만큼 제대로 기대만큼 완성된 결과는 얻지 못하였음을 자인한다. 그저 이를 교재로 하거나 입문서로 사용하고자 하는 이들에게 초보적 자료를 제공한다는 의미에서 작업을 마무리하고 이쯤에서 손을 떼는 것이 학문에 대한 도리요 면책이라 여긴다. 강호제현의 많은 질책과 편달을 기다린다.

취벽헌醉碧軒 연구실에서 사포莎浦 임동석林東錫이 적음.

일러두기

1. 이 책은 《산해경전소山海經箋疏》(阮氏琅嬛仙館開雕本. 臺灣 藝文印書館 印本, 1974, 臺北)를 저본으로 하고, 〈사고전서四庫全書〉본本 《산해경山海經》과 《산해경광주山海經廣注》, 그리고 〈사부비요四部備要〉본 《산해경전소山海經箋疏》, 〈사부총간四部叢刊〉본 《산해경山海經》, 〈사고전서회요四庫全書薈要〉본, 〈속수사고전서續修四庫全書〉본, 〈백자전서百子全書〉본, 〈백가총서百家叢書〉본, 〈환독루還讀樓〉본(巴蜀書社 印本 1985) 등을 일일이 대조하여 정리, 완역한 것이다.

2. 현대 원가袁珂의 《산해경전역山海經全譯》(貴州人民出版社, 1994)은 좋은 참고가 되었으며, 한국에서 출간된 정재서鄭在書 교수의 《산해경山海經》(1985, 民音社) 역시 큰 도움이 되었다.

3. 그 밖의 현대 중국에서 출간된 도서들, 《신역산해경新譯山海經》(楊錫彭, 臺灣三民書局, 2007), 《산해경역주山海經譯註》(沈薇薇, 黑龍江人民出版社, 2003), 《산해경山海經》(史禮心, 北京華夏出版社, 2007), 《산해경山海經》(李豐楙, 金楓出版社, 홍콩), 《산해경山海經》(倪泰一, 重慶出版社, 2006. 이는 서경호, 김영지에 의해 번역 출간됨. 안티쿠스 2009), 《도해산해경圖解山海經》(徐客, 南海出版社, 2007) 등도 모두 참고하여 도움을 받았다.

4. 원문역주에 충실하고자 하였으며, 신화적 해석이나 학술적 고증 등은 사학의 전문가에게 미루어 기다리고자 하였다.

5. 전체 18권(39 분류)을 총 868개의 장절章節로 나누고, 해당 장절의 대표 제시어를 제목으로 삼았으며 다시 전체 일련번호와 해당 분류의 소속 번호를 괄호 안에 부여하여 찾아보기 편리하도록 하였다. 단 868개의 분류와 제목은 절대적인 것은 아니며 역자가 합리적이라 생각하는 기준과 판단에 의해 정한 것이다.

6. 역문을 제시하고 원문을 실었으며 뒤이어 주석을 자세히 넣어 읽기와 대조, 연구에 편리하도록 하였다. 주석은 곽박郭璞의 전문(傳文, 注文), 학의행郝懿行의 전소箋疏, 그리고 원가의 교정을 싣고 아울러 원가의 현대적 교정에 대한 내용도 충실히 반영하고자 하였다. 그 외 원가가 언급한 오임신吳任臣, 양신楊愼, 손성연孫星衍, 필원畢沅, 왕불汪紱 등의 의견도 해당부분에 정리하여 실었다.

7. 그림 자료는 원래 청淸 오임신吳任臣의 《산해경광주山海經廣注》와 청 왕불 汪紱의 《산해경도본山海經圖本》, 명明 호문환胡文煥의 《산해경도山海經圖》, 명 장응호蔣應鎬의 《해내경도海內經圖》, 청 학의행郝懿行 《산해경도본山海經圖本》, 청 필원畢沅 《산해경도본山海經圖本》 등의 그림이 널리 다른 책에 전재되어 있어 이를 옮겨 싣거나 혹, 청《금충전禽蟲典》, 청《오우여화보 吳友如畫寶》, 청《이아음도爾雅音圖》 및 《삼재도회三才圖會》 등을 참고하여 해당부분에 제시하여 이해에 도움이 되도록 하였다.

8. 부록으로 곽박의 《산해경도찬山海經圖讚》을 싣고 각 문장마다 일련 번호의 숫자로 원전의 출처를 표시하여 대조할 수 있도록 하였다. 아울러 《산해경》 서발 등 관련자료와 도연명陶淵明의 〈독산해경讀山海經〉 13수도 실어 참고로 삼도록 하였다.

9. 본 책의 역주에 참고한 도서와 문헌은 대략 다음과 같다.

❀ 참고문헌

1. 《山海經箋疏》 郝懿行(撰) 阮氏琅嬛僊館開雕 藝文印書館(印本) 1974 臺北
2. 《山海經箋疏》 郝懿行(撰) 還讀樓(校刊本) 巴蜀書社(印本) 1985 四川 成都

3. 《山海經》晉 郭璞(注) 四庫全書 子部(12) 小說家類(2) 異聞之屬 商務印書館(印本) 臺北

4. 《山海經廣注》清, 吳任臣(注) 四庫全書 子部(12) 小說家類(2) 異聞之屬 商務印書館(印本) 臺北

5. 《山海經箋疏》郭璞(傳) 郝懿行(箋疏) 四部備要(47) 中華書局(印本) 1989 北京

6. 《山海經圖讚》郭璞(撰) 四部備要(47) 中華書局(印本) 1989 北京

7. 《山海經訂譌》郝懿行(撰) 四部備要(47) 中華書局(印本) 1989 北京

8. 《山海經敍錄》四部備要(47) 中華書局(印本) 1989 北京

9. 《山海經》晉 郭璞(傳) 四部叢刊 初編 子部 書同文 電子版. 北京

10. 《山海經箋疏》清 郝懿行(撰) 續修四庫全書(印本) 子部 小說家類 上海古籍出版社 上海

11. 《山海經》晉 郭璞(撰) 乾隆御覽四庫全書薈要(印本) 史部 吉林人民出版社 吉林 長春

12. 《山海經》郭璞(注) 畢沅(校) 孫星衍(後序) 諸子百家叢書本 上海古籍出版社 (印本) 1989 上海

13. 《新譯山海經》楊錫彭(注譯) 三民書局 2007 臺北

14. 《山海經》晉 郭璞(傳) 百子全書(本) 岳麓書社 1994 湖南 長沙

15. 《山海經》晉 郭璞(撰) 掃葉山房本 民國8(1919년) 印本

16. 《山海經圖贊》晉 郭璞(纂) 百子全書(本) 岳麓書社 1994 湖南 長沙

17. 《山海經補注》明 楊慎(撰) 百子全書(本) 岳麓書社 1994 湖南 長沙

18. 《山海經全譯》袁珂(譯註) 貴州人民出版社 1994 貴州 貴陽

19. 《山海經譯注》沈薇薇(二十二子詳注全譯) 黑龍江人民出版社 2003 黑龍江 哈爾濱

20. 《山海經》史禮心·李軍(注) 華夏出版社 2007 北京

21. 《山海經》李豐楙, 龔鵬程 金楓出版有限公司 1987 홍콩 九龍

22. 《山海經》倪泰一·錢發平(編譯) 重慶出版社 2006 重慶

23. 《山海經》倪泰一·錢發平(編著) 서경호·김영지(역) 안티쿠스 2009 한국 파주

24. 《圖解山海經》徐客(編著) 南海出版社 2007 南海 海口

25. 《山海經·穆天子傳》張耘(點校) 岳麓書社 2006 湖南 長沙

26. 《山海經·穆天子傳》譚承耕(點校) 岳麓書社 1996 湖南 長沙

27. 《山海經》鄭在書(譯註) 民音社 1985 서울

28. 《華陽國志》晉 常璩(輯撰) 唐春生(等) 譯 重慶出版社 2008 重慶

29. 《穆天子傳·神異經》송정화·김지선(譯註) 살림 1997 서울

30. 《海內十洲記》漢 東方朔(撰) 四庫全書 子部(12) 小說家類(2) 異聞之屬 商務印書館(印本) 臺北

31. 《漢武故事》漢 班固(撰) 四庫全書 子部(12) 小說家類(2) 異聞之屬 商務印書館(印本) 臺北

32. 《漢武帝內傳》漢 班固(撰) 四庫全書 子部(12) 小說家類(2) 異聞之屬 商務印書館(印本) 臺北

33. 《洞冥記》漢 郭憲(撰) 四庫全書 子部(12) 小說家類(2) 異聞之屬 商務印書館(印本) 臺北

34. 《拾遺記》前秦 王嘉(撰) 四庫全書 子部(12) 小說家類(2) 異聞之屬 商務印書館(印本) 臺北

35. 《搜神記》晉 干寶(撰) 林東錫(譯註) 東西文化社 서울

36. 《搜神後記》晉 陶潛(撰) 四庫全書 子部(12) 小說家類(2) 異聞之屬 商務

印書館(印本) 臺北

37. 《異苑》宋 劉敬叔(撰) 四庫全書 子部(12) 小說家類(2) 異聞之屬 商務印書館(印本) 臺北

38. 《續齊諧記》梁 吳均(撰) 四庫全書 子部(12) 小說家類(2) 異聞之屬 商務印書館(印本) 臺北

39. 《集異記》唐 薛用弱(撰) 四庫全書 子部(12) 小說家類(2) 異聞之屬 商務印書館(印本) 臺北

40. 《博異記》唐 谷神子(撰) 四庫全書 子部(12) 小說家類(2) 異聞之屬 商務印書館(印本) 臺北

41. 《杜陽雜編》唐 蘇鶚(撰) 四庫全書 子部(12) 小說家類(2) 異聞之屬 商務印書館(印本) 臺北

42. 《稽信錄》宋 徐鉉(撰) 四庫全書 子部(12) 小說家類(2) 異聞之屬 商務印書館(印本) 臺北

43. 《博物志》晉 張華(撰) 林東錫(譯註) 東西文化社 서울

44. 《西京雜記》漢 劉歆(撰) 林東錫(譯註) 東西文化社 서울

45. 《神仙傳》晉 皇甫謐(撰) 林東錫(譯註) 東西文化社 서울

46. 《山海經神話系統》杜而未(著) 學生書局 1980 臺北

47. 《中國神話研究》玄珠(撰) 출판연도 등 미기재 臺北

48. 《山海經裏的故事》蘇尙耀·陳雄 國語日步社 1979 臺灣 臺北

49. 《古巴蜀與山海經》徐南洲(著) 四川人民出版社 2004 四川 成都

50. 《神異經》漢 東方朔(撰) 晉 張華(注)

51. 《海內十洲記》漢 東方朔(撰)

52. 《別國洞冥記》漢 郭憲(撰)

53. 《穆天子傳》晉 郭璞(注)

54. 《拾遺記》前秦 王嘉(撰) 梁 蕭綺(錄)

55. 《續博物志》宋 李石(撰)

56. 《述異記》梁 任昉(撰)

57. 《玄中記》晉 郭璞(撰)

58. 《獨異志》唐 李冗(撰)

59. 《堅夷志》宋 洪邁(撰)

60. 《錄異記》五代 杜光庭(撰)

61. 《括異志》宋 張師正(撰)

62. 《神異經》漢 東方朔(撰) 晉 張華(注)

　　　기타 《三才圖會》《太平御覽》《初學記》《北堂書鈔》《藝文類聚》
《文選》《水經注》《竹書紀年》《淮南子》《楚辭》《爾雅》《說文解字》《廣韻》
《集韻》《史記》《漢書》《後漢書》《三國志》《晉書》《四庫全書總目提要》

　※ 공구서 등 기타 일부 일반적인 자료는 기재를 생략함.

해제

1. 《산해경》 개설

《산해경》은 중국 고대 전적 가운데에 가장 기이한 기서奇書이다. 선진先秦 시대에 이미 출현한 책이면서 그 내용은 주로 지리·물산·신화·지질·천문· 기상·동물·식물·의약·무속·종교·민족·역사·이문異聞·이적異跡·금기·민속· 고고·수리水利·인류학·해양학·과학사 등 이루 헤아릴 수 없이 많은 정보를 담고 있어 백과사전과 같다. 그러나 기술이 단편적이고 설명이 지나치게 추형雛形이어서 지금 우리가 원하는 형식을 갖춘 그러한 지식전달의 책은 물론 아니다. 그보다 오히려 '백불일진百不一眞', 즉 백 가지 중 하나도 진짜가 없는 내용으로 상상력의 한계가 어디까지인가를 보여주는 흥미롭고 이상하며, 이해할 수 없는 형상을 천연스럽게 거론하고 있는, 그야말로 불가사의한 몽상으로 가득 차 있는 기록이다. 그래서 사마천司馬遷도 "《우본기》나 《산해경》에 있는 괴물들에 대하여 나는 감히 말할 수 없다 (至《禹本紀》·《山海經》所有怪物, 余不敢言之也.《史記》大宛傳贊)"라 한 것이다.

《산해경》은 모두 18권으로 구성되어 있으며 총 3만 1천여 자에 868장 (이는 역자가 나눈 것이며 확정적인 것은 아님)으로 구성되어 있다. 우선 크게 '산경 山經'과 '해경海經'으로 나눌 수 있다. '산경'은 비교적 순서와 기술이 일관된 형식을 갖추고 있으며 남·서·북·동 네 방위에 다시 중앙을 넣어 이른바 오방五方으로 축을 이루고 있다. 그 때문에 이를 흔히 '오장산경五臟山經, 五藏山經'이라 한다. 그리고 다시 각 '산경'에는 1차, 2차, 3차 등 차수별로 '중산경'의 경우 12차경까지 모두 세부적으로는 26의 소부류로 나눌 수 있다.

이에 우선 알기 쉽게 목록을 표로 보이면 다음과 같다.

〈산해경 목록 표〉

經	卷	經名	番號	小題目	範圍	項數	備考
山經	1	南山經	1－1	南山經	001－010	10	
			1－2	南次二經	011－028	18	
			1－3	南次三經	029－043	15	
	2	西山經	2－1	西山經	044－063	20	
			2－2	西次二經	064－081	18	
			2－3	西次三經	082－104	23	
			2－4	西次四經	105－125	21	
	3	北山經	3－1	北山經	126－151	26	
			3－2	北次二經	152－168	17	
			3－3	北次三經	169－217	49	
	4	東山經	4－1	東山經	218－230	13	
			4－2	東次二經	231－248	18	
			4－3	東次三經	249－258	10	
			4－4	東次四經	259－268	10	
	5	中山經	5－1	中山經	269－284	16	
			5－2	中次二經	285－294	10	
			5－3	中次三經	295－300	6	
			5－4	中次四經	301－310	10	
			5－5	中次五經	311－326	16	
			5－6	中次六經	327－341	15	
			5－7	中次七經	342－361	20	
			5－8	中次八經	362－385	24	
			5－9	中次九經	386－402	17	
			5－9	中次十經	403－412	10	
			5－10	中次十一經	413－461	49	
			5－11	中次十二經	462－481	20	
海經	6	海外南經			482－505	24	
	7	海外西經			506－528	23	
	8	海外北經			529－550	22	
	9	海外東經			551－567	17	
	10	海內南經			568－585	18	
	11	海內西經			586－606	21	
	12	海內北經			607－638	32	
	13	海內東經			639－676	38	
	14	大荒東經			677－713	37	
	15	大荒南經			714－744	31	
	16	大荒西經			745－794	50	
	17	大荒北經			795－828	34	
	18	海內經			829－868	40	868

이 '산경'의 서술 형식은 '어디로부터 몇 리에 무슨 산이 있으며 그 산에는 어떠한 동식물, 또는 광물이 있고, 그곳에서 어떠한 물이 발원하여 어디로 흐른다'는 식의 기본 틀을 바탕으로 일부 다른 내용이 간단히 첨가되는, 거의 일관된 공식을 가지고 있으며 내용은 아주 단순하다.

다음으로 '해경'의 경우 '해외경'과 '해내경', '대황경' 그리고 다시 '해내경' 등 크게 넷으로 나눌 수 있으며 내용은 기문奇聞, 이전異傳, 원시 역사, 천문, 역법 등 아주 다양하고 잡다한 것으로 이루어져 있다.

이 《산해경》은 구전에 우禹와 익益이 기록한 것이며 나아가 일설에 〈우정도禹鼎圖〉의 그림에서 나온 것이라 하나 이는 믿을 수 없다. 지금 많은 이들의 연구에 의하면 이 책은 어느 한 시대, 한 사람의 손에 이루어진 것이 아니며 대체로 전국 초기부터 한나라 초기까지 남방 초楚나라와 파촉巴蜀 지역 사람들의 손을 거쳐 전해져 오다가 서한 말 유수(劉秀, 劉歆)에 의해 정리된 것으로 보고 있다. 특히 이 지역은 무속에 관한 활동과 기록이 활발한 곳으로 뒤에 《화양국지華陽國志》도 바로 같은 지역을 중심으로 하고 있으며 따라서 《산해경》의 발원지로써 무관하지 않음을 알 수 있다.

특히 구체적으로 '산경'과 '해경'은 그 기록시기가 각기 다르다. '산경'은 무축巫祝들이 고대 이래 전해오던 무사巫事를 기록한 일종의 무서巫書로써 그들의 세계관과 무업巫業 수행을 위한 오방위五方位의 명산대천과 동식물, 그곳을 주관하고 있는 신에 대한 제사와 정상禎祥, 동식물과 광물, 약재와 치료, 금기와 축사逐邪 등을 초보적으로 기록한 것이라 보고 있다. 시기는 전국시대 초기, 혹은 중기에 이루어진 것이며 이 시기에 어느 정도 모습을 갖춘 기록물로 존재했을 것으로 보인다는 것이다.

다음으로 '해경'은 방사方士들이 구성한 것이며 해내외의 특수지역, 혹은 나라와 종족에 대한 상상력과 전문傳聞을 바탕으로 이를 고대 신화와 혼합하여 기술한 것이다. 시기는 대체적으로 진대秦代부터 서한西漢 초기에 이루어진 것으로 보고 있다.

　　그리고 뒷부분 '대황경'(14·15·16·17)과 '해내경'(18) 5권은 원래 '해경'의 일부였으나 서한 말 유수가 정리할 때 산거刪去하여 나라에 바치지 않고 폐기하다시피 한 것이다. 그러나 이것이 없어지지 않고 전해내려 오다가 진晉나라 때 이르러 곽박郭璞이 주를 달면서 다시 본 책과 합쳐져 독립적 편목으로 뒤쪽에 이어져 14권부터 18권까지 자리를 잡게 된 것이다. 그 때문에 《한서漢書》 예문지藝文志에는 「《산해경》 13편」으로 기록된 것이다.

　　그리고 유수(흠)가 이 《산해경》을 정리하고 산정刪定하면서 비로소 매 편마다 '경經'이라는 이름을 넣어 경서經書의 의미처럼 쓰였다는 것이다. 그러나 실제 이는 경서의 의미를 가진 것은 아니었다. '경'은 그저 '경유, 경맥, 경력, 경과'의 가벼운 뜻을 가지고 있었을 뿐인데 이것이 마치 경전經典이나 경전經傳의 의미를 말한 것처럼 오해를 불러일으키게 하였다는 것이다.

　　앞서 말한 대로 《산해경》이 다루고 있는 범위와 내용은 매우 넓고 다양하다. 유흠의 〈산해경표山海經表〉에 의하면 '안으로는 오방 산을 구분하고, 밖으로는 팔분八分의 바다를 나누어, 진기한 보물, 기이한 물산, 이방의 생물, 조수초목, 곤충, 인봉麟鳳, 수토水土의 차이, 정상禎祥의 은장隱藏, 사해 밖 절역絶域의 나라와 특수한 인종' 등을 모두 포괄하여 기술하고 있다고 하였다. 이는 고대 중국인들의 일상생활에서 실제 상상력을 발휘하기도 하고, 질병으로부터의 구제, 하늘과의 소통을 염원한 내용들로써 그중에는 원시적인 신화, 종교, 미신, 전설, 무속 등을 담고 있다. 따라서 문학연구가들은 이 《산해경》을 중국 신화의 보고寶庫로 여기고 있으며 이에 대해 큰 이의를 제기하지 않고 있다. 이를테면 '과보축일夸父逐日', 천지창조와 보수의 여와 女媧 신화, 동해바다를 끝없이 메우고 있는 정위精衛의 안타까운 이야기, 서왕모西王母, 치우蚩尤와 황제黃帝의 전투, 은殷 민족과 주周 민족의 시조 신화, 삼황오제三皇五帝의 이름과 발명품들, 도끼를 들고 춤을 추고 있는 형천(刑天, 形天)의 모습 등과 삼청조三靑鳥, 삼수三首, 기굉奇肱, 우민羽民, 흑치 黑齒, 초요焦僥 등 이루 헤아릴 수 없는 기이한 종족과 생김새의 이야기는 풍부한 당시 사람들의 염원과 상상을 엿볼 수 있는 귀중한 자료이다. 더구나 역사적으로도 이미 널리 알려진 대우大禹의 치수, 공공共工과 계啓에 대한 기록 등은 일부 고대사의 실질적 기록임이 분명하다고 보기도 한다.

　이러한 원시 기록으로 그들의 산천과 자연신에 대한 숭배와 제사, 풍속과 금기, 고통과 질명 치료, 무격巫覡들의 역할과 기도 등, 인류가 비로소 미개 에서 초보적 문명으로 넘어가는 과정의 변화를 증명해 낼 수 있다.

　이처럼 《산해경》의 신화는 수적으로 다량일 뿐만 아니라 원시시대의 정서와 상황을 비교적 원형대로 유지하고 있다는 면에서 오히려 그 가치를 두어야 할 것이다. 그 뒤 중국은 유가儒家의 영향으로 '실질적이고 가시적인 것만을 믿는' 전통과 관념에 의해 결국 신화와 전설에 대한 기록이 제대로 발전하지 못하였다. 그 때문에 이 《산해경》은 신화학, 종교학에 있어서 중요한 가치를 인정받고 있는 것이다. 동시에 고대 역사, 지리, 물산, 의학,

광물 등에 상당한 원시자료를 담고 있으며 특히 신화는 초사 천문과의 내용이 연결되어 있고, 《목천자전穆天子傳》과도 상당한 관련이 있는 것으로 보아 문학 발전에도 깊은 영향을 주었다. 그리고 후대 《회남자淮南子》의 내용으로도 증명이 가능하여 도가의 입장에서도 널리 원용되고 있으며 문학적으로는 《초사楚辭》의 〈천문天問〉과 깊은 관련이 있다.

게다가 이웃나라인 우리의 고대 민족 형성과정, 일본, 몽골, 인도를 거쳐 널리 중앙아시아와 남방 이민족의 신기한 원시 습속을 그대로 담고 있어 당시의 우주관과 소문, 전문에 대한 기록이 이토록 다양한가 하고 놀라기도 한다. 이를테면 우리와 관련이 있는 조선朝鮮·숙신肅愼·불함不咸·개국蓋國·군자국君子國·삼한三韓·옥저沃沮 등이 원문과 주석에 언급되어 있고, 일본이 자신들의 신화를 적었다고 여기는 부상국扶桑國 등이 있어 이들이 초기 이웃 미지의 민족에 대한 신비한 관점도 살펴볼 수 있다.

한편 《산해경》에 대한 연구는 당연히 서한 유슈(劉秀, 劉歆)의 정리를 시작으로 진晉나라 때 이르러 곽박郭璞의 주석, 명대 양신楊愼, 왕숭경王崇慶을 거쳐, 청대 오임신吳任臣, 왕불汪紱, 필원畢沅을 필두로 한 고증학자들의 교주의 집대성인 학의행郝懿行의 《산해경전소山海經箋疏》로써 일단 대미를 장식하게 된다. 한편 명청대明淸代에는 이 《산해경》에 대한 주소注疏와 역주 및 그림 재구성 등 14종의 판각이 출현하였으며 그중 명 호문환胡文煥의 《산해경도山海經圖》, 청 왕불汪紱의 《산해경존山海經存》, 청 오임신吳任臣의 《산해경광주山海經廣注》(康熙圖本)의 그림이 비교적 널리 알려져 인용되고 있으며 그 외 〈고금도서집성古今圖書集成〉의 《박물회편博物滙編》, 명 장응호蔣應鎬의 《산해경도본山海經圖本》 등도 널리 알려져 있다.

그리하여 청대 총서류, 이를테면 〈사고전서〉, 〈신수사고전서〉, 〈사고전서회요〉, 〈사부비요〉, 〈사부총간〉 등 어디에나 이를 수록하게 되었으며, 현대에 이르러 원가袁珂의 《산해경교주山海經校注》(上海古籍出版社, 1980)가 출현함으로써 완정 단계에 이르게 된 것이다. 그리하여 《산해경》 학술토론을 거쳐 편집된 《산해경신탐山海經新探》(四川省社會科學出版社, 1986)이 나왔으며 지금은 온갖 도해, 해설, 평역 등 수를 헤아릴 수 없을 정도로 많은 해당서와 관련서, 그리고 논문이 중국과 대만 일본, 한국 등에 쏟아져 나와 있다.

그리고 우리나라에서도 일찍이 이미 현대적 해석과 역주, 논문이 출간, 발표되었다. 즉 1978년에 이미 서경호徐敬浩 교수의 당시 석사학위 논문이 《산해경》에 대한 것이었으며, 뒤이어 정재서鄭在書 교수에 의해 《산해경》(민음사)이 출간되어 당시 '오늘의 책'으로 선정되어, 수상함으로써 학술적 가치를 인정받았다. 그리고 다시 서경호 교수는 《산해경연구》(1995)라는 전문 연구서를 출간하였으며 2009에는 예태일倪泰一 · 전발평錢發平 편역의 《산해경》(重慶出版社)을 번역하여 이 방면의 연구에 큰 도움을 주고 있다. 그 외에 소논문들이 봇물을 이루어 쏟아지고 있으며 특히 "정재서 교수는 여기에서 그치지 않고 《산해경》을 동북아 특유의 상상력 원천을 보여주는 자료라는 입장에서 연구를 진행하여 많은 성과를 거두고 있으며, 이러한 연구는 중국인 학자들도 아직 시도한 적이 없기 때문에 어찌 보면 정교수의 업적을 통해 국내의 《산해경》에 대한 이해의 수준이 중국보다 한 걸음 더 나아가 있다고 해도 지나친 말은 아닐 것이다"(서경호 평언)라는 단계에 와 있다.

2. 산해경의 몇 가지 문제들

산해경은 내용과 체제, 학문 분류 등에 여러 가지 설을 가지고 있다. 이를 간단히 살펴보기로 하자. 우선 작자 문제이다.

유흠은 〈산해경표〉에서 이렇게 말하였다.

《山海經》者, 出於唐虞之際. 昔洪水洋溢, 漫衍中國, 民人失據, 崎嶇於丘陵, 巢於樹木. 鯀起無功, 而帝堯使禹繼之. 禹乘四載, 隨山栞木, 定高山大川. 蓋與伯翳主驅禽獸, 命山川, 類草木, 別水土. 四嶽佐之, 以周四方, 逮人跡之所希至, 及舟輿之所罕到. 內別五方之山, 外分八方之海, 紀其珍寶奇物, 異方之所生, 水土草木禽獸昆蟲麟鳳之所止, 禎祥之所隱, 及四海之外, 絶域之國, 殊類之人. 禹別九州, 任土作貢, 而益等類物善惡, 著《山海經》. 皆賢聖之遺事, 古文之著明者也."

이에 따라 우禹가 곤鯀의 치수사업을 이어받아 산천을 두루 돌아다니며 견문으로 얻은 것을 기록한 것이며, 뒤이어 익益이 여기에 선악을 구분하고자 이 책을 지었다는 것이다. 결론적으로 우와 익의 작품이라는 것이다.

왕충王充의 《논형論衡》에도 이를 그대로 적고 있다. 그러나 하우夏禹시대는 실제 역사적 사실을 그대로 믿을 수 없는 부분이 많고 나아가 책 속에 기재된 내용도 우와 익 자신들에 대한 것도 있으며, 그들 보다 후세인 성탕成湯이 걸桀을 정벌한 내용이 있으며, 더구나 은나라 왕자 해亥의 사건, 주周나라 문왕文王의 장지葬地에 대한 기사, 그리고 진한秦漢 때에 이르러 설치된 군현郡縣 이름인 장사長沙, 상군象郡, 여기餘曁, 하휴下巂 등의 이름이 보이는 것으로 보아 우와 익이 지었다는 것은 전혀 믿을 수가 없게 되었다. 이에 주희朱熹와 호응린胡應麟 등은 "전국 시대 호사가들이 《목천자전》과 《초사》의 〈천문

天問〉을 바탕으로 지은 것"(戰國好奇之士, 本《穆天子傳》·天問而作)이라는 설을 제시하였다. 근세 연구에 의하면 반드시 《목천자전》과 〈천문〉을 한계로 할 것은 아니지만 역시 전국시대에서 진한 시대에 걸쳐 이루어진 책임에는 동의하고 있다. 그러나 책이 이때에 이루어졌다 해도 그 자료와 내용은 당연히 상고시대의 소재임에는 틀림이 없다. 초기에는 구전으로 전해오다가 점차 기록으로 정착되었으며, 유포과정에서 변형을 거치고 증가되어 결국 문자화 되었음은 지금의 《산해경》 내용 속에 얼마든지 찾을 수 있다.

다음으로 이 기이한 책을 어떻게 보았으며 어떤 부류로 분류하였는가 하는 문제이다. 우선 《한서》 예문지에서는 이를 수술략數術略의 형법가形法家로 분류하였다. 《한서》 예문지에 인용된 《칠략七略》에는 "大擧九州之勢, 以立城郭室舍, 形人及骨法之度數, 器物之形容, 以求其聲氣貴賤吉凶"이라 하였고, 그에 저록된 책 이름도 《산해경》 외에 《국조國朝》, 《궁택지형宮宅地形》, 《상인相人》, 《상보검相寶劍》, 《상육축相六畜》 등으로 실제 관상, 골상학, 점복 등이다. 따라서 이에 맞지 않으며 같은 곳 수술가에 대한 해제에도 "數術者, 蓋明堂羲和史卜之職也. 史官之廢久矣, 其書旣不能具, 雖有其書而無其人"이라 하여 《산해경》 내용과 그리 어울리지 않는다. 유수의 표에도 지리박물지서라 하여 수술가에 귀속시키지는 않았다. 그러다가 《수서隋書》 경적지經籍志와 《신구당서新舊唐書》 예문지藝文志에는 모두 이를 사부史部 지리류地理類에 귀속시켰다. 그러나 호응린은 이의를 제기하여 "《산해경》은 고금의 괴이한 일을 기록한 원조(山海經者, 古今語怪之祖)"라 하여 이를 소설小說에 넣어야 한다고 보았으며, 〈사고전서총목제요四庫全書總目提要〉 등에도 "窮其本旨, 實非黃老

之言. 然道里山川率難考據, 案以耳目所及, 百不一眞, 諸家幷以爲地理書之冠, 亦爲未允. 核實定名, 實乃小說之最古者耳"라 하여 '소설의 가장 오래된 것일 뿐'이라고 강력하게 주장하고 있다. 이에 지금의 〈사고전서〉에는 "자부(子部, 12), 소설가류(小說家類, 2), 이문지속異聞之屬"으로 분류하였고, 다만 〈사고전서 회요〉본에는 사부史部 지리류地理類로 넣어 분류하고 있다.

세 번째로 《산해경》이 「무서巫書」였음을 주장한 내용이 설득력을 얻고 있음에 대한 토론이다.

원시 사회를 이해하고 그 입장에서 보면 이는 〈무서〉일 가능성이 더 높다. 노신魯迅은 《중국소설사략中國小說史略》〈신화와 전설〉편에서 "記海內外山川神祇異物及祭祀所宜, 以爲禹・益作者固非, 而謂因楚辭而造者亦未是; 所載祠神之物多用糈, 與巫術合, 蓋古之巫書也"라 하였다. 특히 고대 상나라 때까지 중국 원시 사회에서 무축巫祝의 임무와 역할은 상당히 중시되었다. 《국어國語》 초어楚語에도 "古者民神不雜, 民之精爽不携貳者, 而又能齊肅衷正. 其知能上下比義, 其聖能光遠宣朗, 其明能光照之, 其聰能聽徹之. 如是則神明降之, 在男曰覡, 在女曰巫"라 하여 무격巫覡의 절대적 권위에 대한 경외와 믿음을 가지고 있었으며, 신과 소통하는 이들의 기록이 바로 이 산해경이며 그러한 내용을 아주 풍부히 담고 있다. 그런가 하면 《예기禮記》 왕제王制에 "天子祭名山大川, 諸侯祭名山大川之在其地者"라 하여 천자와 제후는 명산대천에 제사를 올리는 것을 아주 중시하였고 이를 담당한 무축들은 자신의 경내 산천에 대한 자세한 정보와 자료를 가지고 있지 않으면 안 되었을 것이다. 이를 위한 기록이 바로 이 《산해경》이라는 것이다.

또한 이들 무축은 사관史官의 임무를 겸하고 있었다. 천자와 수령의 계보를 하늘과 연관지어 정확히 알고 있어야 했기 때문이다. 따라서 본 책의 황제, 여와, 염제, 태호, 소호, 전욱, 제준, 제요, 제곡, 제순, 단주, 제우, 제대 등 일련의 족보는 모두가 무축들이 기본적으로 파악하고 있어야 하는 필수 사항이다. 그 때문에 그들의 출생과 혈통, 나아가 분파된 부족, 그리고 전쟁과 발전, 발명품과 업적 등을 메모 형식으로라도 지니고 있어야 한다. 이를테면 서방西方의 천제天帝는 헌원지구軒轅之丘에 살고 있으며 그 처는 뇌조(雷祖, 纍祖) 등에 대한 내용과, 나아가 그 아들 창의昌意가 한류韓流를 낳고 한류가 전욱顓頊을 낳았으며, 다른 아들 낙명駱明이 백마白馬를 낳았고 이가 곤鯀이며 또 다른 아들 우호禺㹁가 우경禺京을, 혹은 묘룡苗龍이 융오融吾를, 융오가 농명弄明을, 농명이 백견白犬을 낳았다는 등의 사실도 기록으로 소지하고 있었던 것이다. 그리고 황제黃帝가 치우蚩尤를 죽이고 기夔를 항복시켰다는 등의 활동 상황도 기록으로 가지고 있을 필요를 느꼈던 것이다.

　'의醫'자는 고대 '의毉'로 표기하여 무격이 치료의 임무도 담당하였음을 알 수 있다. 그 때문에 각 지역의 동식물로 어떠한 질환을 치료하거나 예방하며 고칠 수 있는지에 대한 정보나 지식도 이들이 학습하고 있어야 할 과목이었다. 그 때문에 《산해경》 각 산마다 이러한 내용을 곁들여 설명하고 있다.

　따라서 결론적으로 《산해경》은 '무서'라 보는 설이 비교적 타당한 힘을 얻고 있다.

3. 《산해경》 주석, 전소, 교정 등에 관련된 인물들

오늘날 《산해경》을 그나마 쉽게 접하고 내용을 알 수 있도록 연구하고 노력한 이들은 서한 유수로부터 진나라 곽박, 명대 오임신, 청대 왕불, 왕념손, 왕숭경, 필원, 학의행을 거쳐 현대의 원가를 들 수 있다. 이들의 약전을 간단히 살펴보면 다음과 같다.

1) 유수(劉秀: ?~23)

본명은 유흠劉歆. 서한 말 패沛 땅 사람으로 자는 자준子駿. 뒤에 이름을 수秀로 고치고 자도 영숙穎叔이라 함. 유향劉向의 아들로 어려서 시서詩書 등에 능통하였고 문장에도 능하였음. 성제成帝 때 황문랑黃門郎이 되어 아버지와 함께 여러 책들을 교정하는 일에 참여하였음. 애제哀帝 때 봉거광록대부奉車光祿大夫에 올랐으며 왕망王莽이 정권을 쥐자 중루교위中壘校尉·경조윤京兆尹에 올라 홍휴후紅休侯에 봉해짐. 왕망이 결국 한나라를 찬탈하여 제위에 오르자 국사國師가 되어 가신공嘉新公에 봉해짐. 뒤에 모반을 꾀하다가 누설되자 자결함. 유흠은 고문경古文經 《모시毛詩》, 《고문상서古文尚書》, 《일례逸禮》, 《좌씨춘추左氏春秋》 등을 학관學官에 세울 것을 강력히 주장하였으나 당시 태상박사太常博士들의 반대에 부딪치기도 함. 아버지의 뒤를 이어 비부秘府의 서적들을 정리하여 《칠략七略》을 지었으며 중국 목록학目錄學의 가장 위대한 업적으로 평가를 받고 있으며 이는 《한서漢書》 예문지藝文志에 전재되어 있음. 그의 저술로는 《삼통력보三統曆譜》가 있으며 중국 처음으로 원주율圓周率을 계산해내기도 하였다 하며 이를 '유흠율劉歆率'이라 함. 명나라 때 집일된 《유자준집劉子駿集》이 있으며 《한서》(36)에 전이 있음.

2) 곽박(郭璞: 276~324)

동진東晉 하동河東 문희聞喜 사람으로 자는 경순景純. 학문에 밝고 고문기자古文奇字를 좋아하였으며, 천문, 역산曆算, 복서卜筮, 점술占術, 음악, 문장, 시부 등에 다방면에 뛰어났음. 특히 그의 〈유선시遊仙詩〉 14수는 진대晉代 문학의 백미로 널리 알려져 있음. 당초 서진西晉이 망하자 강을 건너 남쪽으로 내려와 선성태수宣城太守 은우殷佑의 참군參軍이 되었으며 당시 실력자 왕도王導의 신임을 얻기도 하였음. 동진 원제元帝가 그를 저작좌랑著作佐郎에 임명하자 왕은王隱과 함께 《진사晉史》를 찬수하였으며, 그 뒤 상서랑尙書郎에 올랐다가 다시 왕돈王敦의 기실참군記室參軍이 됨. 그때 자신의 점괘를 믿고 왕돈의 모반을 저지하다가 왕돈에게 죽임을 당하고 말았음. 뒤에 홍농태수弘農太守로 추증되었음. 그는 《이아爾雅》, 《방언方言》, 《산해경山海經》, 《목천자전穆天子傳》 등에 주를 달아 지금도 매우 뛰어난 업적으로 평가받고 있음. 집일본 《곽홍농집郭弘農集》이 전하며 《진서晉書》(72)에 전이 있음.

3) 오임신(吳任臣: ?~1689)

청淸나라 때의 경학자. 절강浙江 인화仁和 사람으로 자는 지이志伊. 혹은 이기爾器. 어릴 때 자는 정명征鳴이었으며 호는 탁원託園. 강희康熙 18년(1679) 박학홍유과博學弘儒科에 2등으로 급제하여 검토檢討의 직위를 얻고 《명사明史》 찬수관纂修官에 충원됨. 그는 당시 뛰어난 학자 이인독李因篤, 모기령毛奇齡 등과 사귀었으며 고염무顧炎武는 그를 '박문강기博聞强記'한 자라 탄복하였다 함. 《십국춘추十國春秋》, 《주례대의보周禮大義補》, 《산해경광주山海經廣注》, 《춘추정삭고변春秋正朔考辨》, 《탁원시문집託園詩文集》 등이 있으며 그의 《산해경광주》는 〈사고전서〉에 수록되어 있음.《국조선정사략國祖先正事略》(27)에 그의 사적이 전함.

4) 왕불(汪紱: 1692~1759)

청淸나라 안휘安徽 무원婺源 사람으로 어릴 때 이름은 훤烜, 자는 찬인燦人, 호는 쌍지雙池. 집이 가난하여 고학으로 그림을 배워 경덕진景德鎭에서 도자기 그림을 그리는 것으로 생업을 삼기도 하였음. 뒤에 복건福建 포성浦城에 이르러 교육과 독서에 힘써 점차 이름이 알려지기 시작하였음. 이에 절浙, 민閩, 감贛 일대의 학자들이 추종하기 시작하였고, 주돈이周敦頤, 정호程顥, 정이程頤, 장재張載, 주희朱熹의 성리학을 종지로 하였으나 너무 많은 범위에 관심을 가져 깊이가 없다는 혹평을 받기도 함.《춘추집전春秋集傳》,《이학봉원理學逢源》,《시운석詩韻析》,《산해경존山海經存》 등과 《쌍지문집雙池文集》이 있으며 그 외 30종의 저술과 주석서들이 있음.

5) 왕념손(王念孫: 1744~1832)

청나라 때 유명한 경학가이며 동시에 교감학자. 강소江蘇 고우高郵 사람으로 자는 회조懷祖, 호는 석구石臞. 어려서 대진戴震에게 수업하여 건륭乾隆 40년(1775)에 진사에 올라 공부주사工部主事가 됨. 다시 가경嘉慶 연간에 영정하도永定河道라는 직책에 올라 치수에 관심을 가져 《도하의導河議》 상하편을 저술하기도 함. 평생을 학문에 전념하여 음운학, 문자학, 훈고학, 교수학校讎學에 큰 업적을 남겼으며 10년에 걸쳐 《광아소증廣雅疏證》을 완성하였고, 다시 《독서잡지讀書雜志》를 남김. 아들 왕인지王引之가 그 학문을 이어받아 《경의술문經義述聞》을 지어 고우왕씨학高郵王氏學의 가학을 이루기도 함. 그 외 《왕석구선생유문王石臞先生遺文》, 《정해시초丁亥詩抄》 등이 있으며, 《비전집보碑傳集補》(39)와 《청사고淸史稿》 열전(68)에 그의 전기가 실려 있음.

6) 왕숭경(王崇慶: 1484~1565)

명明나라 때 대명부大名府 개주開州 사람으로 자는 덕징德徵, 호는 해초자 海樵子. 정덕正德 3년(1508) 진사進士에 급제하여 남경南京의 이부吏部와 예부 禮部의 상서尚書를 역임함. 《주역의괘周易議卦》와 《오경심의五經心義》, 《해초자 海樵子》, 《산해경석의山海經釋義》 등을 남김. 《조준곡문집趙浚谷文集》(5)에 사적이 실려 있음.

7) 양신(楊愼: 1488~1559)

명明나라 때 사천四川 신도新都 사람으로 자는 용수用修, 호는 승암升庵. 양정화楊廷和의 아들로 정덕正德 6년(1511) 진사에 올라 한림수찬翰林修撰을 역임함. 가정嘉靖 초에 경연강관經筵講官을 거쳐 한림학사翰林學士에 오름. 상소를 올리다가 죄를 입어 운남雲南 영창위永昌衛로 좌천되었으며 그곳에서 죽음. 30여 년을 학문에 정진하여 많은 저술을 남겼으며 시詩, 사詞, 산곡散曲 등에도 특장을 보임. 잡저 백 여 종이 있으며 《승암문집升庵文集》이 있음. 《열조시집소전列朝詩集小傳》(丙集)에 그의 전기가 실려 있음.

8) 필원(畢沅: 1730~1797)

청대의 유명한 학자. 청나라 강소江蘇 진양鎭洋 사람으로 자는 양형纕蘅, 혹은 추범秋帆. 어릴 때의 자는 조생潮生. 자호는 영암산인靈巖山人. 건륭乾隆 25년(1760) 갑과甲科에 장원으로 진사에 올라 수찬修撰을 제수받음. 관직이 호광총독湖廣總督에 올랐으며 경학, 사학, 소학(문자학)과 금석, 지리 등에 밝아 통하지 않은 것이 없었다 함. 많은 저술을 남겼으며 특히 사마광司馬光의 《자치통감資治通鑑》을 이어 《속자치통감續資治通鑑》을 지음. 그 외에 《전경표傳經表》, 《경전변정經典辨正》, 《영암산인시문집靈巖山人詩文集》 등이 있으며 이들은 《경훈당총서經訓堂叢書》에 수록되어 있음. 《청사고淸史稿》 열전(30)에 전이 있음.

9) 학의행(郝懿行: 1755~1823)

청대淸代 산동山東 서하棲霞 사람으로 자는 순구恂九, 호는 난고蘭皐. 가경嘉慶 4년(1799) 진사에 올라 호부주사戶部主事를 제수받았으나 21년 동안 낭서郎署의 낮은 직책을 벗어나지 못한 채 학문에 힘써 명물名物, 훈고訓詁, 고거考據 등의 학술에 뛰어난 업적을 남김. 특히 아내 왕조원王照圓 역시 학문에 뛰어난 여성 학자였음. 《이아의소爾雅義疏》와 《산해경전소山海經箋疏》, 《죽서기년교정竹書紀年校正》, 《진송서고晉宋書故》, 《춘추설략春秋說略》 등은 아주 널리 알려져 있으며, 문집으로 《쇄서당집曬書堂集》 등이 있음. 《속비전집續碑傳集》(72)에 그의 전기가 실려 있음.

10) 원가(袁珂: 1916~2001)

사천四川 신도新都 사람으로 1941년 성도화서협화대학成都華西協合大學을 졸업하고 1949년 허수상許壽裳 선생을 따라 대만臺灣으로 이주, 대만성臺灣省 편역관編譯館 편집編輯, 편심위원編審委員 등을 지냄. 중국 신화 연구에 깊이 잠심하여 사천성四川省 사회과학원社會科學院 연구생研究生을 거쳤으며 1984년 중국신화학회中國神話學會를 사천성 아미산峨眉山에서 창립하고 주석主席을 맡기도 하였음. 저술로《중국고대신화中國古代神話》,《고신화선석古神話選釋》,《산해경교주山海經校注》,《신화논문집神話論文集》,《중국신화전설사전中國神話傳說詞典》,《중국신화사中國神話史》등이 있음.

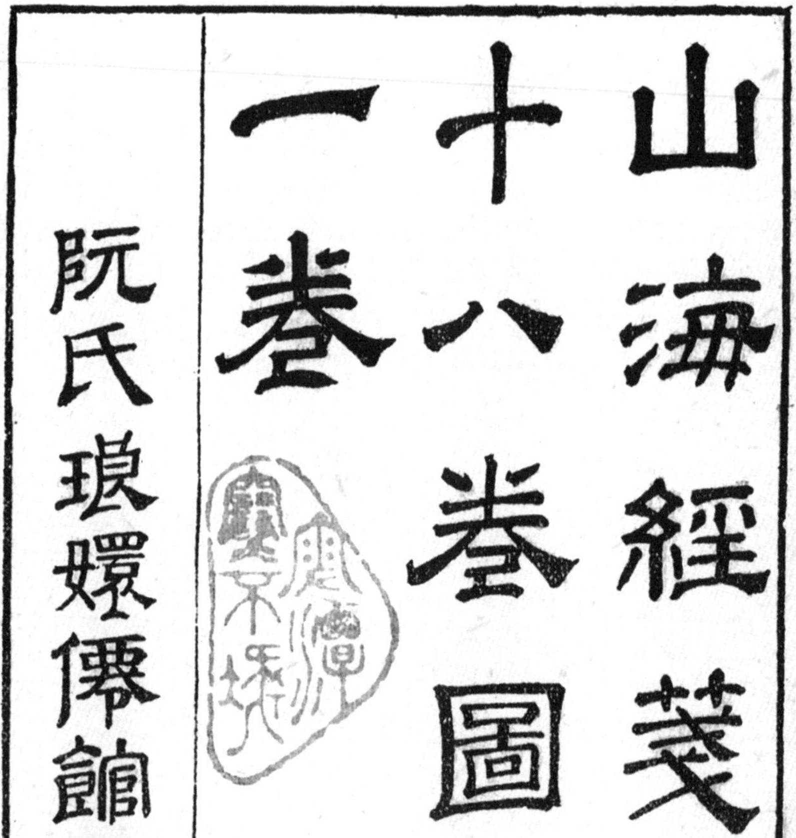

山海經箋疏

十八卷圖讚

一卷

阮氏琅嬛僊館開雕

낭현선(琅嬛僊)본《山海經》표지

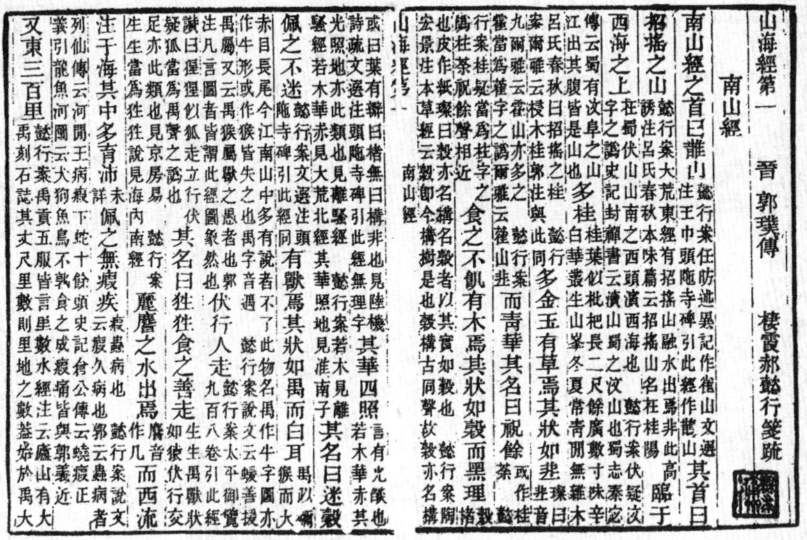
山海經第一　晉　郭璞傳　棲霞郝懿行箋疏
南山經
南山經之首曰䧿山（懿行案任昉述異記作雀山文選注王巾頭陁寺碑引此經作䧿山）其首曰
招搖之山（懿行案大荒東經有招搖山融水出焉非此高誘注呂氏春秋本味篇云招搖山名在桂陽）臨于
西海之上（在蜀伏山山南之西頭濱西海也懿行案伏疑汶字之譌史記封禪書云瀆山蜀之汶山也蜀志秦宓
傳云蜀有汶阜之山江出其腹皆是山也）多桂（桂葉似枇杷長二尺餘廣數寸味辛白華叢生山峯冬夏常青閒無雜木
呂氏春秋曰招搖之桂懿行案爾雅云梫木桂郭注與此同）多金玉有草焉其狀如韭（璨曰韭音韭
九爾雅云藿山亦多之懿行案藿當為藿字之譌爾雅云藿山韭）而青華其名曰祝餘（或作桂茶懿
行案桂疑當為桂字之譌桂茶祝餘聲相近）食之不飢有木焉其狀如穀而黑理（穀楮
也皮作紙璨曰穀亦名構名穀者以其實如穀也懿行案陶宏景注本草經云穀卽今構樹是也穀構古同聲故穀亦名構
山海經箋疏一　南山經
或曰葉有瓣曰楮無曰構非也見陸機詩疏文選注頭陁寺碑引此經無理字）其華四照（言有光燄也若木華赤其
光照地亦此類也見離騷經懿行案若木見離騷經若木華赤見大荒北經其華照地見淮南子）其名曰迷穀
佩之不迷（懿行案文選注頭陁寺碑引此經同）有獸焉其狀如禺而白耳（禺似獼猴而大
赤目長尾今江南山中多有說者不了此物名禺作牛字圖亦作牛形或作猴皆失之也禺字音遇懿行案說文云蝯善援
禺屬又云禺猴屬獸之愚者也郭注凡言圖者皆謂此經圖象然也）伏行人走（懿行案太平御覽九百八卷引此經
讃曰猩猩似狐走立行伏疑狐當為禺聲之譌也）其名曰狌狌食之善走（生生禺獸狀如狼伏行交
足亦此類也見京房易懿行案生生當為狌狌說見海內南經）麗麐之水出焉（麐音作几）而西流
注于海其中多育沛（未詳）佩之無瘕疾（瘕蟲病也懿行案說文云瘕久病也郭云蟲病者
列仙傳云河間王病瘕下蛇十餘頭史記倉公傳云蟯瘕正義引龍魚河圖云犬狗魚鳥不熟食之成瘕痛皆與郭義近）
又東三百里（懿行案禹貢五服皆言里數水經注云廬山有大禹刻石誌其丈尺里數則里地之數蓋始於禹大）

《山海經箋疏》완씨(阮氏) 낭현선관(琅嬛僊館) 개조본(開雕本)

《山海經箋疏》표지 還讀樓 校刊本 巴蜀書社 印本

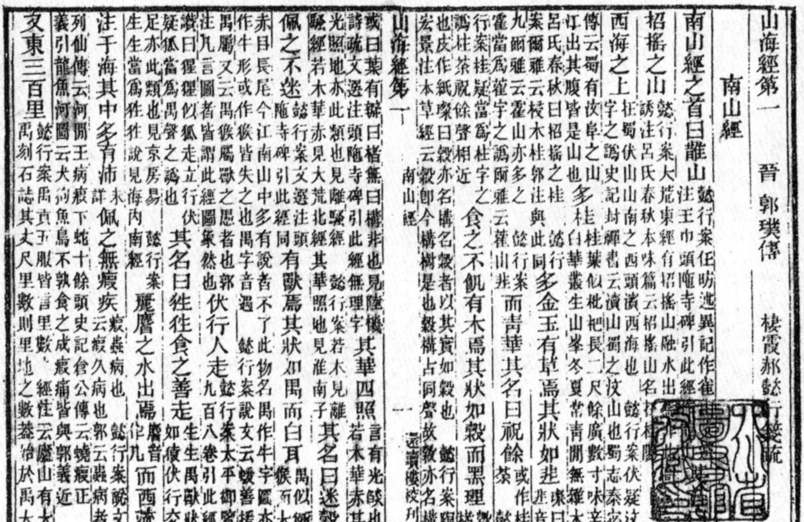

山海經第一　晉 郭璞傳　棲霞郝懿行箋疏

南山經

南山經之首曰䧿山 懿行案任昉述異記作雀[illegible]注王巾頭陁寺碑引此經[illegible]

招搖之山 懿行案大荒東經有招搖山融水出[illegible]誘注呂氏春秋本味篇云招搖山名在桂陽 西海之上 在蜀伏山山南之西頭濱西海也懿行案伏疑汶字之譌史記封禪書云瀆山蜀之汶山也蜀志秦宓傳云蜀有汶阜之山江出其腹皆是山也 多桂 桂葉似枇杷長二尺餘廣數寸味辛白華叢生山峯冬夏常青閒無雜木呂氏春秋曰招搖之桂懿行案爾雅云梫木桂郭注與此同 多金玉有草焉其狀如韭 [illegible]曰韭音九爾雅云霍山亦多之懿行案霍當爲藿字之譌爾雅云藿山韭 而青華其名曰祝餘 或作桂荼懿行案桂疑當爲桂字之譌桂荼祝餘聲相近 食之不飢有木焉其狀如穀而黑理 穀楮也皮作紙璨曰穀亦名構名穀者以其實如穀也懿行案陶宏景注本草經云穀即今構樹是也穀構古同聲故穀亦名構或曰葉有瓣曰楮無曰構非也見陸璣詩疏文選注頭陁寺碑引此經無理字 其華四照 言有光燄也若木華赤其光照地亦此類也見離騷經懿行案若木見離騷經若木華赤見大荒北經其華照地見淮南子 其名曰迷穀 佩之不迷 懿行案文選注頭陁寺碑引此經同 有獸焉其狀如禺而白耳 禺似獼猴而大赤目長尾今江南山中多有說者不了此物名禺作牛字圖亦作牛形或作猴皆失之也禺字音遇懿行案說文云蝯善援禺屬又云禺猴屬獸之愚者也郭注凡言圖者皆謂此經圖象然也 伏行人走 懿行案太平御覽九百八卷引此經讚曰狌狌似狐走立行伏疑狐當爲禺聲之譌也 其名曰狌狌食之善走 生生禺獸狀如猴伏行交足亦此類也見京房易懿行案生生當爲狌狌說見海內南經 麗麐之水出焉 麐音作九 而西流注于海其中多育沛 未詳 佩之無瘕疾 瘕蟲病也懿行案說文云瘕久病也郭云蟲病者列仙傳云河閒王病瘕下蛇十餘頭史記倉公傳云蟯瘕正義引龍魚河圖云犬狗魚鳥不熟食之成瘕痛皆與郭義近

又東三百里 懿行案禹貢玉服皆言里數經注云麐山有大禹刻石誌其丈尺里數則里地之數蓋始於禹大

山海經箋一　南山經　一　還讀樓校刊

《山海經箋疏》還讀樓 校刊本

山海經卷一

南山經

晉 郭璞 撰

南山經之首曰䧿山　其首曰招搖之山臨于西海之上

多桂　桂葉似枇杷長二尺餘廣數寸味辛白花叢生山峯間無雜木

多金玉有草焉其狀如韭　音九　而青花其名曰祝餘　或作茶　食之不飢有木焉其

狀如穀而黑理　穀楮也皮作紙榖音構或以構名之亦以其實如榖也　其華四照　言有光燄也若木華赤其光照地亦類此也見離騷經　其名曰迷穀佩之不迷有

獸焉其狀如禺而白耳　禺似獼猴而大赤目長尾今江南山中多有說者不了此物名禺作牛字圖亦作牛形　伏行人走其名曰狌狌　音生或曰如豭豚狀如獸狀如猿行伏如人見伏行人走此物名也　食之善走　麗𪊨之水出焉　麗音鹿䏶音房易　而西流注于海其中多育沛佩之無瘕疾　瘕蟲病也育沛未詳何物也作几而

又東三百里曰堂庭之山　常一作庭　多棪木　棪實似柰而赤可食　多白猿　今猿似獼猴而大臂脚長便捷色有黑有黃鳴其聲哀　多水玉　水玉水精也　多黃金

相如上林賦曰水玉磊砢又多黃金赤松子所服見列仙傳

又東三百八十里曰猨翼之山其中多怪獸水多怪魚多白玉多蝮虫　蝮虫色如綬文鼻上有針大者百餘斤一名反鼻虫古蝮字　多怪蛇多怪木不可以上　凡言怪者皆謂貌狀倔奇不常也尸子曰徐偃王好怪没深水而得怪魚入深山而得怪獸者多列於庭也

又東三百七十里曰杻陽之山　紐　其陽多赤金　銅也　其陰多白金　銀也見國雅　有獸焉其狀如馬而白首其文如虎而赤尾其音如謠　如人歌聲　其名曰鹿蜀佩之宜子孫　怪水出焉而東流注于憲翼之水其中多玄龜其狀如龜而鳥首虺尾　虺尾蛇　其名曰旋龜其音如判　音片　木佩之不聾　謂帶其皮及尾　可以為底　底躃也亦治胝也外傳曰足以為躃猶治也其音如破木聲　亦或作柢今江東呼鼃不韻者為屬鼃音蝸

又東三百里曰柢山　柢音氐　多水無草木有魚焉其狀如牛陵居蛇尾有翼其羽在魼下　魼亦作脅音協　其音如留牛　或作犁牛莊子曰執犁之狗此類　其名曰鯥　音六　冬死而夏生　言其蟄也此魚之潜亦蟄類也　食之無腫疾

《山海經》四庫全書(文淵閣)本 子部(12) 小說家類(2) 異聞之屬

山海經卷一

南山經

晉　郭璞　註

南山經之首曰䧿山其首曰招搖之山臨于西海之上多桂多金玉有草焉其狀如韭而青花其名曰祝餘食之不飢有木焉其狀如穀而黑理其華四照其名曰迷穀佩之不迷有獸焉其狀如禺而白耳伏行人走其名曰狌狌食之善走麗麂之水出焉而西流注于海其中多育沛佩之無瘕疾又東三百里曰堂庭之山多棪木多白猿多水玉

相如上林賦曰水玉艠㼦赤松子所服見列仙傳多黃金又東三百八十里曰猨翼之山其中多怪獸水多怪魚多白玉多蝮虫多怪蛇多怪木不可以上又東三百七十里曰杻陽之山其陽多赤金其陰有獸焉其狀如馬而白首其文如虎而赤尾其音如謠其名曰鹿蜀佩之宜子多玄龜其狀如龜而鳥首虺尾其名曰旋龜其音如判木佩之不聾可以為底又東三百里曰柢山多水無草木有魚焉其狀如牛陵居蛇尾有翼其羽在鮭下其音如留牛其名曰鯥冬死而夏生食之無腫疾

《山海經》四庫全書薈要本

山海經第一

晉　郭璞傳　　棲霞郝懿行箋疏

南山經

南山經之首曰䧿山。其首曰招搖之山，臨于西海之上，多桂，多金玉。有草焉，其狀如韭而青華，其名曰祝餘，食之不飢。有木焉，其狀如穀而黑理，其華四照，其名曰迷穀，佩之不迷。有獸焉，其狀如禺而白耳，伏行人走，其名曰狌狌，食之善走。麗䴢之水出焉，而西流注于海，其中多育沛，佩之無瘕疾。

又東三百里，曰堂庭之山，多棪木，多白猿，多水玉，多黃金。

又東三百八十里，曰猨翼之山，其中多怪獸，水多怪魚，多白玉，多蝮蟲，多怪蛇，多怪木，不可以上。

又東三百七十里，曰杻陽之山，其陽多赤金，其陰多白金。有獸焉，其狀如馬而白首，其文如虎而赤尾，其音如謠，其名曰鹿蜀，佩之宜子孫。怪水出焉，而東流注于憲翼之水。其中多玄龜，其狀如龜而鳥首虺尾，其名曰旋龜，其音如判木，佩之不聾，可以為底。

又東三百里，曰柢山，多水無草木。有魚焉，其狀如牛，陵居，蛇尾有翼，其羽在……

《山海經》四部備要本

山海經廣注卷一

南山經

　　　　　　仁和吳任臣注

南山經之首曰䧿山。䧿山，山名，即今本山也。又三才圖會有䧿山，俗作鵲。又濟南次州有太鵲山。

其首曰招搖之山，臨于西海之上。招搖，山名也。招搖之山，又名鵲山亦作鵲。䧿之山，又作鵲，俗書𪆡疑。郭曰在蜀伏山。

原鵲順德貨有，摶山㨿神記仲于德水。世民實建德之水，南屬鵲山蓋洞南汝水。跳義云，鵲首招搖之山，山也一曰

多桂，多金玉。郭曰桂葉似枇杷長二尺餘，廣數寸，味辛白花，叢生山峰，冬夏常青閒無雜木。任臣案，王崇慶義云桂有數種，南桂之炎帝今麗桂樹之冬榮。

注自深山桂生，南故嘉州之桂。注山海經圓贊曰桂生南裔，拔萃岑嶺，廣莫鬱然雲蒸，柏挺自楚辭霜華潁王。百藥音九，莫熙舣波霜津頹氣。

有草焉，其狀如韭而青華，其名曰祝餘，食之不饑。郭曰祝餘，或作桂荼。任臣案，雅云祝，餘蓐春分蒼。蕡草皮作紙也，郭曰即菜蕡修賦云，蓋以龜龝賽。

饋圍贊云，不饑祝，此饑其嘉有木焉，其狀如穀而黑理，其華四照，其名曰迷穀，佩之不迷。草食也亦如穀也。柱若木類木赤其光照地亦如火若木類木炤木赤其光照地又熙云昔住劵也。

者以其食如穀也。山海經圖贊曰，迷穀花有光照見不迷，帝集崑凱九衢文帝含四照又啟云五衢異色誤元帝集崔凱九衢花含四照又啟云。

有獸焉，其狀如禺而白耳，伏行人走，其名曰狌狌。即狌狌也，太微經曰狌狌如婦人好來鄰。

狌狌食之善走。太微經生萬獸狀如猴伏見京房易足亦走此。

不迷有獸焉，其狀如禺而白耳，伏行人走，其名曰自招搖厯厥原昧光映衆，背南屬之。作十形弌作搜昔遺禺音遇。

此本其名曰迷穀，五衡乾元王勃元。春華萬頌四照見花頌野草十計四照顏紅閒靈施于右城。

陽臺雞迪之照開四照惟見其榮又榮于百藥賦說開四照。

麗麂之水出焉，而西流注于海，其中多育沛，佩之無瘕疾。育沛未詳。郭曰瘕蟲病也。

又東三百里曰堂庭之山，郭曰堂作常亦。多棪木，郭曰棪似柰赤可食音剡。任臣案爾雅樗棪遫其今谷懷山拵大臂多白猿，獼猴今猿似大臂贊曰。多水玉，郭曰水玉今水精也相如上林賦水玉磊砢。多黃金。

猨腳長便捷由基號慎有先中數如偹環其妙肉。

山海經第一　晉郭璞傳

南山經

南山經之首曰䧿山。招搖之山，臨于西海之上，多桂，多金玉。有草焉，其狀如韭而青華，其名曰祝餘，食之不饑。有木焉，其狀如穀而黑理，其華四照，其名曰迷穀，佩之不迷。有獸焉，其狀如禺而白耳，伏行人走，其名曰狌狌，食之善走。麗𪊨之水出焉，而西流注于海，其中多育沛，佩之無瘕疾。

又東三百里曰堂庭之山，多棪木，多白猿，多水玉，多黃金。

又東三百八十里曰猨翼之山，其中多怪獸，水多怪魚，多白玉，多蝮虫，多怪蛇，多怪木，不可以上。

又東三百七十里曰杻陽之山，其陽多赤金，其陰多白金。有獸焉，其狀如馬而白首，其文如虎而赤尾，其音如謠，其名曰鹿蜀，佩之宜子孫。怪水出焉，而東流注于憲翼之水，其中多玄龜，其狀如龜而鳥首虺尾，其名曰旋龜，其音如判木，佩之不聾，可以為底。

《山海經》續修四庫全書本

山海經第一

晉記室參軍郭璞傳

侍中奉車都尉臣光祿校山海經凡三十二篇今定為一十八篇
定山海經者出於唐虞之際昔洪水漫衍九州
民人失據崎嶇於丘陵巢於樹木鯀既無功而帝乃
殛之禹乘四載隨山刊木定高山大川益與伯翳
驅禽獸命山川類草木別水土四方佐之四嶽周

南山經

南山經之首曰䧿山其首曰招搖之山臨
於西海之上多桂多金玉有草焉其狀如韭而青華其名曰祝餘食之不飢
有木焉其狀如穀而黑理其華四照其名曰迷穀佩之不迷
有獸焉其狀如禺而白耳伏行人走其名曰狌狌食之善走

又東三百里曰堂庭之山多棪木多白猿多水玉多黃金

又東三百八十里曰猿翼之山其中多怪獸水多怪魚多白玉多蝮虫多怪蛇多怪木不可以上

又東三百七十里曰杻陽之山其陽多赤金其陰多白金有獸焉其狀如馬而白首其文如虎而赤尾其音如謠其名曰鹿蜀佩之宜子孫怪水出焉而東流注于憲翼之水其中多玄龜其狀如龜而鳥首虺尾其名曰旋龜其音如判木佩之不聾可以為底

又東三百里柢山多水無草木有魚焉其狀如牛陵居蛇尾有翼其羽在魼下其音如留牛其名曰鯥冬死而夏生食之無腫疾

《山海經》諸子百家叢書本

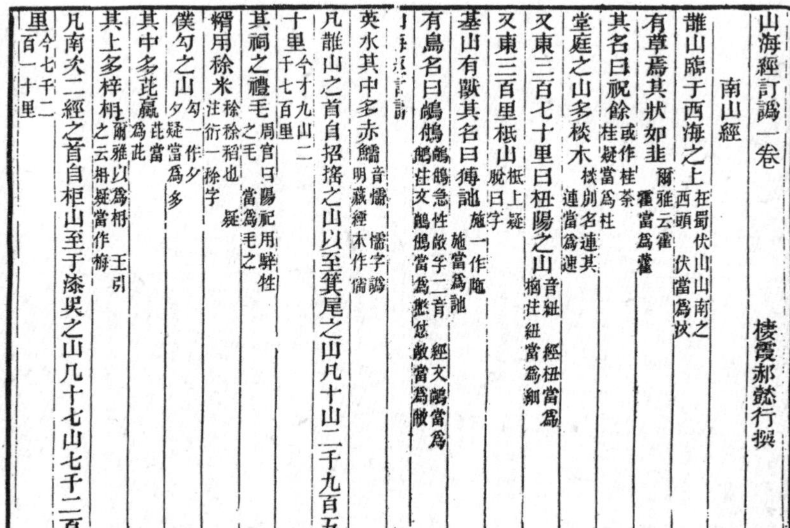

南山經

誰山臨于西海之上　在蜀伏山山南之
西頭伏當為岐

有尊焉其狀如韮　爾雅
云霍當為藿

其名曰祝餘　桂或作荼
疑桂為荼

堂庭之山多棪木　梂刪名
連其當為速

又東三百七十里曰杻陽之山　音紐
梂當為

又東三百里柢山　低上延
脱曰字

基山有獸其名曰猾褢　施當為陁
一作陁

有鳥焉其名曰鵁鶹　鶹急性
文　注住鵁當為
急慈敏當為敏

英水其中多赤鱬　音儒擩字譌
明藏經木作鱬

凡䧿山之首自招搖之山以至箕尾之山凡十山二千九百五
十里　今才九山二
千七百里

其祠之禮毛用　稌稻也
當為毛之

糈用稌米　注衍一稌字
糈當為

僕勾之山　勾一作少
此當為多

其中多帜羸　爾雅以為相
雅以爲柏王引

其上多梓枏　之云相疑當作梅

凡南次二經之首自柜山至于漆吳之山凡十七山七千二百
里　今七十二
里一十里

《山海經訂譌》琅嬛僊館本

山海經訂譌一卷

棲霞郝懿行撰

南山經

䧿山臨于西海之上

有草焉其狀如韭

其名曰祝餘

堂庭之山多棪木

又東三百七十里曰杻陽之山

又東三百里柢山

基山有獸其名曰𤟤

英水其中多赤鱬

凡䧿山之首自招搖之山以至箕尾之山凡十山

其祠之禮毛

僕勾之山勾

糈用稌米

其中多梓枏

其上多枏杻

凡南次二經之首自柜山至于漆吳之山凡十七山七千二百里

糈用稌

禱過之山其下多犀兕

多怪鳥

其汗如漆

有穴焉水出輒入

凡南次三經之首自天虞之山以至南禺之山凡一十四山六千五百三十里

右南經之山志大小凡四十山萬六千三百八十里

西山經

錢來之山有獸名曰羬羊

小華之山鳥多赤鷩

其木多樓枏

浮山多盼木

大如斨而黑端

嶓冢之山漢水出焉而東流注于沔

有草名曰𦬸蓉

天帝之山有鳥名曰櫟

皐塗之山有獸名曰猼訑

黃山盼水出焉

臷途之山有鳥名曰鸚䳇

駃山是錞于西海

凡西經之首自錢來之山至于騩山凡十九山二千九百五十七里

泰冒之山浴水出焉

高山其下多青碧

鹿臺之山

宏陽之山

其木多樗枏豫章

《山海經訂譌》四部備要本

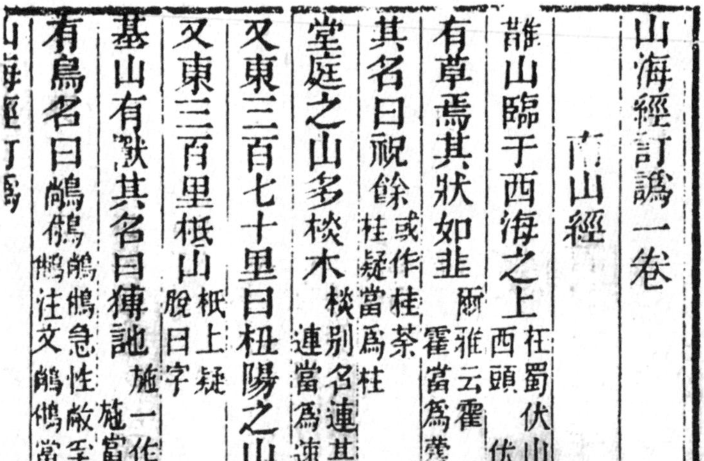

山海經訂譌一卷　　棲霞郝懿行撰

南山經

䧿山臨于西海之上在蜀伏山山南之西頭　伏當爲汶

有草焉其狀如韭爾雅云霍霍當爲藿

其名曰祝餘或作桂茶桂疑當爲柱

堂庭之山多棪木棪別名連其連當爲速

又東三百七十里曰杻陽之山音紐　經杻當爲杻注紐當爲細

又東三百里柢山柢上疑脫曰字

基山有獸其名曰猼訑施一作陁施當爲訑

有鳥名曰鶺鵂鶺鵂急性敝孚二音　經文鵂當爲鵂注文鵂鵂當爲憋怤敝當爲敝

山海經訂譌　一　還讀樓校刊

《山海經訂譌》還讀樓本

山海經圖讚一卷　隋書經籍志並云圖讚二卷郭璞撰中興
書目山海經十八卷郭璞傳二十三篇每
卷有讚　案今本並無圖讚唯明藏圖讚經本有之蔸據補
其文字姝誤談今繹訂正及臧氏校正竝著之疑則闕焉

南山經

桂

桂生南裔　枝華岑嶺　廣莫熙葩　凌霜津穎　氣王百藥　森然雲挺

迷穀

爰有奇樹　產自招搖　厥華流光　上映垂霄　佩之不惑　潛有靈標

狌狌

狌狌似猴　走立行伏　懷木挺力　少辛明目　飛廉迅足　豈食斯肉

水玉

水玉沐浴　潛映洞淵　赤松是服　靈蛻乘煙　吐納六氣　昇降九天

山海經圖讚　　一　　還讀廔爽刊

白猿

白猿肆巧　由基撫弓　應眄而號　神有先中　數如循環　其妙無窮

鹿蜀

鹿蜀之獸　馬質虎文　驤首吟鳴　矯足騰羣　佩其皮毛　子孫如雲

鮆

魚號曰鮆　處不在水　厥狀如牛　鳥翼蛇尾　隨時隱見　倚乎生死

類

類之為獸　一體兼二　近取諸身　用不假器　窈窕是佩　不知妒忌

猾裹

《山海經圖讚》還讀樓本

南山經

桂

桂生南裔　枝華岑嶺　廣莫熙葩　凌霜津穎　氣王百
藥森然雲挺

迷穀

爰有奇樹　產自招搖　厥華流光　上映垂霄　佩之不
感潛有靈標

狌狌

狌狌似猴　走立行伏　懷木挺力　少辛明目　飛廉迅
足豈食斯肉

水玉

水玉沐浴　潛映洞淵　赤松是服　靈蛻乘煙　吐納六
氣昇降九天

白猿

白猿肆巧　由基撫弓　應眄而號　神有先中　數如循
環其妙無窮

鹿蜀

鹿蜀之獸　馬質虎文　驤首吟鳴　矯足騰群　佩其皮
毛子孫如雲

鯥

魚號曰鯥　處不在水　厥狀如牛　鳥翼蛇尾　隨時隱
見倚乎生死

類

類之爲獸　一體兼二　近取諸身　用不假器　竊竊是
佩不知妒忌

猾狙

猾狙似羊眼　反在背　視之則奇　推之無怪　若欲不
恐厥皮可佩

祝餘

祝餘草食之不飢　烏首蚖
龜鵁鴟偽烏

灌灌烏赤鱬
狀魚身人頭

鶘烏

彗星橫天　鯨魚死浪　鶘鳴于邑　賢士見放　至
微言之無況

猾裏

猾裏之獸　見則與役　厲政而出　匪亂不適天下有
道幽形匿跡

長右

長右四耳　厥狀如猴　實爲水祥　見則橫流　羲虎其
身厥尾如牛

會稽山

禹徂會稽　爰朝羣臣　不虔是討　乃戮長人　玉贛
類冢宴作　表夏圭石勒素　患懃作

有獸無口　其名曰患　害氣不入　厥體無間　至理之
盡出乎自然

犀

《山海經圖讚》四部備要本

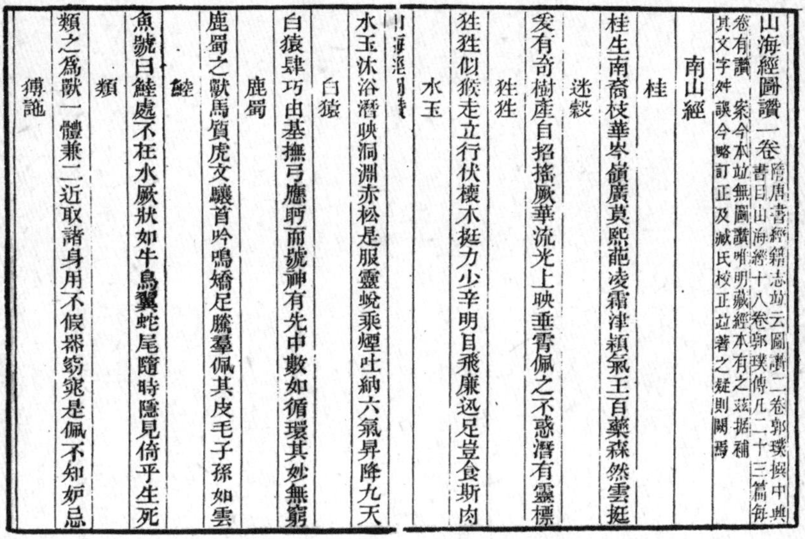

山海經圖讚一卷 隋唐書經籍志並云圖讚二卷郭璞撰中興書目山海經十八卷郭璞傳凡二十三篇每卷有讚 案今本並無圖讚唯明藏經本有之茲據補其文字舛誤今略訂正及臧氏校正並著之疑則闕焉

南山經

桂

桂生南裔枝華岑嶺廣莫熙葩凌霜津穎氣王百藥森然雲挺

迷穀

爰有奇樹産自招搖厥華流光上映垂霄佩之不惑潛有靈標

狌狌

狌狌似猴走立行伏櫰木挺力少辛明目飛廉迅足豈食斯肉

水玉

水玉沐浴潛映洞淵赤松是服靈蛻乘煙吐納六氣昇降九天

白猿

白猿肆巧由基撫弓應眄而號神有先中數如循環其妙無窮

鹿蜀

鹿蜀之獸馬質虎文驤首吟鳴矯足騰羣佩其皮毛子孫如雲

鯥

魚號曰鯥處不在水厥狀如牛鳥翼蛇尾隨時隱見倚乎生死

類

類之爲獸一體兼二近取諸身用不假器窈窕是佩不知妒忌

猼訑

《山海經圖讚》琅嬛僊館本

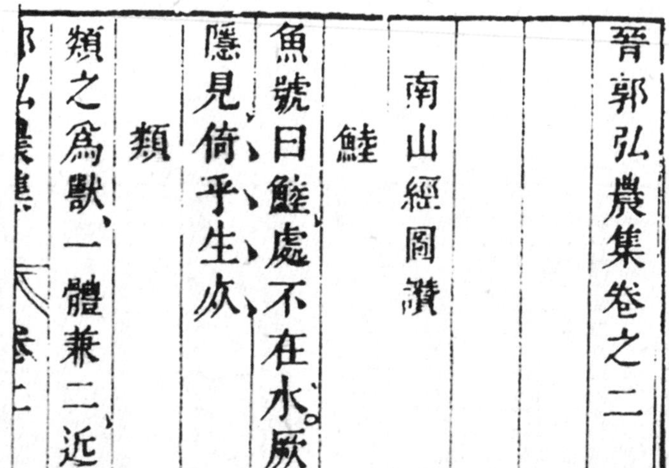
晉郭弘農集卷之二
晉 河東郭璞
明 大倉張溥 閱
南山經圖讚
鯥
魚號曰鯥處不在水厥狀如牛鳥翼蛇尾隨時
隱見倚乎生死
類
類之爲獸一體兼二近取諸身用不假器窈窕

晉 郭璞《晉郭弘農集》의《山海經圖讚》

明淸代 각종《山海經》民國초까지 注疏, 譯 등 그림을 포함한
판각본이 14종이나 출현하였음.

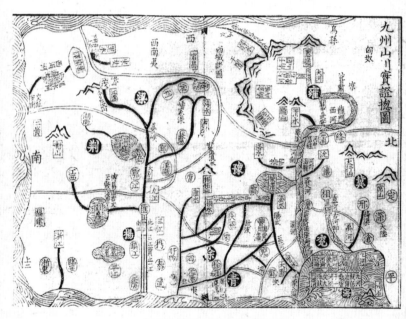

〈九州山川圖〉宋 彫刻 墨印

차 례

❀ 책머리에
❀ 일러두기
❀ 해제
  1.《산해경》개설
  2. 산해경의 몇 가지 문제들
  3.《산해경》주석, 전소, 교정 등에 관련된 인물들

山海經 上

〈山經〉

卷一 南山經

1-1. 南山經

1-3. 南次三經

卷二 西山經

2-1. 西山經

2-3. 西次三經

2-4. 西次四經

卷三 北山經

3-1. 北山經

3-2. 北次二經

3-3. 北次三經

卷四 東山經

4-1. 東山經

4-2. 東次二經

4-3. 東次三經

4-4. 東次四經

山海經 5

卷五 中山經

5-1. 中山經

5-2. 中次二經

5-5. 中次五經

5-6. 中次六經

5-7. 中次七經

5-8. 中次八經

5-10. 中次十經

5-11. 中次十一經

5-12. 中次十二經

〈海經〉

卷六 海外南經

卷七 〈海外西經〉

卷八 〈海外北經〉

卷九 〈海外東經〉

卷十 〈海內南經〉

山海經 下

卷十一 〈海內西經〉

卷十二 〈海內北經〉

卷十三 〈海內東經〉

卷十四 〈大荒東經〉

卷十五 大荒南經

卷十六 〈大荒西經〉

卷十七 〈大荒北經〉

卷十八 〈海內經〉

✹ 부록

卷一 南山經

〈女床山周邊〉明 蔣應鎬 圖本

1-1. 南次一經

〈招搖山一帶〉明 蔣應鎬 圖本

001(1-1-1) 소요산招搖山

남방 산계山系의 처음 시작은 작산䧿山이다.

그 산계의 시작 우두머리를 소요산招搖山이라 하며 서해西海 가에 임해 있다. 계수나무가 많으며 금과 옥이 많다.

그 산에는 풀이 있다. 그 형상은 마치 부추와 같고 푸른색의 꽃이 피며 그 이름을 축여祝餘라 한다. 이를 먹으면 배고픔을 느끼지 않는다.

그 산에 나무가 있으니 그 형상은 마치 곡穀과 같으며 검은 무늬가 있고, 그 나무에서 피는 꽃은 사방을 비춘다. 그 이름을 미곡迷穀이라 하며 이를 차고 다니면 미혹함을 없앨 수 있다.

그 산에 짐승이 있으니 형상은 마치 우禺와 같으며 흰 귀를 가지고 있다. 사람처럼 걸어다니며 그 이름을 성성狌狌이라 한다. 그 고기를 먹으면 잘 달릴 수 있다.

여궤수麗麿水가 그 산에서 발원하여 서쪽으로 흘러 바다로 들어간다. 그 물에는 많은 육패育沛가 있으며 이를 몸에 차고 다니면 하질瘕疾이 걸리지 않는다.

성성(狌狌)

南山經之首曰䧿山.

其首曰招搖之山, 臨于西海之上, 多桂, 多金玉.

有草焉, 其狀如韭而靑華, 其名曰祝餘, 食之不饑.

有木焉, 其狀如穀而黑理, 其華四照, 其名曰迷穀, 佩之不迷.

有獸焉, 其狀如禺而白耳, 狀行人走, 其名曰狌狌, 食之
善走.

麗𪊨之水出焉, 而西流注于海, 其中多育沛, 佩之無瘕疾.

【南山經】'南山'은 본 《山海經》의 山經 중 동서남북 중앙 五藏 중의 남방
　　山系(山脈)를 뜻하며, '經'은 원래 "經過, 經由, 經歷"의 뜻인 동시에 經脈을
　　의미하는 말이었으나 뒤의 주석가들이 편명으로 삼으면서 마치 '經典'의
　　뜻인 것처럼 여겨지게 되었다 함. 더구나 일부 인용문에는 '經'자가 아예
　　없었음. 王念孫은 "《文選》頭陀寺碑文注引無'經'字"라 하였음. 그러나 이 역시
　　'산'이라는 뜻이며 이에 따라 뒤의 제목에 해당하는 〈南次二經〉 등은 〈南次
　　二山〉이어야 하며 西漢 때 劉歆이 '經'자를 더 넣은 것이라 설도 있음.
【首】 시작, 처음, 첫머리의 뜻. 그러나 '道'의 原字로 보아 '그 길로 가다'의
　　뜻으로도 봄.
【䧿】 '鵲'과 같음. 그러나 일부 본에는 '雀'으로 표기하기도 하였음. 郝懿行의
　　〈箋疏〉에는 "任昉《述異記》作雀山, 《文選》王巾〈頭陀寺碑〉引此經作䧿山"
　　이라 함. 《太平御覽》(50)의 인용문에도 역시 '䧿'으로 되어 있음.
【招搖之山】 소요(招搖)는 별자리를 뜻하며 이 경우 '소요'로 읽음. 한편
　　郝懿行은 "〈大荒東經〉(701)有招搖山, 融水出焉. 非此. 高誘注《呂氏春秋》
　　本味篇云:「招搖, 山名, 在桂陽.」"이라 하여 〈大荒東經〉의 招搖山과는 다른
　　산이라 하였음.
【臨于西海之上】 郭璞은 "在蜀伏山, 山南之西頭濱西海也"라 하였고, 郝懿行은
　　"'伏'疑'汶'字之譌, 《史記》封禪書云:「瀆山, 蜀之汶山也.」《蜀志》秦宓傳云:
　　「蜀有汶阜之山, 江出其腹」皆是山也"라 함.
【桂】 郭璞은 "桂, 葉似枇杷, 長二尺餘, 廣數寸, 味酸, 白葉, 叢生山峯, 冬夏常靑,
　　閒無雜木. 《呂氏春秋》曰:「招搖之桂.」"라 하였고, 郝懿行은 "《爾雅》云:
　　梫木桂」郭注與此同"이라 함. 郭璞의《山海經圖讚》에는 "桂: 桂生南裔, 枝華
　　岑嶺. 廣漠熙葩, 凌霜津穎. 氣王百藥, 森然雲挺"라 함.
【韭】 부추. 郭璞은 "璨曰:「韭, 音九.」《爾雅》云:「藿山亦多之.」"라 하였고,
　　郝懿行은 "藿當爲作萑字之譌, 《爾雅》云:「萑山韭.」"라 함.

【華】'花'자와 같으며 흔히 假借하거나 混用하여 씀. 화려한 빛의 의미로도 쓰임. 〈宋本〉에는 '花'로 되어 있음.

【祝餘】씀바귀의 일종. '桂荼'(郭璞), '柱荼'(郝懿行)라고도 함. 郭璞은 "或作桂荼"라 하였고, 郝懿行은 "桂, 疑當爲柱字之譌. '柱荼', '祝餘', 聲相近"이라 함.

【如穀而黑理】'穀'은 '構'와 같음. 構樹. 나무 이름. 그 열매가 곡식 낱알 같아 穀樹라 한다 함. '穀'과 '構'는 고대 同聲이었으며 雙聲互訓으로 쓴 것. 그러나 郭璞 注에는 "穀, 楮也, 皮作紙. 璨曰:「穀亦名構, 名穀者, 以其實如穀也.」"라 함. 한편 郝懿行은 "陶宏景注《本草經》云:「穀卽今構樹也. 穀構同聲, 故穀亦名構. 或曰'葉有瓣曰楮, 無曰構', 非也. 陸機〈詩疏〉·《文選》注〈頭陁寺碑〉引此經無'理'字」"라 함. 郭璞의 《山海經圖讚》(以下《圖讚》이라 함)에는 "迷穀: 爰有奇樹, 産自招搖. 厥華流光, 上映垂霄. 佩之不惑, 潛有靈標"라 함.

【其華四照】여기서의 '華'자는 光華, 光彩, 光焰, 빛을 뜻함. 郭璞 주에 "言有光焰也"라 함.

【禺】긴꼬리원숭이. 長尾巴猴. 郭璞은 "禺似獼猴而大, 赤目長尾. 今江南山中多有. 說者不了此物名禺, 作'牛'字. 圖亦作'牛', 形或作猴, 皆失之也. 禺字音遇"라 하였고, 郝懿行은 "說文云:「禺, 善援. 禺屬.」又云:「禺, 猴屬, 獸之愚者也.」郭注凡言'圖'者, 皆謂此經圖象然也"라 함.

【狌狌】猩猩이. 類人猿에 해당하는 영장류. 郭璞은 "生生, 禺獸, 狀如猿, 伏行交足, 亦此類也. 見京房《易》"이라 하였고, 郝懿行은 "生生, 當爲'狌狌'"이라 함. 王念孫은 "《藝文類聚》獸部引作有獸人面, 名曰狌狌"이라 함. 郭璞의 《圖讚》에는 "狌狌似猴, 走立行伏. 懷木挺力, 少辛明目. 飛廉迅足, 豈食斯肉"이라 함.

성성(狌狌)

【麗𪊨】郭璞 주에 "𪊨音几"라 하여 '궤'로 읽도록 되어 있음.

【育沛】郭璞 주에 "未詳"이라 함. 구체적으로는 알 수 없으나 일설에 玳瑁(瑇瑁)가 아닌가 여기고 있음.

【瘕疾】郭璞 주에 "瘕, 蟲病也"라 함. 기생충(蟯蟲)의 일종으로 뱃속에 뭉쳐 대장이나 소장을 팽창하게 하는 병. 蟲患. 蟲脹病. 郝懿行은 "《說文》云:「瘕, 久病也.」郭云'蟲病'者. 《列仙傳》云:「河閒王病瘕, 下蛇十餘頭.」《史記》倉公傳云:「蟯瘕.」正義引《龍魚河圖》云:「犬狗魚鳥, 不孰(熟)食之, 成瘕痛.」皆與郭義近"이라 함. 蟯蟲 따위의 기생충으로써 음식을 익혀먹지 않았을 때 감염되는 병.

002(1-1-2) 당정산堂庭山

다시 동쪽으로 3백 리에 당정산堂庭山이 있다.
섬수棪木가 많고 흰 원숭이도 많다. 그리고 수옥水玉과 황금이 많다.

又東三百里, 曰堂庭之山.
多棪木, 多白猿, 多水玉, 多黃金.

【堂庭之山】郭璞은 "一作常"이라 하여 '常庭之山'이 아닌가 의심하였고 《文選》
上林賦에 이 구절을 인용하면서 '常庭山'이라 하였음.

【棪樹】재염나무. 붉은 능금나무. 郭璞은 "棪, 別
名連, 其子似柰而赤, 可食. 音剡"이라 하여 '섬'으로
읽음. 그러나 郝懿行은 "連, 當爲速字之譌.《爾雅》
云: 「棪, 櫋」其郭注同"이라 함.

【白猿】흰색을 띤 원숭이. 郭璞《圖讚》에 "白猿肆巧,
由基撫弓. 應眄而虎, 神有先中. 數如循環, 其妙無窮"
라 함.

백원(白猿)

【水玉】水精, 水晶. 투명한 암석의 일종. 옥으로 여겼음. 郭璞 주에 "水玉,
今水精也"라 하였으며 《列仙傳》에 의하면 赤松子가 이를 복용하였음.
郝懿行은 "《列仙傳》云: 「赤松子服水玉, 以敎神農"이라 함. 郭璞의 《圖讚》
에는 "水玉沐浴, 潛映洞淵. 赤松是服, 靈蛻乘煙. 吐納六氣, 昇降九天"이라 함.

003(1-1-3) 원익산猨翼山

다시 동쪽으로 3백80리에 원익산猨翼山이다.

그 가운데에는 많은 괴수怪獸가 있으며 물에는 많은 괴어怪魚, 많은 백옥白玉, 그리고 많은 복훼蝮虫, 많은 괴사怪蛇, 많은 괴목怪木이 있어 그 산에 오를 수 없다.

又東三百八十里, 曰猨翼之山.

其中多怪獸, 水多怪魚, 多白玉, 多蝮虫, 多怪蛇, 多怪木, 不可以上.

【猨翼之山】郝懿行은 《初學記》(27)引此經作稷翼之山, 多白玉"이라 하였고, 王念孫은 《一切經音義》(93)引作卽翼之山, 下文又有卽翼之澤"이라 하여 袁珂는 이에 따라 '卽翼之山'이어야 한다고 여겼음.

【蝮虫】살무사의 일종. 郭璞 주에 "蝮虫, 色如綬文, 鼻上有鍼. 大者百餘斤. 一名反鼻虫"이라 함. '虫'은 고대 '虺'자와 같음. '훼'로 읽음.

복훼(蝮虫)

004(1-1-4) 유양산杻陽山

다시 동쪽으로 3백70리에 유양산杻陽山이다. 그 산 남쪽에는 적금赤金이 많고, 그 북쪽에는 백금이 많다.

그 산에 짐승이 있으니 그 형상은 마치 말과 같으며 흰머리이다. 그 무늬는 마치 호랑이와 같으며 붉은 꼬리를 가지고 있고, 그 소리는 마치 사람의 노랫소리와 같다. 그 짐승 이름을 녹촉鹿蜀이라 하며 이를 몸에 차고 다니면 자손을 많이 얻을 수 있다.

괴수怪水가 그 산에서 발원하여 동쪽 헌익수憲翼水로 흘러 들어간다. 그 물에는 현구玄龜가 많으며 그 형상은 마치 거북과 같으나 새 머리에 독사의 꼬리와 같다. 그 이름을 선구旋龜라 하며 그 울음소리는 마치 나무를 쪼갤 때 나는 소리와 같다. 이를 차고 다니면 귀머거리가 되지 않으며 다리가 붓는 병을 치료할 수 있다.

又東三百七十里, 曰杻陽之山.
其陽多赤金, 其陰多白金.
有獸焉, 其狀如馬而白首, 其文如虎而赤尾, 其音如謠, 其名曰鹿蜀, 佩之宜子孫.
怪水出焉, 而東流注于憲翼之水. 其中多玄龜, 其狀如龜而鳥首虺尾, 其名曰旋龜, 其音如判木, 佩之不聾, 可以爲底.

녹촉(鹿蜀)

【陽】산의 남쪽, 陰은 산의 북쪽. 郭璞 注에 "見《爾雅》: 山南曰陽, 山北曰陰"이라 함.

【赤金】구리(銅)를 뜻함. 郭璞 注에 "赤金, 銅也"라 함. 그러나 379의 郝懿行〈箋疏〉에 "銅與赤金竝見, 非一物明矣. 郭氏誤注"라 하여 구리와 赤金은 서로 다른 물건이라 하였음.

【白金】銀. 郭璞 주에 "白金, 銀也"라 함.

【謠】사람이 맨입으로 노래 부를 때 내는 소리. 郭璞은 "如人歌聲"이라 하였고, 《爾雅》 釋樂에는 "徒歌謂之謠"라 함.

【鹿蜀】蜀鹿. 당시 어순이 바뀌어 있던 어떤 이민족의 언어 현상이 아닌가 함. 한편 그림에 대해서는 郭璞 《圖讚》에 "鹿蜀之獸, 馬質虎文. 驤首吟鳴, 矯足騰群. 佩其皮毛, 子孫如雲"이라 함.

녹촉(鹿蜀)

【佩】郭璞은 "佩謂帶其皮毛"라 함. 그 가죽이나 털을 차고 아님을 말함.

【玄龜】검은색의 거북. 旋龜는 그 이름이며 현과 선은 疊韻임.

【虺】독사의 일종. 살모사라고도 함.

【判木】郭璞은 "如破木聲"이라 함.

【可以爲底】郭璞은 "底, 躓也; 爲, 猶治也.《外傳》曰:「疾不可爲.」라 함. 한편 '臀'자로 보아 肛腸의 질환으로 보기도 함. 그러나 이 '底'자는 '胝'의 假借字이며 이는 다리가 퉁퉁 붓는 병을 뜻함. '足繭'이라고도 함.

선구(旋龜)

005(1-1-5) 저산柢山

다시 동쪽으로 3백 리에 저산柢山이다. 물이 많고 초목은 없다.

그 산에 물고기가 있으니 그 형상은 마치 소와 같으며 산 구릉에 살고 있다. 뱀의 꼬리에 날개를 가지고 있으며 그 깃은 옆구리 아래에 나 있다. 그 소리는 마치 유우留牛 울음소리 같으며 이름을 육鯥이라 한다. 겨울이면 죽었다가 여름이면 다시 살아나며 이를 먹으면 종기의 질환을 없앨 수 있다.

又東三百里, 曰柢山. 多水, 無草木.

有魚焉, 其狀如牛, 陵居, 蛇尾有翼,

其羽在魼下, 其音如留牛, 其名曰鯥,

冬死而夏生, 食之無腫疾.

육어(鯥魚)

【陵居】陵은 丘陵, 큰 土山을 말함.

【魼】脅과 같음. 옆구리. 郭璞은 "魼, 亦作脅"이라 하였고 郝懿行은 "廣雅云: 胠, 脅也"라 하여 魼・胠를 同聲假借로 사용한 것. 郭璞《圖讚》에 "魚號曰鯥, 處不在水. 厥狀如牛, 鳥翼蛇尾. 隨時隱見, 倚乎生死"라 함.

【留牛】犁牛와 같음. '留'와 '犁'는 雙聲互訓. 호랑이 무늬의 털을 가진 소. 〈東山經〉 鱅鱅之魚(218)「其狀如犁牛」의 郭璞 주에 "牛似虎文者"라 함.

【冬死而夏生】郭璞은 "此亦蟄類也. 謂之死者, 言其蟄無所知如死耳"라 함.

【腫疾】毒瘡과 같은 피부질환. 종기의 일종으로 통증을 유발함. 郝懿行은 "《說文》云:「腫, 痛也.」"라 함.

006(1-1-6) 선원산亶爰山

다시 동쪽으로 4백 리에 선원산亶爰山이다. 물은 많으나 초목은 자라지 않는다. 그 산에는 오를 수 없다.

그 산에 짐승이 있으니 그 형상은 마치 살쾡이 같으며 털이 나 있다. 이름을 유類라 하며 스스로 암수가 되는 암수 한 몸이다. 이를 먹으면 질투를 느끼지 않는다.

又東四百里, 曰亶爰之山. 多水, 無草木, 不可以上.
有獸焉, 其狀如貍而有髦, 其名曰類, 自爲牝牡, 食者不妒.

【亶】'선'으로 읽음. 郭璞은 "亶音蟬"이라 함. 선원(亶爰)은 疊韻連綿語임.
【其狀如貍而有髦, 其名曰類】郭璞은 "類, 或作沛; 髦, 或作髮"이라 함. '髦'는 毛髮을 뜻함. 털.
【類】짐승 이름. 楊愼은 "今雲南蒙化府有此獸, 土人謂之香髦, 具兩體"라 함. 郭璞《圖讚》에 "類之爲獸, 一體兼二. 近取諸身, 用不假器. 窈窕是佩, 不知妒忌"라 함.

유(類)

007(1-1-7) 기산基山

다시 동쪽으로 3백 리에 기산基山이다. 그 남쪽에는 많은 옥이 나고 그 북쪽에는 괴복怪木이 많다.

그곳에 짐승이 있으니 그 형상은 양과 같으며 꼬리가 아홉에 귀가 넷이다. 그의 눈은 등에 달려 있으며 그 이름을 박시猼訑라 한다. 이를 몸에 지니고 다니면 두려움을 느끼지 않는다.

그 산에 새가 있으니 그 형상은 마치 닭과 같으나 머리가 셋에 눈이 여섯이며 여섯 개의 발과 세 개의 날개를 가지고 있다. 그 이름을 별부鵁鶋라 하며 이를 먹으면 잠이 적어진다.

又東三百里, 曰基山. 其陽多玉, 其陰多怪木.

有獸焉, 其狀如羊, 九尾四耳, 其目在背, 其名曰猼訑, 佩之不畏.

有鳥焉, 其狀如雞而三首六目, 六足三翼, 其名曰鵁鶋, 食之無臥.

박시(猼訑)

【多怪木】《太平御覽》(50)에 인용된 이 문장에는 "其陰多金, 多怪木"으로 되어 있음.

【猼訑】'박시'로 읽음. 郭璞은 "博施二音"이라 함. 郭璞《圖讚》에 "猼訑似羊, 眼反在背. 視之則奇, 推之無怪. 若欲不恐, 厥皮可佩"라 함.

【不畏】두려움을 느끼지 않음. 郭璞은 "不知恐畏"라 함.

【鵸䳜】원문은 鵌䳜로 되어 있으나《太平御覽》(50)에는 '鵸䳜'로 되어 있음. 이에 따라 畢沅과 郝懿行 모두 '鵸䳜'로 보았음. 郭璞은 "敧孚二音"이라 하여 '창부'로 읽도록 하였으나 郝懿行은 "鵸, 蓋'鵌'字之譌. 注鵌, 亦鵸字之譌也. 讀如憋怤"라 함. '鵸'은 음이 '별'이며 수리부엉이. 따라서 '별부(憋怤)'로 읽어야 하며 이 경우 雙聲連綿語의 鳥獸 物名에도 맞음. 그러나 곽박《圖讚》에는 祝荼草(001), 旋龜(004), 鵸䳜로 하고 함께 묶어 표현한《圖讚》에 "祝荼嘉草, 食之不飢. 鳥首虵尾, 其名旋龜. 鵸䳜六足, 三翅竝翬"라 함.

【食之無臥】잠이 적어짐. 郭璞은 "使人少眠"이라 함.

별부(鵸䳜)

008(1-1-8) 청구산青丘山

다시 동쪽으로 3백 리에 청구산青丘山이다. 그 남쪽에는 옥이 많으며 그 북쪽에는 청확青臒이 많다.

그 산에 짐승이 있으니 그 형상은 마치 여우 같으며 아홉 개의 꼬리가 있고, 그 우는 소리는 마치 어린아이 울음소리와 같다. 능히 사람을 잡아먹으며 이를 먹는 자는 고혹병蠱惑病에 걸리지 않는다.

그 산에 새가 있으니 그 형상은 마치 비둘기와 같으며 그 우는 소리는 마치 사람을 꾸짖을 때 소리와 같다. 이름을 관관灌灌이라 하며 이를 차고 다니면 미혹함에 빠지지 않는다.

그 산에서는 영수英水가 발원하여 남쪽으로 즉익卽翼의 못으로 흘러든다. 그 물에는 적유赤鱬라는 물고기 많으며 그 형상은 마치 물고기와 같으나 얼굴은 사람 모습이다. 그리고 그 소리는 마치 원앙새가 우는 소리이며 이를 먹으면 옴에 걸리지 않는다.

구미호(九尾狐)

又東三百里, 曰青丘之山. 其陽多玉, 其陰多青臒.

有獸焉, 其狀如狐而九尾, 其音如嬰兒, 能食人; 食者不蠱.

有鳥焉, 其狀如鳩, 其音若呵, 名曰灌灌, 佩之不惑.

英水出焉, 南流注于卽翼之澤. 其中多赤鱬, 其狀如魚而人面, 其音如鴛鴦, 食之不疥.

【青丘之山】郭璞은 "亦有青丘國在海外"라 하였으며 青丘國은 〈海外東經〉(558)에 있음.

【青雘】雘은 원문에는 호(䨼)로 되어 있으나 郝懿行과 畢沅은 '雘'자로 교정하였으며 雘은 돌에서 나는 油脂의 일종. 石脂. 《說文》에 "雘, 善丹也"라 함. 고대 아주 중요한 顏料로 사용하였다 함. 青雘은 푸른색 안료로 쓸 수 있음.

【如狐而九尾】郭璞은 "卽九尾狐也"라 함.

【食者不蠱】郭璞은 "噉其肉, 令人不逢妖邪之氣. 或曰: 蠱, 蠱毒"이라 함. '蠱'는 원래 귀신이 있다고 믿어 그것이 작은 벌레처럼 작용하여 환각, 환청, 정신질환 등의 병을 일으키거나 사람의 정신을 혼미하게 하여 모든 것을 의심하게 한다고 여겼음. 오늘날 균이나 박테리아, 바이러스 따위, 혹은 정신병을 유발하는 어떤 원인균이나 물질을 말함. 郝懿行은 "〈北次三經〉(170)云: 「人魚如鯑魚, 四足, 食之無痴疾.」 此言'食者無蠱疾.」 蠱, 疑惑也. 癡, 不慧也. 其義同"이라 함.

【呵】큰 소리를 질러 남을 나무라거나 꾸짖을 때 내는 소리.

【灌灌】郭璞은 "或作濩濩"라 하였음. 《呂氏春秋》本味篇에 "肉之美者, 貛貛之炙"라 하였고, 高誘 주에 "貛貛, 鳥名, 形則未聞, 貛一作獲"이라 하여 이 새를 가리키는 것을 봄.

【赤鱬】人魚의 일종으로 봄. 郭璞은 "鱬, 音懦"라 하여 '나'로 읽도록 하였으나 郝懿行은 "懦, 蓋'儒'字之譌, 〈藏經本〉作'儒'"라 하여 '유'로 읽음. 郭璞《圖讚》에 灌灌과 함께하여 "厥聲如鱬, 厥形如鳩. 佩之辨惑, 出自青丘. 赤鱬之狀, 魚身人頭"이라 함.

【疥】질환의 일종, 옴. 郭璞은 "一作疾"이라 하였고, 郝懿行은 "說文云: 「疥, 搔也.」"라 함.

적유(赤鱬)

009(1-1-9) 기미산箕尾山

다시 동쪽으로 3백50리에 기미산箕尾山이 있다. 그 꼬리는 동해東海까지 가서 그치며 사석沙石이 많다.

방수汸水가 발원하여 남쪽으로 육수淯水로 흘러들며, 그 물 속에는 백옥이 많다.

又東三百五十里, 曰箕尾之山. 其尾踆于東海, 多沙石.
汸水出焉, 而南流注于淯, 其中多白玉.

【箕尾之山】郝懿行은 "玉篇作箕山, 無尾字"라 하였으나 위에 이미 箕山이 있어 箕尾山이 옳은 것으로 봄(袁珂). 그러나 본《山海經》에는 '箕山'은 없음.

【踆】 '蹲'자의 異體字. '그치다, 한곳으로 모여들다. 그곳까지 임해 있다'의 뜻. 郭璞은 "踆, 古蹲字. 言臨海上. 音存"이라 하였으며 郝懿行은 "說文云: 蹲, 踞也. 又云 埈(-土), 倨也. 無踆字"라 함.

【汸·淯】음은 '방'(芳), '육'(育)임.

010(1-1-10) 작산䧿山 산맥

무릇 작산의 산맥은 소요산으로부터 기미산까지 이르며 모두 10개의 산에, 길이는 2천9백50리이다.

그곳 산신山神의 형상은 모두가 새의 몸에 용의 머리를 하고 있다.

그곳 산신을 제사지낼 때의 예禮는, 하나는 장璋과 옥을 털을 가진 짐승을 희생으로 하여 함께 땅에 묻으며, 쌀은 도미稌米에 벽璧을 써서 사용한다. 그리하여 도미稻米와 백관白菅을 신이 앉는 자리로 만들어 깔아준다.

凡䧿山之首, 自招搖之山以至箕尾之山, 凡十山,
二千九百五十里.

其神狀皆鳥身而龍首.

其祠之禮, 毛用一璋玉瘞, 糈用稌米, 一璧, 稻米·白菅
爲席.

【鳥身】郝懿行은 "《北堂書鈔》(133)引此經作人身"이라 함.

【首】'처음 시작되다'의 뜻. 혹은 '首'자를 고대 '道'자의 初形으로 보기도 함.

【毛】毛物. 털이나 깃이 있는 짐승, 즉 닭·개·양·소 따위의 가축을 犧牲으로 사용함을 말함. 郭璞은 "言擇牲取毛色也"라 함. 그러나 '毛'는 신에게 제사를 올릴 때의 毛物을 뜻하며 돼지·닭·개·양 등을 가리킴. 郭璞의 주는 정확하지 아니하며 다른 사람들도 이 글자에 대하여 해석을 하지 않고 있음.

【璋】옥으로 만든 祭器. 玉器. 圭의 모습으로 위는 좁고 아래는 평평하게 만들어 제사나 의식에 사용함. 郭璞은 "半圭爲璋"이라 함.

【瘞】'묻다'의 뜻. 郭璞은 "瘞, 埋也"라 함. 제사를 올릴 때 毛物과 璋玉을 함께 땅에 묻음을 뜻함.

【糈】糈米. 제사에 사용하기 위하여 정갈하게 搗精한 쌀. 郭璞은 "糈, 祀神之米名, 先呂反(서)"이라 함. 한편 《楚辭》離騷 "巫咸將夕降兮, 懷椒糈而要之"의 王逸의 주에 "糈, 精米, 所以享神"이라 함.

【稌米】찰벼의 쌀. 稌稻. 음은 '토/도'(他睹反).

【璧】고대 玉器로 扁平하며 원형으로 가운데에 구멍을 뚫어 장식함.

【一璧稻米】汪紱은 "一璧稻米四字疑衍"이라 하여 연문으로 보았으며 袁珂 역시 "이 네 글자는 경문에서 실로 의미를 알 수 없으며 왕불의 설이 맞다"라 하였음.

【白菅】흰색의 菅草. 菅은 왕골, 등골 등. 자리를 짜는데 사용함. 郭璞은 "菅, 茅屬也, 音間"이라 함.

【席】郝懿行은 "席者, 藉以依神"이라 함.

조신용수(鳥身龍首)

1-2. 南次二經

〈柜山一帶〉明 蔣應鎬 圖本

011(1-2-1) 거산柜山

남쪽 다음 차례의 두 번째 산맥의 첫머리는 거산柜山이다.

서쪽으로는 유황국流黃國에 임해 있고, 북쪽으로는 제비산諸毗山을 바라보며, 동쪽으로는 장우산長右山을 바라보고 있다.

영수英水가 이 산에서 발원하여 서남쪽으로 흘러 적수赤水로 들어가며 그 물에는 백옥이 많고 단속丹粟이 많다.

그 산에 짐승이 있으니 그 형상은 마치 돼지 같으며 며느리발톱이 있고 그 우는 소리는 마치 개가 짖는 것과 같다. 이름을 이력狸力이라 하며 그가 나타나면 그 현縣에는 많은 토목공사를 벌이게 된다.

그곳에 사는 새는 형상이 마치 치鴟처럼 생겼으며 사람의 손을 달고 있다. 그 소리는 마치 비痺와 같고 이름을 주鵜라 한다. 그의 이름은 그가 우는 소리를 따라 지어진 것으로 그가 나타나면 그 현에는 많은 선비들이 축출을 당하게 된다.

南次二經之首, 曰柜山.

西臨流黃, 北望諸毗, 東望長右.

英水出焉, 西南流注于赤水, 其中多白玉, 多丹粟.

有獸焉, 其狀如豚, 有距, 其音如狗吠,

其名曰狸力, 見則其縣多土功.

有鳥焉, 其狀如鴟而人手, 其音如痺,

其名曰鵜, 其名自號也, 見則其縣多放士.

이력(狸力)

【南次二經】 여기서 '經'자는 마땅히 '山'자여야 하며 다음 모든 '經'자도 같다.(袁珂)

【流黃】 流黃酆氏, 流黃辛氏. 나라 이름. 〈海內西經〉(590) 및 〈海內經〉(854)에 이름이 보임.

【諸毗, 長右】 둘 모두 산 이름. 郭璞은 "皆山名"이라 함.

【丹粟】 좁쌀 크기의 작은 알갱이 형태의 丹沙. 丹沙는 朱沙(朱砂)의 일종으로 藥用과 顔料로 사용함. 郭璞은 "細丹沙如粟也"라 함.

【距】 닭 등의 조류 다리 뒤쪽으로 난 작은 발톱. 흔히 '며느리발톱'이라 부름. 郝懿行은 "距, 鷄距也"라 함.

【狸力】 吳任臣의 〈廣注〉에 郭璞의 주를 인용하여 "一作貍刀"라 하였으나 다른 본에는 郭璞의 이러한 주가 없음. 郭璞 《圖讚》에 "狸力鴷胡, 或飛或伏. 是惟土祥. 出與功築. 長城之役, 同集秦域"이라 함.

【人手】 郭璞은 "其脚如人手"라 하며 발이 사람 손과 같다고 하였음.

【痺】 새 이름. 郭璞은 "未詳"이라 하였으나 《爾雅》 釋鳥에 "鶉之雌者名痺"라 하여 '痺'와 '庳'를 통용하여 혹 이 새가 아닌가 함.

【土功】 토목공정. 대공사. 功은 工과 같음.

【鴟】 鴟鴞, 鵂鶹(부엉이), 貓頭鷹 따위의 새매, 부엉이, 올빼미, 무수리, 징경이, 솔개 따위의 맹금류 조류를 통칭하여 일컫는 말이라 함. 그중 치는 깃에 심한 독이 있어 이를 물에 타서 사람에게 먹이면 죽는다 함. 毒殺用으로 그 독을 사용하기도 함.

주(鴣)

【痺】 자세히 알 수 없음.

【鴣】 郭璞 《圖讚》에 "彗星橫天, 鯨魚死浪. 鴣鳴于邑, 賢士 見放. 厥理至微, 言之無況"이라 함.

【其名自號】 "其鳴自號"와 같으며, 또한 "自號其名"과 같음. 새의 울음소리는 자신의 이름을 부르는 것임. 즉 이름을 우는 소리나 그가 내는 발성을 모방하여 이름을 붙였다는 뜻. 그러나 그가 우는 소리는 자신의 이름을 부르는 소리를 내고 있음을 말한 것이기도 함. 이 책 전체의 "其鳴自呼", "其鳴自叫", "其鳴自詨", "其鳴自訆" 등은 모두 이와 같은 뜻임. '鳴'과 '名'을 混淆하여 쓰고 있음. 그러나 엄격히 보아 '其名'은 '그 이름이 우는 소리에 의해 명명되었다'는 뜻이며, '其鳴'은 '그가 우는 소리가 자신의 이름을 부르는 소리를 내고 있다' 것을 말함. 030 주를 참조할 것.

【放士】 방축을 당하는 선비. 나라에 政爭이 발생하여 선비들이 고통을 당하게 됨을 말함. 郭璞은 "放, 放逐, 或作效也"라 함.

012(1-2-2) 장우산長右山

동남쪽 4백50리에 장우산長右山이 있다.

풀이나 나무는 자라지 못하고 물은 많다.

그곳에 짐승이 있으니 그 형상은 마치 우禺와 같으나 귀가 넷이며 그 이름을 장우長右라 한다. 그 우는 소리는 마치 사람의 신음 소리와 같다. 그가 나타나면 그 군현郡縣에 큰 홍수가 난다.

東南四百五十里, 曰長右之山.

無草木, 多水.

有獸焉, 其狀如禺而四耳, 其名長右, 其音

如吟, 見則郡縣大水.

장우(長右)

【長右之山】郝懿行은 "《廣韻》引此經長右作長舌"이라 하여 長舌山으로도 보았음.

【其名長右】"其名曰長右"여야 할 것으로 보임. 郭璞《圖讚》에는 '長右猲'라 하였으며 "長右四耳, 厥狀如猴. 實爲水祥, 見則橫流. 猲虎其身, 厥尾如牛"라 함.

【吟】사람의 呻吟 소리. 郭璞은 "如人呻吟聲"이라 함. 혹은 사람이 글이나 노래를 읊을 때 내는 소리.

【郡縣大水】〈宋本〉에는 "其郡縣大水"라 하여 '其'자가 더 있음.

013(1-2-3) 요광산堯光山

다시 동쪽으로 3백50리에 요광산堯光山이 있다.

그 남쪽에는 옥이 많고 그 북쪽에는 금이 많다.

그 산에 짐승이 있으니 그 형상은 마치 사람 같으나 돼지 갈기가 있다. 굴속에서 살며 겨울에는 칩거한다. 그 이름은 활회猾裹라 하며 그 우는 소리는 나무를 쪼갤 때 나는 소리와 같다. 그가 나타나면 그 현에 크게 요역繇役할 일이 일어난다.

又東三百四十里, 曰堯光之山.

其陽多玉, 其陰多金.

有獸焉, 其狀如人而彘鬣, 穴居而冬蟄, 其名曰猾裹,

其音如斲木, 見則縣有大繇.

【堯光之山】《太平御覽》(8)에는 이를 인용하여 "克光之山, 其陰多鐵"이라 하여 본문과 다름.

【鬣】'렵'으로 읽으며 돼지나 말 등의 목 뒷덜미에 나는 갈기. 갈기의 털.

【猾裹】郭璞은 "滑懷兩音"이라 하여 '활회'로 읽으며 雙聲連綿語의 동물 이름. 郭璞《圖讚》에 "猾裹之獸, 見則興役. 膺正而出, 匪亂不適. 天下有道, 幽形匿跡"이라 함.

【斲木】나무를 베거나 쪼갤 때 나는 소리. 郭璞은 "如人斫木聲"이라 함.

【縣有大繇】繇는 徭와 같음. 徭役, 賦役, 勞役 등 노동에 종사하는 일. 그러나 '縣有大亂'이 아닌가 함. 郭璞은 "謂作役也. 或曰其縣是亂"이라 하였으며, 郝懿行은 《藏經》本作其縣亂, 無是字"라 함. '繇'자와 '亂'자가 형태가 비슷하여 오류가 생긴 것으로 봄.

활회(猾裏)

014(1-2-4) 우산羽山

다시 동쪽으로 3백50리에 우산羽山이 있다.
그 산 아래에는 물이 많으며 초목은 자라지 아니하고 복훼蝮虫가 많다.

又東三百五十里, 曰羽山.
其下多水, 其上多雨, 無草木, 多蝮虫.

【蝮虫】 살무사의 일종. 郭璞 주에 "蝮虫, 色如綬文, 鼻上有鍼. 大者百餘斤.
一名反鼻虫"이라 함. '虫'은 고대 '虺'자와 같음. '훼'로 읽음. 003 참조.

015(1-2-5) 구보산瞿父山

다시 동쪽으로 3백70리에 구보산瞿父山이 있다.
초목은 자라지 못하고 금과 옥이 많다.

又東三百七十里, 曰瞿父之山.

無草木, 多金玉.

【瞿父】'父'는 지명, 인명 등에서 '보'로 읽음. '甫'와 같음.

016(1-2-6) 구여산句餘山

다시 동쪽으로 4백 리에 구여산句餘山이 있다.
초목은 자라지 못하고 금과 옥이 많다.

又東四百里, 曰句餘之山.
無草木, 多金玉.

【句餘之山】 郭璞은 "今在會稽餘姚縣南, 句章縣北, 故此二縣因此爲名云: 見
《張氏地理志》"라 함.

017(1-2-7) 부옥산浮玉山

다시 동쪽으로 5백 리에 부옥산浮玉山이 있다.

북쪽으로 구구택具區澤을 바라보고 있으며 동쪽으로는 저비산諸毗山을 바라보고 있다.

그 산에 짐승이 있으니 그 형상은 마치 호랑이와 같으나 쇠꼬리를 달고 있다. 그 우는 소리는 개가 짖는 것과 같으며 이름을 체彘라 한다. 이는 사람을 잡아먹는다.

초수苕水가 그 산에서 발원하여 북쪽으로 흘러 구구택으로 들어간다. 그 물에는 제어鮆魚가 많다.

체(彘)

又東五百里, 曰浮玉之山.

北望具區, 東望諸毗.

有獸焉, 其狀如虎而牛尾, 其音如吠犬, 其名曰彘, 是食人.

苕水出于其陰, 北流注于具區. 其中多鮆魚.

【具區】郭璞은 "具區, 今吳縣西南太湖也.《尙書》謂之震澤"이라 함.
【諸毗】물 이름이면서 동시에 산 이름. 011 참조.
【鮆魚】'鮆'의 음은 '祚啓反'(제). 갈치의 일종. 郭璞은 "鮆魚狹薄而長頭, 大者尺餘, 太湖中今饒之, 一名刀魚"라 함.

제어(鮆魚)

018(1-2-8) 성산成山

다시 동쪽으로 5백 리에 성산成山이 있다.

네 귀퉁이가 사각형이며 토단을 쌓아 삼 층을 이루고 있다. 그 산
위에는 금과 옥이 많고 그 아래에는 청확靑臒이 많다.

시수闍水가 그 산에서 발원하여 남쪽으로 흘러 호작수虖勺水로 들어
가며 그 물에는 황금이 많다.

又東五百里, 曰成山.

四方而三壇, 其上多金玉, 其下多靑臒.

闍水出焉, 而南流注于虖勺, 其中多黃金.

【靑臒】 '臒'은 돌에서 나는 油脂의 일종. 石脂.《說文》에 "臒, 善丹也"라 함.
고대 아주 중요한 顔料로 사용하였다 함. 靑臒은 푸른색 안료로 쓸 수 있음.
【闍水】 郭璞은 "音, 涿"이라 하여 '탁'으로 읽도록 하였으나 '豕'가 聲符로
'시'(豕)로 읽어야 맞음.(王念孫) 郝懿行은《玉篇》云: 音, 式旨切, 从豕不從豕"
이라 하여 '闍(시)'자는 아니라 하였음.
【三壇】 흙이나 돌을 쌓아 3단으로 만든 土石의 臺.
【虖勺】 물 이름. 구체적으로는 알 수 없음.

019(1-2-9) 회계산會稽山

다시 동쪽으로 5백 리에 회계산會稽山이 있다.

네 방향이 모가 난 모습이며 그 위에는 금과 옥이 많고 그 아래에는 부석砆石이 많다.

작수勺水가 그 산에서 발원하여 남쪽 격수湨水로 흘러 들어간다.

又東五百里, 曰會稽之山.

四方, 其上多金玉, 其下多砆石.

勺水出焉, 而南流注于湨.

【會稽之山】지금의 浙江 紹興에 있는 산. 산 위에 禹墓가 있음. 郭璞의 주에 "今在會稽山陰縣南, 上有禹冢及井"이라 함. 郭璞 《圖讚》에 "禹徂會稽, 爰朝羣臣. 不虔是討, 乃戮長人. 玉贛表夏, 玄石勒秦"이라 함.

【砆石】옥과 같이 생긴 돌 이름. 혹 일종의 옥돌. 武夫石(碔砆石)의 疊韻物名. 郭璞은 "砆, 武夫石, 似玉"이라 함. 약용으로 쓰이는 鑛物質. 《博物志》(4)를 참조할 것.

020(1-2-10) 이산夷山

다시 동쪽으로 5백 리에 이산夷山이 있다.
풀과 나무가 자라지 않으며 사석沙石이 많다.
격수湨水가 그 산에서 발원하여 남쪽 열도列塗로 흘러든다.

又東五百里, 曰夷山.

無草木, 多沙石.

湨水出焉, 而南流注于列塗.

【湨水】郭璞은 "湨, 一作湨"라 함.
【列塗】산 이름. '塗'는 '峹'(도)로 표기해야 함. 郝懿行은 "疑卽塗山. 《說文》
  作峹', 云:「峹, 會稽山, 一曰九江.」當'峹'也"라 함.

021(1-2-11) 복구산僕勾山

다시 동쪽으로 5백 리에 복구산僕勾山이 있다.

그 산 위에는 금과 옥이 많고, 그 아래에는 초목이 많이 자란다. 새나 짐승은 없으며 물도 없다.

又東五百里, 曰僕勾之山.

其上多金玉, 其下多草木, 無鳥獸, 無水.

【僕勾之山】'僕夕山', 혹은 '僕多山'으로도 봄. 郭璞은 "勾, 一作夕"이라 하였고, 郝懿行은 "夕疑多字之訛"라 함.

022(1-2-12) 함음산咸陰山

다시 동쪽으로 5백 리에 함음산咸陰山이 있다.
풀과 나무도 자라지 않으며 물도 없다.

又東五百里, 日咸陰之山.
無草木, 無水.

023(1-2-13) 순산洵山

다시 동쪽으로 4백 리에 순산洵山이 있다.

그 남쪽에는 금이 많고, 그 북쪽에는 옥이 많다.

그 산에 짐승이 있으니, 그 형상은 마치 양과 같으나 입이 없다. 아무
것도 먹지 않고도 살아가며 이름을 환羬이라 한다.

순수洵水가 그 산에서 발원하여 남쪽으로 흘러 알택閼澤으로 들어가며
그 물에는 비라(茈蠃, 茈蠃)가 많다.

又東四百里, 曰洵山.

其陽多金, 其陰多玉.

有獸焉, 其狀如羊而無口, 不可
殺也, 其名曰羬.

洵水出焉, 而南流注于閼之澤,
其中多茈蠃.

환(羬)

【洵山】'旬山'으로도 봄. 郭璞은 "洵, 一作旬"이라 함.

【不可殺也】죽을 수가 없음. 郝懿行은 '不死'의 뜻으로 보았음. 아무것도
먹지 않으나 죽지 않음을 말함. 郝懿行은 "不可殺, 言不能死也; 無口不食,
而自生活"이라 함.

【羬】郭璞은 "音, 還. 或音患"이라 하였고, 郝懿行은 "《廣韻》云: 「羬, 獸名. 似羊, 黑色無口, 不可殺也.」"라 함. 郭璞《圖讚》에는 "有獸無口, 其名曰患. 害氣不入, 厥體無間. 至理之盡, 出乎自然"이라 함.

【𧏿蠃】'𧏿蠃'의 오기로 봄. '𧏿'는 '紫', '蠃'는 '螺'의 假借字. 따라서 '보랏빛 을 내는 소라' 따위를 뜻하는 것으로 봄. 郭璞은 "紫色螺也"라 하였고, 郝懿行은 "郭云紫色螺, 卽知經文'𧏿'當爲'𧏿', 字之訛也. 古字通以'𧏿'爲'紫'. 《御覽》引此經'𧏿'作'𧏿'"라 함.

024(1-2-14) 호작산虖勺山

다시 동쪽으로 4백 리에 호작산虖勺山이 있다.

그 산 위에는 자수梓樹와 남수枏樹나무가 많고, 그 아래에는 형기荊杞가
많다.

방수滂水가 그 산에서 발원하여 동쪽으로 흘러 바다로 들어간다.

又東四百里, 曰虖勺之山.

其上多梓枏, 其下多荊杞.

滂水出焉, 而東流注于海.

【梓枏】梓樹와 枏樹. '梓'(자, 재)는 山楸樹. '枏'은 '枏', '楠'자의 異體字, 楠樹.
둘 모두 落葉喬木의 일종. 郭璞은 "梓, 山楸也; 枏, 大木, 葉似桑, 今作楠,
音南"이라 함.

【荊杞】'荊'은 낙엽관목으로 일종의 가시나무. '杞'는 枸杞樹. 구기자나무.
郭璞은 "杞, 枸杞也, 子赤"이라 함. 236에는 '荊芑(荊芑)'로 되어 있으며
'芑'와 '杞'는 같은 글자의 가차자.

025(1-2-15) 구오산區吳山

다시 동쪽으로 5백 리에 구오산區吳山이 있다.
풀과 나무도 자라지 아니하며 사석沙石이 많다.
녹수鹿水가 그 산에서 발원하여 남쪽 방수滂水로 흘러 들어간다.

又東五百里, 曰區吳之山.
無草木, 多沙石.
鹿水出焉, 而南流注于滂水.

026(1-2-16) 녹오산鹿吳山

다시 동쪽으로 5백 리에 녹오산鹿吳山이 있다.

위에는 초목은 없고 금과 옥석이 많다.

택경수澤更水가 그 산에서 발원하여 남쪽으로 흘러 방수滂水로 들어간다.

그 물에 짐승이 있으니 이름을 고조蠱雕라 하며 그 형상은 마치 조雕와 같으며 뿔이 있고, 그 우는 소리는 마치 어린아이의 울음소리와 같다. 이는 사람을 잡아먹는다.

又東五百里, 曰鹿吳之山.

上無草木, 多金石.

澤更之水出焉, 而南流注于滂水.

水有獸焉, 名曰蠱雕, 其狀如雕,

而有角, 其音如嬰兒之音, 是食人.

고조(蠱雕)

【水有獸焉】王念孫은 '有獸焉'이어야 한다고 보았음.

【蠱雕】郭璞은 "蠱, 或作纂"이라 함. 한편 '雕'는 일종의 맹금류 새 이름. 수리의 일종. '鷲'라고도 함. 부리가 갈고리 모양으로 생겼으며 대퇴부에 털이 나 있음. 시력이 뛰어나 사냥을 잘한다 함.

027(1-2-17) 칠오산漆吳山

동쪽 5백 리에 칠오산漆吳山이 있다.

풀과 나무는 자라지 않으며 바둑판이나 바둑알을 만들 수 있는 돌이 많고 옥은 없다.

이 산은 동해東海가에 처해 있으며 구산丘山을 바라보고 그 빛은 보이기도 하고 숨기도 하며 이곳은 해가 쉬는 곳이다.

東五百里, 曰漆吳之山.

無草木, 多博石, 無玉.

處于東海, 望丘山, 其光載出載入, 是惟日次.

【博石】바둑판이나 바둑알을 만들 수 있는 돌. 郭璞은 "可以爲博棊石"이라 함.

【處于】이 글자 앞에 脫文이 있는 것으로 봄. 何焯은 "處于之上疑有脫文"이라 함.

【東海】海東의 오기로 봄. 郝懿行은 "東海, 一本作海東"이라 하였고 〈宋本〉과 〈吳寬抄本〉에 모두 '海東'으로 되어 있음.

【載出載入】'出入'과 같음. 그 빛이 나오기도 하고 들어가기도 함. 載는 어조사. 뜻이 없음. 郭璞은 "神光之所潛耀"라 함.

【日次】해가 머물러 쉬는 곳. 郭璞은 "是日景之所次舍"라 함. 즉 해의 次舍. '次'는 '쉬다, 머물다'의 뜻. 원래는 군대나 여행자가 하루 머무는 것을 '舍'라 하며 이틀 머무는 것을 '信', 그 이상 머물러 있는 것을 '次'라 함.

028(1-2-18) 두 번째 남방 산계

무릇 남방 산계의 두 번째 산맥 처음은 거산柜山으로부터 칠오산漆吳山
까지 모두 17개의 산이며 7천2백 리에 걸쳐 있다.

그곳 산신의 형상은 모두가 용의 몸에 새의 머리를 하고 있다.

그 신에 대한 제사의 방법은 모물毛物을 희생으로 하여 한 개의 벽옥과
함께 땅에 묻으며 서미糈米는 도미稌米를 사용한다.

凡南次二經之首, 自柜山至于漆吳之山,
凡十七山, 七千二百里.
　其神狀皆龍身而鳥首.
　其祠, 毛用一璧瘞, 糈用稌.

용·신조수(龍身鳥首)

【南次二經之首】 여기서 '首'자는 '道'의 古字로 보아야 함. 따라서 이 구절은
"남방으로 두 번째 산의 경유하는 길은"이라는 뜻으로 보아야 함. '經'은
역시 '山'자로 보아야 함.

【糈用稌】 郭璞은 "稌, 稻穧也"라 하였고, 郝懿行은 "穧字疑衍, 或'稉'字之譌"
라 함.

〈南方第二列山系中山水〉 明 蔣應鎬 圖本

1-3. 南次三經

〈禱過山周邊〉明 蔣應鎬 圖本

029(1-3-1) 천우산天虞山

남방 산계의 세 번째 산맥 시작은 천우산天虞山이다.
그 아래에는 물이 많아 산에 오를 수 없다.

南次三經之首, 曰天虞之山.
其下多水, 不可以上.

【南次三經】'經'은 역시 '山'으로 보아야 하며 혹 "경유하다"의 뜻임.

030(1-3-2) 도과산禱過山

동쪽으로 5백 리에 도과산禱過山이 있다.

그 산 위에는 금과 옥이 많고, 그 아래에는 물소, 외뿔소가 많으며 코끼리도 많다.

그 산에 새가 있으니 그 형상은 교鴂와 같으며 흰머리에 세 발, 그리고 사람 얼굴을 하고 있다. 그 이름을 구여瞿如라 하며, 그 울음은 자신의 이름을 부르는 소리를 낸다.

구여(瞿如)

은수泿水가 그 산에서 발원하여 남쪽으로 흘러 바다로 들어간다.

그 물에는 호교虎蛟가 있으며 그 형상은 사람 몸의 모습에 뱀의 꼬리를 달고 있다. 그 머리는 마치 원앙鴛鴦처럼 생겼다. 이를 먹으면 종기가 나지 않고 치질을 그치게 할 수 있다.

東五百里, 曰禱過之山.

其上多金玉, 其下多犀·兕, 多象.

有鳥焉, 其狀如鷄, 而白首·三足·人面, 其名曰瞿如, 其鳴自號也.

泿水出焉, 而南流注于海.

其中有虎蛟, 其狀魚身而蛇尾, 其音如鴛鴦, 食者不腫, 可以已痔.

【犀】郭璞은 "犀, 似水牛, 豬頭庳脚, 脚似象, 有三蹄, 大腹, 黑色. 三角, 一在
頂上, 一在額上, 一在鼻上. 在鼻上者小而不墮, 食角也. 好噉棘, 口中常灑血沫"
이라 함. 郭璞 《圖讚》에는 "犀頭似豬, 形兼牛質. 角則
倂三, 分身互出. 鼓鼻生風, 壯氣隘溢"이라 함.

서(犀)

【兕】흔히 '犀兕'를 병렬하여 제시함으로써 야생의
거친 물소를 뜻하는 것으로 봄. 일설에 '犀'는 돼지
처럼 생겼으며, '兕'는 암컷 犀라고도 함. 그러나 이
책에서는 둘을 별개의 동물로 보아 兕는 외뿔소를
가리키는 것으로 여겼음. 郭璞은 "兕, 亦似水牛,
靑色, 一角. 重三千斤"이라 함. 郭璞 《圖讚》에는
"兕推壯獸, 似牛靑黑. 力無不傾, 自焚以革. 皮充武備, 角助文德"이라 함.

【象】코끼리. 郭璞 《圖讚》에는 "象實魁梧, 體巨貌詭. 肉兼十牛, 目不踰豕. 望頭
如尾, 動若丘徙"라 함.

【鴢】'교'로 읽으며 오리보다 작음. 郭璞의 주에 "鴢似鳧而小, 脚近尾"라 함.

【瞿如】짐승 이름. 곽박 《圖讚》에는 "鷅雕有角, 聲若兒號. 瞿如三手, 厥狀似鴢.
魚身蛇尾, 是謂虎蛟"라 함.

【其鳴自號】'그 동물(鳥獸)의 우는 소리는 자신의 이름을 부르는 소리를 낸다'
는 뜻. 본 《山海經》 표현에서 '其鳴自號, 其鳴自叫, 其鳴自呼, 其鳴自詨, 其鳴
自訆' 등은 모두 같은 의미이며, 혹 '鳴'과 '名'을 混淆하여 표기하기도 함.
011 주를 참조할 것.

【虎蛟】郭璞은 "蛟似蛇, 四足, 龍屬"이라 함. 한편 '蛟'는 蛟龍으로 발이 넷이며
머리가 작고 허리가 가는 뱀의 일종으로 사람을
해치기도 한다 함. 열대지방의 큰 뱀. 郭璞은
"似蛇而四脚, 小頭細頸, 頸有白癭, 大者十數圍, 卵如
一二石甕, 能呑人"이라 함.

호교(虎蛟)

【其音如鴛鴦】'其首如鴛鴦'이어야 함. 王念孫과 畢沅 등이 자세히 교증함.

【已痔】'已'는 '질환이나 병을 그치게 하다', 즉 '치료하다'의 뜻으로 봄. '痔'는
치질, 항문 병의 일종. 《太平御覽》(743)에는 '爲痔'로 되어 있으며 '爲' 역시
'치료하다'의 뜻으로 '已'와 같음.

031(1-3-3) 단혈산丹穴山

다시 동쪽으로 5백 리에 단혈산丹穴山이 있다.

그 산 위에는 금과 옥이 많다.

단수丹水가 그 산에서 발원하여 남쪽으로 흘러 발해渤海로 들어간다.

그 산에 새가 있으니 그 형상은 마치 닭과 같으며 다섯 가지 광채에 무늬가 있다. 이름을 봉황鳳皇이라 하며 머리에 띤 무늬를 덕德, 날개의 무늬를 의義, 등의 무늬를 예禮, 가슴의 무늬를 인仁, 배의 무늬를 신信이라 한다.

이 새는 자연 속에서 물과 먹을 것을 구하며 스스로 노래를 부르고 춤도 춘다. 이 새가 나타나면 천하가 안녕을 얻는다.

又東五百里, 曰丹穴之山.

其上多金玉.

丹水出焉, 而南流注于渤海.

有鳥焉, 其狀如雞, 五采而文, 名曰鳳皇, 首文曰德, 翼文曰義, 背文曰禮, 膺文曰仁, 腹文曰信.

是鳥也, 飲食自然, 自歌自舞, 見則天下安寧.

【渤海】 발해는 지금의 '渤海'가 아니며 그 해안이 굴곡이 심하고 절벽이 있는 바다라는 뜻으로 쓰였음. 郭璞은 "渤海, 海岸曲崎頭也"라 함.

【其狀如雞】郝懿行은 "《史記》司馬相如傳正義·《文選》注顔延之〈贈王太常詩〉·《藝文類聚》(99)及《初學記》(5)引此經, 雞幷作鶴, 薛綜注〈東京賦〉引作鶴"이라 하여 雞(鷄), 鶴, 鶴 등 여러 가지로 다름.

【鳳皇】鳳凰과 같음. 흔히 鳳은 수컷, 皇(凰)은 암컷이라고도 함. 곽박 《圖讚》에 "鳳凰靈鳥, 實冠羽羣. 入象其體, 五德其文. 羽翼來儀, 應我聖君"이라 함.

【翼文曰義, 背文曰禮】'翼文曰順, 背文曰義'여야 함. 王念孫, 郝懿行 등의 교정에 이를 자세히 밝히고 있음. 〈海內經〉(850)을 볼 것.

【膺】가슴 부위.

【飲食自然】자연으로부터 먹을거리를 취함.

봉황(鳳皇)

032(1-3-4) 발상산發爽山

다시 동쪽으로 5백 리에 발상산發爽山이 있다.
풀과 나무는 자라지 아니하고 물이 많으며 흰 원숭이가 많다.
범수汎水가 이 산에서 발원하여 남쪽으로 흘러 발해渤海로 들어간다.

又東五百里, 曰發爽之山.
無草木, 多水, 多白猿.
汎水出焉, 而南流注于渤海.

【白猿】白猨과 같음. 흰색 원숭이.
【渤海】발해는 지금의 '渤海'가 아니며 그 해안이 굴곡이 심하고 절벽이 있는
　바다라는 뜻으로 쓰였음. 郭璞은 "渤海, 海岸曲崎頭也"라 함.

033(1-3-5) 모산旄山의 꼬리

다시 동쪽으로 4백 리는 모산旄山의 꼬리에 이르게 된다.

그 남쪽에는 골짜기가 있으며 이를 육유育遺라 한다. 많은 괴조怪鳥가 있으며 개풍凱風이 여기에서 생겨난다.

又東四百里, 至于旄山之尾.

其南有谷, 曰育遺, 多怪鳥, 凱風自是出.

【育遺】郭璞은 "遺, 或作遂"라 함. 郭璞《圖讚》에 "育隱之谷, 爰含凱風. 靑陽 卽謝, 氣應祝融. 炎雰是扇, 以散鬱隆"이라 함.

【凱風】南風의 다른 이름. 郭璞은 "凱風, 南風也"라 함.

034(1-3-6) 비산非山의 머리

다시 동쪽으로 4백 리는 비산非山의 머리 부분에 이르게 된다.

그 산 위에는 금과 옥이 많다. 물은 없으며 그 산 아래에는 복훼蝮虫가 많다.

又東四百里, 至于非山之首.

其上多金玉, 無水, 其下多蝮虫.

【蝮虫】 살모사의 일종. 郭璞 주에 "蝮虫, 色如綬文, 鼻上有鍼. 大者百餘斤. 一名反鼻虫"이라 함. '虫'은 고대 '虺'자와 같음. '훼'로 읽음.

035(1-3-7) 양협산陽夾山

다시 동쪽으로 5백 리에 양협산陽夾山이 있다.
풀이나 나무가 자라지 않으며 물이 많다.

又東五百里, 曰陽夾之山.
無草木, 多水.

036(1-3-8) 관상산灌湘山

다시 동쪽으로 5백 리에 관상산灌湘山이 있다.
그 위에는 나무가 많고 풀은 없다. 괴조怪鳥가 많고 짐승은 없다.

又東五百里, 曰灌湘之山.
上多木, 無草; 多怪鳥, 無獸.

【灌湘之山】郭璞은 "一作灌湖射之山"이라 함.

037(1-3-9) 계산雞山

다시 동쪽으로 5백 리에 계산雞山이 있다.

그 위에는 금이 많고, 그 아래에는 단확丹臒이 많다.

흑수黑水가 그 산에서 발원하여 남쪽으로 흘러 바다로 들어간다.

그 물에는 단어鱄魚가 있으며 그 형상은 마치 붕어鮒魚 같으나 돼지털이 있다. 그가 내는 소리는 돼지 울음과 같으며 이것이 나타나면 천하에 큰 가뭄이 든다.

又東五百里, 曰雞山.

其上多金, 其下多丹臒.

黑水出焉, 而南流注于海.

其中有鱄魚, 其狀如鮒而彘毛, 其音

如豚, 見則天下大旱.

단어(鱄魚)

【丹臒】붉은색의 臒. '臒'은 돌에서 나는 油脂의 일종. 石脂. 고대 아주 중요한 顔料로 사용하였다 함. 郝懿行은 "說文云:「丹, 巴越之赤石也. 臒, 善丹也.」"라 함.

【鱄魚】'단어'로 읽음. 郭璞은 "鱄, 音團扇之團"이라 함. 그러나 '전어'로 읽을 경우 洞庭湖의 美魚임.

【鮒】붕어. 鯽魚. 鰿魚. 郝懿行은 《廣雅》云:「鮒, 鰿也.」"라 하였으며 '鰿'은 '鯽'과 같음.

【彘毛】郝懿行은 《廣韻》作豕毛"라 함. 그러나 《太平御覽》(35)과 《文選》江賦에는 모두 '彘毛'로 되어 있음.

038(1-3-10) 영구산令丘山

다시 동쪽으로 4백 리에 영구산令丘山이 있다.

풀과 나무는 없으며 물이 많다.

그 남쪽에 골짜기가 있어 중곡中谷이라 부르며 조풍條風이 여기에서 시작된다.

그 산에 새가 있으니 그 형상은 올빼미와 같으며 사람의 얼굴에 네 개의 눈이 있고 귀가 있다. 그 이름을 오顒라 하며 그 울음은 자신의 이름을 부르는 소리를 낸다. 이 새가 나타나면 천하에 큰 가뭄이 든다.

又東四百里, 日令丘之山. 無草木, 多水.

其南有谷焉, 日中谷, 條風自是出.

有鳥焉, 其狀如梟, 人面四目而有耳,

其名曰顒, 其鳴自號也, 見則

天下大旱.

오(顒)

【條風】東北風을 가리킴. 동북풍의 다른 이름. 郭璞은 "東北風爲條風"이라 함.

【梟】일종의 맹금류. 鵂鶹라고도 함. 올빼미. 들쥐나 토끼 등을 먹이로 함.

【顒】원음은 '옹'이나 '오'로 읽음. 郭璞은 "顒, 音娛"라 하였고, 郝懿行은
《玉篇》·《廣韻》幷作鶢라 함. 곽박 《圖讚》에 앞장의 鱄魚와 함께 묶어 "鶢鳥
栖林, 鱄魚處淵. 俱爲旱徵, 災延普天. 測之無象, 厥數推玄"이라 함.

039(1-3-11) 윤자산侖者山

다시 동쪽으로 3백70리에 윤자산侖者山이 있다.

그 위에는 금과 옥이 많고, 그 아래에는 청확靑腹이 많다.

그 산에 나무가 있으니, 그 형상은 곡수穀樹와 같으며 붉은 결이 있다. 그 나무는 옻즙과 같은 즙을 흘리며 그 맛은 마치 엿과 같다. 이를 먹으면 배고픔을 잊으며 근심을 없앨 수 있다. 그 이름을 백고白箬라 하며 옥을 염색할 수 있다.

又東三百七十里, 曰侖者之山. 其上多金玉, 其下多靑腹.
有木焉, 其狀如穀而赤理, 其汗如漆, 其味如飴, 食者不飢,
可以釋勞, 其名曰白箬, 可以血玉.

【侖者之山】《太平御覽》(50)에는 '侖山'으로 되어 있음.
【靑腹】'腹'은 돌에서 나는 油脂의 일종. 石脂. 《說文》에 "腹, 善丹也"라 함. 고대 아주 중요한 顔料로 사용하였다 함. 靑腹은 푸른색 안료로 쓸 수 있음.
【穀】構와 같음. 構樹. 나무 이름. 그 열매가 곡식 낟알 같아 穀樹라 한다 함. '穀'과 '構'는 고대 同聲이었으며 雙聲互訓으로 쓴 것. 그러나 郭璞 注에는 "穀, 楮也, 皮作紙. 璨曰:「穀亦名構, 名穀者, 以其實如穀也.」"라 함. 한편 郝懿行은 "陶宏景注《本草經》云:「穀卽今構樹也. 穀構同聲, 故穀亦名構.」"라 함.
【其汗如漆】나무의 즙이 옻즙과 같음. '汗'은 '汁'자의 오기로 봄. 나무에서 땀처럼 흘러나오는 樹液. 《太平御覽》(50)에는 '其汁如漆'로 되어 있으며 郝懿行도 '汗'을 '汁'으로 교정하였음.

【釋勞】 '勞'는 이 책에서는 흔히 근심(憂愁)의 뜻으로 보고 있음. 따라서 '釋勞'는 '근심을 없애주다'의 뜻. 郝懿行은 "高誘注《淮南》精神訓云:「勞, 憂也.」"라 함.

【白䓞】 '백고'로 읽음. 郭璞은 "或作睪蘇; 睪蘇一名白䓞, 見《廣雅》. 音羔" 라 함. 곽박 《圖讚》에 "白䓞睪蘇, 其汁如飴. 食之辟懿, 味有餘滋. 逍遙忘勞, 窮生盡期"라 함.

【血玉】 혈색이 물들어 있는 옥. 鷄血石 따위와 같은 형태의 옥. 옥은 옥에 물을 들여 광채가 나게 함을 뜻함. 郭璞은 "血謂可用染玉作光彩"라 함.

040(1-3-12) 우고산禹槀山

다시 동쪽으로 5백80리에 우고산禹槀山이 있다.
괴수怪獸가 많고 큰 뱀이 많다.

又東五百八十里, 日禹槀之山.
多怪獸, 多大蛇.

041(1-3-13) 남우산南禺山

다시 동쪽으로 5백80리에 남우산南禺山이 있다.

그 위에는 금과 옥이 많고, 그 아래에는 물이 많다.

그곳에 굴이 있어 물이 봄이면 곧바로 들어갔다가 여름에는 나오며 겨울이면 굴이 닫히고 만다.

좌수佐水가 그 산에서 발원하여 동남쪽으로 흘러 바다로 들어간다.

봉황鳳皇과 원추鶵雛가 있다.

又東五百八十里, 日南禺之山.

其上多金玉, 其下多水.

有穴焉, 水出輒入, 夏乃出, 冬則閉.

佐水出焉, 而東南流注于海, 有鳳皇·鶵雛.

【水出輒入】 '水春輒入'이어야 함. 〈宋本〉, 〈藏經本〉, 何焯〈校注本〉, 吳任臣 〈廣注本〉 등에는 모두 '水春輒入'으로 되어 있음.

【鶵雛】 난새나 봉황 따위와 같은 유의 조류. 郭璞은 "亦鳳屬"이라 함.

042(1-3-14) 남방 세 번째 산계

　무릇 남쪽으로 세 번째 산계의 시작은 천우산天虞山으로부터 남우산
南禺山까지 모두 14개의 산이 있으며 6천5백30리를 걸쳐 있다.
　그곳 산신은 모두 용의 몸에 사람 얼굴을 하고 있다.
　그 산신에게 제사를 올릴 때에는 모두 흰 개 한 마리의 피를 발라
기도하며 거기에 쓰는 서미糈米는 도미稌米를 사용한다.

凡南次三經之首, 自天虞之山以至
南禺之山, 凡一十四山, 六千五百三十里.
　其神皆龍身而人面.
　其祠皆一白狗祈, 糈用稌.

용·신인면(龍身人面)

【一十四山】 실제로는 13개의 산임.
【祈】 郭璞은 "請禱也"라 하였으나 畢沅은 "祈當爲畿,《說文》云, 以血有所刉
　塗祭也"라 하여 그릇의 일종으로 보았음. 310의 주를 참조할 것.

043(1-3-15) 남방 경유의 산들

이상은 남방을 경유하는 산에 대한 기록으로 크고 작은 산이 모두 40개이며 그 거리는 1만 6천3백80리이다.

右南經之山志, 大小凡四十山, 萬六千三百八十里.

【右南經之山志】 郝懿行은 "篇末此語, 蓋校書者所題, 故舊本皆亞于經"이라 하였으나 袁珂는 이는 원래 經文의 총결이며 다만 문장에서 '志'는 뒷사람이 마구 덧붙인 것이라 하였음.

卷二 西山經

〈英山一帶〉明 蔣應鎬 圖本

2-1. 西次一經

〈錢來山周邊〉明 蔣應鎬 圖本

044(2-1-1) 전래산錢來山

서산西山에서 화산華山을 경유하여 첫 시작은 전래산錢來山이다.

그 위에는 소나무가 많으며, 그 아래에는 세석洗石이 많다.

그곳에 짐승이 있으니, 그 형상은 양과 같으나 말의 꼬리를 하고 있으며 이름을 암양羬羊이라 한다. 그 기름으로는 피부의 주름을 치료할 수 있다.

西山經華山之首, 曰錢來之山.

其上多松, 其下多洗石.

有獸焉, 其狀如羊而馬尾, 名曰羬羊, 其脂可以已臘.

【洗石】목욕할 때 때(垢圿)를 벗기거나 물건을 세탁할 때 쓰는 돌. 郭璞은 "澡洗可以磢體去垢圿. 磢, 初兩反"이라 함.

【羬羊】郭璞은 '침양'으로 읽도록 하였으나 이는 오류이며 '암양'으로 읽음. 大尾羊. 郭璞은 "今大月氏國, 有大羊如驢而馬尾.《爾雅》云:「羊六尺爲羬.」謂此羊也. 羬, 音針"이라 하였으나, 郝懿行은 "羬, 當從《說文》作𦎫, '羬'蓋俗體.《玉篇》:「午咸(암)·渠炎(겸)二切」.《廣韻》:「巨淹切(겸), 與鍼(침)同音.」鍼(침): 又'之林切(짐), 俗字作針'. 是郭注之, '針'蓋因傳寫隨俗, 失於校正也.《初學記》(29)引此注亦云:「羬, 音針.」則自唐木(宋)已誤.《太平御覽》(902)引郭義恭《廣志》云:「大尾羊, 細毛, 薄皮, 尾上旁廣, 重且十斤, 出康居.」卽與此注相合.《初學記》引郭氏《圖讚》云:「月氏之羊, 其類. 在野, 厥高六尺, 尾亦

如馬.」何以審之. 事見《爾雅》"라 하여 겸(羬)자는 '암(羱)'자여야 하며, 음은 '암', '겸' 등이라 하였음. 한편 곽박의 《圖讚》에는 "月氏(氐)之羊, 其類甚野. 厥高六尺, 眉赤如馬. 何以審之, 事見爾雅"라 함.

【已腊】 '已'는 '그치게 하다, 치료하다'의 뜻. 석(腊)은 피부에 주름이나 각질이 생기는 질환. 郭璞은 "治體皴, 腊音昔"이라 하였고 郝懿行은 "《說文》云:「昔, 乾肉也, 籀文作腊. 此借爲皴腊之字. 今人以羊脂療皴有驗"이라 함.

암양(羬羊)

045(2-1-2) 송과산松果山

서쪽으로 45리에 송과산松果山이 있다.

호수濩水가 그 산에서 발원하여 북쪽으로 흘러 위수渭水로 들어간다. 그 물에는 구리가 많다.

그 산에 새가 있으니 그 이름을 동거蝀渠라 하며 그 형상은 꿩과 같으나 검은 몸에 붉은 발을 하고 있다. 이 새로 가히 피부가 갈라지는 질환을 그치게 할 수 있다.

西四十五里, 曰松果之山.

濩水出焉, 北流注于渭, 其中多銅.

有鳥焉, 其名曰蝀渠, 其狀如山雞, 黑身赤足, 可以已𦡳.

【濩水】灌水의 오기. 郝懿行은 "《水經注》作灌水" 라 하였고, 王念孫과 畢沅도 이 의견을 따름.
【蝀渠】'동거'로 읽음. 郭璞은 "蝀, 音彤弓之彤" 이라 함.
【𦡳】피부 질환의 일종으로 주름이 지거나 살갗이 파열되는 피부질환. 郭璞은 "謂皮皺起也"라 함.

동거(蝀渠)

046(2-1-3) 태화산太華山

다시 서쪽으로 60리에 태화산太華山이 있다.

칼로 깎아 이룬 모습으로 사방이 모가 나 있으며 그 높이는 5천 길이나 되며 그 너비는 10리가 된다. 새나 짐승이 살 수 없다.

그곳에 뱀이 있으니 그 이름을 비유肥蟥라 하며 발이 여섯에 날개가 넷이다. 이 뱀이 나타나면 천하에 큰 가뭄이 든다.

又西六十里, 曰太華之山.

削成而四方, 其高五千仞, 其廣十里, 鳥獸莫居.

有蛇焉, 名曰肥蟥, 六足四翼, 見則天下大旱.

비유(肥蟥)

【太華之山】太華山, 華山. 중국 五嶽의 하나인 華山. 지금의 陝西 華陰縣
서남쪽에 있음. 郭璞의 《圖讚》에는 "華嶽靈峻, 削成四方. 爰有神女, 是挹
玉漿. 其誰由之, 龍駕雲裳"이라 함.

【仞】 길이의 단위. '길'. 郭璞은 "仞, 八尺也"라 함.

【肥蟥】 '肥遺'로도 표기함. 郝懿行은 "蟥, 當作遺. 劉昭注
《郡國志》及《藝文類聚》(96)幷引此經作肥遺"라 함. 한편
《博物志》(3)에 "華山有蛇名肥遺, 六足四翼, 見則天下
大旱"이라 하였으며, 《述異記》(下)에는 "蛇一首兩身者,
名曰肥遺, 西華山中有也. 見則大旱"이라 함. 그리고

비유(肥蟥)

본 책 〈北山經〉(146) 渾夕之山에 "有蛇, 一首兩身, 名曰肥遺, 見則其國大旱"
이라 함. 郭璞의 《圖讚》에는 "肥遺爲物, 與災合契. 鼓翼陽山, 以表亢厲.
桑林旣禱, 倏忽潛逝"라 함.

047(2-1-4) 소화산小華山

다시 서쪽으로 80리에 소화산小華山이 있다.

그곳의 나무는 형기荊杞가 많으며 그곳의 짐승은 작우㤙牛가 많다. 그 북쪽에는 경석磬石이 많으며 그 남쪽에는 저부琈珤라는 옥이 많이 있다. 새들은 주로 적별赤鷩이 많으며 이 새로는 화재를 막을 수 있다.

그곳에는 비려萆荔라는 풀이 있다. 그 형상은 마치 검은색의 부추 같으며 돌 위에서 나서 역시 나무를 타고 오르며 자란다. 이를 먹으면 심장의 통증을 멈추게 할 수 있다.

又西八十里, 曰小華之山.

其木多荊杞, 其獸多㤙牛, 其陰多磬石, 其陽多琈珤之玉, 鳥多赤鷩, 可以禦火.

其草有萆荔, 狀如烏韭, 而生于石上, 亦緣木而生, 食之已心痛.

【㤙牛】'작우'로 읽음. 郭璞은 "今華陽山中多山牛山羊, 肉皆千斤, 牛卽此牛也. 音昨"이라 함.

【磬石】編磬을 만들 수 있는 돌. 郭璞은 "可以爲樂石"이라 함.

【琈珤】'저부'라 불리는 옥. 琈는 《集韻》에 反切로 '抽居切'(처/저)과 '通都切'(토/도) 두 음이 있음. 여기서는 잠정적으로 '저부'로 읽음. 이 옥은 구체적으로

어떤 형태인지 알 수 없음. 郭璞은 "璚珤, 玉名, 所未詳也"라 함. 郝懿行은 "《說文》引孔子曰:「美哉! 璵璠. 遠而望之, 奐若也; 近而視之, 瑟若也. 一則理勝, 一則孚勝.」此經璚珤, 古字所無, 或卽璵璠之字, 當由聲轉. 若系理孚之文, 又爲形變也. 古書多假借, 疑此二義似爲近之"라 함.

【赤鷩】조류의 일종. 꿩의 한 종류. 붉은 깃털을 하고 있음. 郭璞은 "赤鷩, 山雞之屬. 胸腹洞赤, 冠金皆黃頭綠, 尾中有赤毛彩鮮明. 音作弊, 或作鼊"이라 하여 '폐', 혹은 '별'로 읽도록 함. 역자는 책 전체에서 '별'로 읽음.

【萆荔】薛荔草. 香草의 일종이라 함.《楚辭》離騷에는 '薜荔'라 하였음.

048(2-1-5) 부우산符禺山

다시 서쪽으로 80리에 부우산符禺山이 있다.

그 산 남쪽에는 구리가 많으며 그 북쪽에는 철이 많다.

그 산에 나무가 있는데 그 이름을 문경文莖이라 하며, 그 나무의 열매는 대추처럼 생겼다. 이로써 귀머거리를 치료할 수 있다.

그곳의 풀은 가지가 많으며 그 형상은 마치 아욱과 같고 붉은 꽃에 노란 열매가 맺혀 마치 어린아이 혀와 같다. 이를 먹으면 사람으로 하여금 미혹함에 빠지지 않게 한다.

총롱(蔥聾)

부우수符禺水가 그 산에서 발원하여 북쪽으로 흘러 위수渭水로 들어간다.

그곳의 짐승은 주로 총롱蔥聾이 많으며 그 형상은 마치 양과 같으나 붉은 갈기가 있다.

그곳의 새는 주로 민조鴖鳥라는 새로써 그 형상은 마치 물총새와 같으나 붉은 부리가 있으며 이 새로써 화재를 막을 수 있다.

又西八十里, 曰符禺之山.

其陽多銅, 其陰多鐵.

其上有木焉, 名曰文莖, 其實如棗, 可以已聾.

其草多條, 其狀如葵, 而赤華黃實, 如嬰兒舌, 食之使人不惑.

符禺之水出焉, 而北流注于渭.

其獸多蔥聾, 其狀如羊而赤鬣.

其鳥多鴖, 其狀如翠而赤喙, 可以禦火.

【蔥聾】葱聾으로도 표기하며 야생의 양. 疊韻連綿語의
동물 이름. 郝懿行은 "此卽野羊之一種, 今夏羊亦有
赤鬣者"라 함.

총롱(蔥聾)

【鴖】'민'으로 읽음. 郭璞은 "音旻"이라 함. 곽박《圖讚》
에는 "䲹渠已殃, 赤鷩辟火. 文莖愈聾, 是則嘉果. 鴖亦
衛災, 厥形惟應"라 함.

【翠】翠鳥. 물총새의 일종. 郭璞은 "翠似燕而紺色也"라 함. 翡翠鳥. 몸 전체가
비취색이며 머리 부분은 藍黑色. 물가에 살면서 작은 물고기나 새우 등을
먹이로 함.

【禦火】郭璞은 "畜之, 辟火災也"라 함.

049(2-1-6) 석취산石脆山

다시 서쪽으로 60리에 석취산石脆山이 있다.

그곳의 나무는 주로 종수椶樹와 남수枏樹가 많으며 그곳의 풀은 대부분 조초條草로서 그 형상은 부추와 같으며 흰 꽃에 검은 열매가 맺힌다. 이를 먹으면 옴을 치료할 수 있다.

그 산의 남쪽에는 저부璚琈라는 옥이 많으며 그 북쪽에는 구리가 많다.

관수灌水가 이 산에서 발원하여 북쪽으로 흘러 우수禹水로 들어가며 그 물에는 진흙 형상의 붉은 흙인 유자流赭가 많다. 이 흙으로 소나 말에게 발라주면 병이 나지 않는다.

又西六十里, 曰石脆之山.

其木多椶枏, 其草多條, 其狀如韭, 而白華黑實, 食之已疥.

其陽多璚琈之玉, 其陰多銅.

灌水出焉, 而北流注于禹水, 其中有流赭, 以塗牛馬無病.

【石脆】脃石여야 함. 王念孫, 畢沅, 郝懿行 등은 모두 이 글자로 보았음.

【椶枏】'椶'은 '椶'의 異體字. 椶樹. 낙엽 교목의 일종. '枏'은 '柟', '楠'의 이체자 楠樹. 郭璞은 "枏, 大木, 葉似桑, 今作楠, 音南"이라 함.

【其草多條】여기에서의 條草와 앞 문장의 條草는 이름은 같으나 생김새는 각기 다름.

【璗珸】'저부'라 불리는 옥. 璗는《集韻》에 反切로 '抽居切'(처/저)과 '通都切'
(토/도) 두 음이 있음. 여기서는 잠정적으로 '저부'로 읽음. 이 옥은 구체적으로
어떤 형태인지 알 수 없음. 郭璞은 "璗珸, 玉名, 所未詳也"라 함. 郝懿行은
"《說文》引孔子曰:「美哉! 璵璠. 遠而望之, 奐若也; 近而視之, 瑟若也. 一則
理勝, 一則孚勝.」此經璗珸, 古字所無, 或卽璵璠之字, 當由聲轉. 若系理孚之文,
又爲形變也. 古書多假借, 疑此二義似爲近之"라 함.

【流赭】진흙 상태의 赭土. 赭는 붉은색을 띤 고운 흙을 말함. 郭璞은 "赭,
赤土也"라 함. 郭璞의《圖讚》에는 "沙則潛流, 亦有運赭. 于以求鐵, 趍在其下,
蠲牛之癘, 作采于社"라 함.

050(2-1-7) 영산英山

다시 서쪽으로 70리에 영산英山이 있다.

그 산 위에는 유수杻樹와 강수橿樹가 많으며 그 북쪽에는 철이 많고, 그 산의 남쪽에는 적금赤金이 많다.

우수禺水가 그 산에서 발원하여 북쪽으로 흘러 소수招水로 들어간다. 그 물에는 방어鮮魚가 있어 그 형상은 마치 자라와 같으며 방어가 내는 소리는 마치 양의 울음과 같다. 그 남쪽에는 전미箭鏑라는 대나무가 많으며 그곳의 짐승은 작우牫牛와 암양羬羊 등이 많다.

새가 있어 새의 형상은 마치 메추라기 같으며 붉은 몸에 붉은 부리를 가지고 있다. 그 이름을 비유肥遺라 하며 이를 먹으면 여병癘病을 그치게 하며 벌레를 죽일 수 있다.

又西七十里, 曰英山.

其上多杻橿, 其陰多鐵, 其陽多赤金.

禺水出焉, 北流注于招水, 其中有鮮魚, 其狀如鼈, 其音如羊. 其陽多箭鏑, 其獸多牫牛·羬羊.

有鳥焉, 其狀如鶉, 黃身而赤喙, 其名曰肥遺, 食之已癘, 可以殺蟲.

【杻橿】‘杻'는 감탕나무, 혹은 冬靑이라고도 하며 본음은 ‘뉴'. 杻樹. ‘橿'은 역시 나무 이름으로 橿樹. 혹 감탕나무의 일종이라고 함. 郭璞은 "杻似棣

而細葉, 一名土檟. 音紐; 檟, 木中車材, 音姜"이라 함. 杻樹(뉴슈)는 棠棣
나무와 같으며 檟樹는 수레를 만드는 데에 사용하는 나무.

【赤金】구리(銅)를 뜻함. 郭璞 주에 "赤金, 銅也"라 함. 그러나 379의 郝懿行
〈箋疏〉에 "銅與赤金竝見, 非一物明矣. 郭氏誤注"라 하여 구리와 赤金은 서로
다른 물건이라 하였음.

【招水】'소수'로 읽음. 郭璞은 "招, 音韶"라 함.

【鮅】'방'으로 읽음. 郭璞은 "音同蚌蛤之蚌"이라 함.

【箭䉋】箭竹과 미죽. 모두 가는 대나무로 화살대를
만들 수 있으며 그 죽순은 식용으로 함. 郭璞은
"今漢中郡出䉋竹, 厚裏而長節, 根深, 筍冬生地中,
人掘取食之. 䉋音媚"라 함.

방어(鮅魚)

【㹜牛】'작우'로 읽음. 郭璞은 "今華陽山中多山牛山羊, 肉皆千斤, 牛卽此牛也.
音昨"이라 함.

【羬羊】곽박은 '침양'으로 읽도록 하였으나 이는 오류이며 '암양'으로 읽음.
大尾羊. 郭璞은 "今大月氏國, 有大羊如驢而馬尾.《爾雅》云:「羊六尺爲羬.」
謂此羊也. 羬, 音針"이라 하였으나, 郝懿行은 "羬, 當從《說文》作'羷', '羬'蓋
俗體.《玉篇》:「午咸(암)·渠炎(겸)二切.」《廣韻》:「巨淹切(겸), 與鉗(침)同音.」
鍼(침): 又'之林切(짐), 俗字作針'. 是郭注之, '針'蓋因傳寫隨俗, 失於校正也.
《初學記》(29)引此注亦云:「羬, 音針.」則自唐木(宋)已譌.《太平御覽》(902)引郭
義恭《廣志》云:「大尾羊, 細毛, 薄皮, 尾上旁廣, 重且十斤, 出康居.」卽與此
注相合.《初學記》引郭氏《圖讚》云:「月氏之羊, 其類. 在野, 厥高六尺, 尾亦
如馬.」何以審之. 事見《爾雅》"라 하여 겸(羬)자는 '암(羷)'자여야 하며, 음은
'암', '겸' 등이라 하였음.

【鷯】메추리.

【肥遺】원래는 뱀 이름. 그러나 여기서는 새 이름으로 쓰였음. 046의 肥蟥와
같음.《博物志》(3)에 "華山有蛇名肥遺, 六足四翼, 見則天下大旱"이라 하였으며,
《述異記》(下)에는 "蛇一首兩身者, 名曰肥遺, 西華山中有也. 見則大旱"이라 함.
그리고 본 책〈北山經〉(146) 渾夕之山에 "有蛇, 一首兩身, 名曰肥遺, 見則其國
大旱"이라 함.

【癘】惡瘡의 일종. 瘡疾, 염병. 郭璞은 "癘, 疫病也. 或曰惡瘡"이라 함.

051(2-1-8) 죽산竹山

다시 서쪽으로 50리에 죽산竹山이 있다.

그 산에는 교목喬木이 많으며 그 북쪽에는 철이 많다.

그곳에 풀이 있으니 이름을 황관黃蓶이라 하며 그 형상은 마치 저수樗樹와 같고 그 잎은 마치 삼과 같다. 흰색 꽃에 붉은 열매가 맺힌다. 그 열매의 형상은 마치 자색赭色과 같다. 이로써 목욕을 하면 옴을 없앨 수 있으며 다시 부종浮腫도 없앨 수 있다.

죽수竹水가 그 산에서 발원하여 북쪽으로 흘러 위수渭水로 들어간다. 그 남쪽에는 죽전竹箭이 많고 창옥蒼玉이 많다.

단수丹水가 그 산에서 발원하여 동남쪽으로 흘러 낙수洛水로 들어간다. 그 물에는 수옥水玉이 많으며 인어人魚가 많다.

짐승이 있으니 그 형상은 마치 돼지와 같으며 흰색 털이 나 있다. 털의 크기는 비녀만 하고 끝부분은 검다. 이름을 호체豪彘라 한다.

又西五十二里, 曰竹山.

其上多喬木, 其陰多鐵.

有草焉, 其名曰黃蓶, 其狀如樗, 其葉如麻, 白華而赤實, 其狀如赭. 浴之已疥, 又可以已胕.

竹水出焉, 北流注于渭, 其陽多竹箭, 多蒼玉.

丹水出焉, 東南流注于洛水, 其中多水玉, 多人魚.

有獸焉, 其狀如豚而白毛, 大如笄而黑端, 名曰豪彘.

【黃雚】郭璞의 《圖讚》에 "浴疾之草, 厥子赭赤. 肥遺似鶉, 其肉已疫. 睰獸長臂, 爲物好擲"이라 함.

【橿】橿樹. 지금은 臭椿樹라 부름.

【胕】'胕'는 浮腫. 발이나 살갗이 퉁퉁 부어오르는 병이나 질환. 郭璞은 "治胕腫也, 音符"라 함.

【竹箭】箭竹. 郭璞은 "箭, 篠也"라 하였으며 篠는 小竹을 가리킴. 당시 어순을 바꾸어 물건 이름을 정하는 소수민족 언어 환경을 보여주는 것이라고도 함.

【人魚】郭璞은 "如鯑魚四脚"이라 함. 陵魚(634), 龍魚(524) 등도 '人魚'라 불림.

【豚】돼지. 집에서 기르는 가축일 경우 '豚'이라 하며 돼지새끼를 뜻하기도 함. 이 책에서 돼지를 뜻하는 명칭으로 豚·㺸·豕·猪·豬 등이 있으나 구체적인 구분을 알 수 없음.

【大如笄而黑端】郝懿行, 王念孫 등은 모두 "毛大如笄而黑端"이어야 한다고 교정하였음.

【笄】여인들에 머리에 꽂는 비녀.

【豪㺸】豪猪. 큰 돼지. 속칭 '箭豬'라 함. 郭璞 《圖讚》에 "剛㺸之族, 號曰豪㺸. 毛如攢錐, 中有激矢. 厥體兼資, 自爲牝牡"라 함.

호체(豪㺸)

052(2-1-9) 부산浮山

다시 서쪽으로 1백2십 리에 부산浮山이 있다.

그 산에는 반목盼木이 많이 있으며, 그 나무는 탱자나무 잎과 같으나 가시는 없고 나무 벌레가 그 잎에 산다.

그 산에 풀이 있으니 이름을 훈초薰草라 하며 삼 잎에 네모진 줄기가 있고 붉은색의 꽃에 검은 열매가 맺힌다. 냄새는 마치 미무蘪蕪와 같다. 이를 차고 다니면 여병癘病을 없앨 수 있다.

又西百二十里, 日浮山.

多盼木, 枳葉而無傷, 木蟲居之.

有草焉, 名曰薰草, 麻葉而方莖, 赤華而黑實, 臭如蘪蕪, 佩之可以已癘.

【盼木】郭璞은 "音美目盼兮之盼"이라 하였고, 郝懿行은 "郭旣音盼, 知經文必不作盼, 未審何字之譌"라 함.

【無傷】사람에게 상처를 주지 않음. 가시에 찔리지 않음. 傷은 棘·刺·針·鍼·箴의 뜻을 가지고 있음. 郭璞은 "枳, 刺針也, 能傷人, 故名云"이라 함. 《廣雅》에는 "傷, 箴也"라 함. 袁珂는 "盼木葉似枳葉而無刺, 故云無傷也"라 함.

【蘪蕪】'미무'로 읽음. 향초 이름. 雙聲連綿語의 식물 이름. 郭璞은 "蘪蕪, 香草. 《易》曰:「其臭如蘭」眉無兩音"이라 함.

053(2-1-10) 유차산羭次山

다시 서쪽으로 70리에 유차산羭次山이 있다.

칠수漆水가 이 산에서 발원하여 북쪽으로 위수渭水로 흘러 들어간다.

그 산 위에는 역수棫樹와 강수橿樹가 많으며, 그 아래에는 죽전竹箭이 많다. 그리고 그 북쪽에는 적동赤銅이 많으며 그 남쪽에는 영원嬰垣이라는 옥이 많다.

그 산에 짐승이 있으니, 그 형상은 마치 우禺와 같으며 긴 팔을 가지고 있다. 물건을 잘 던지며 그 이름을 효䰠라 한다.

그곳에 새가 있어 그 형상은 마치 올빼미와 같으며 사람 얼굴에 발이 하나이다. 이를 탁비橐蜚라 하며 겨울에는 나타나고 여름이면 칩거한다. 그 털과 깃을 차고 다니면 우레를 두려워하지 않게 된다.

又西七十里, 曰羭次之山.

漆水出焉, 北流注于渭.

其上多棫橿, 其下多竹箭, 其陰多赤銅, 其陽多嬰垣之玉.

有獸焉, 其狀如禺而長臂, 善投, 其名曰䰠.

有鳥焉, 其狀如梟, 人面而一足, 曰橐蜚, 冬見夏蟄, 服之不畏雷.

효(䰠)

【竹箭】箭竹. 郭璞은 "箭, 篠也"라 하였으며 篠는 小竹을 가리킴. 당시 어순을 바꾸어 물건 이름을 정하는 소수민족 언어 환경을 보여주는 것이라고도 함.

【嬰垣之玉】郭璞은 "垣, 或作短, 或作根, 或作埋. 傳寫謬錯, 未可得詳"이라 함. 袁珂는 江紹原의 말을 인용하여 "當卽嬰脰之玉, 蓋用以作頸飾者, 其說近是, 可供參考"라 함. 西次三經 渤山의 嬰短之玉(102)이 '嬰垣之玉'도 마찬가지임.

【蝚】郭璞은 "亦在畏獸畫中, 似獼猴. 投, 擲也"라 함. 그러나 이는 '夒'자의 형태가 변하여 생긴 글자로 보고 있음. 《說文》에 "夒, 母猴, 似人"이라 함.

【橐𩏑】郭璞은 "𩏑, 音肥"라 함. 王念孫은 이 문장이 "名曰橐𩏑"여야 한다고 보았음. 郭璞 《圖讚》에 "有鳥人面, 一脚孤立. 性與時相反, 冬出夏蟄. 帶其羽毛, 迅雷不入"이라 함.

【不畏雷】郭璞은 "著其毛羽, 令人不畏天雷也"라 함.

탁비(橐𩏑)

054(2-1-11) 시산時山

다시 서쪽으로 1백50리에 시산時山이 있다.
풀과 나무가 자라지 않는다.
축수逐水가 이 산에서 발원하여 북쪽으로 흘러 위수渭水로 들어가며
그 물에는 수옥水玉이 많다.

又西百五十里, 曰時山.

無草木.

逐水出焉, 北流注于渭, 其中多水玉.

【逐水】郭璞은 "逐, 或作遂"라 함.
【渭】渭水. 河水의 큰 지류 중 하나.

055(2-1-12) 남산南山

다시 서쪽으로 1백70리에 남산南山이 있다.

그 산 위에는 단속丹粟이 많다.

단수丹水가 그 산에서 발원하여 북쪽으로 위수渭水로 들어간다. 그곳의
짐승은 주로 맹표猛豹가 많으며 새는 시구尸鳩가 많다.

又西百七十里, 曰南山.

上多丹粟.

丹水出焉, 北流注于渭. 獸多猛豹,
鳥多尸鳩.

맹표(猛豹)

【丹粟】좁쌀 크기의 작은 알갱이 형태의 丹沙. 丹沙는 朱砂(朱砂)의 일종으로
　　藥用과 顔料로 사용함. 郭璞은 "細丹沙如粟也"라 함.

【猛豹】짐승 이름. 곰과 같으나 약간 작으며 뱀을 잡아먹는다 함. 郭璞은
　　"猛豹似熊而小, 毛淺, 有光澤, 能食蛇, 食銅鐵,
　　出蜀中. 豹或作虎"라 하였고, 郝懿行은 "猛豹卽
　　貘豹也, 貘豹·猛豹, 聲近而轉"이라 함.

【尸鳩】'鳲鳩'로도 표기함. 원래 비둘기를 가리키나
　　실제 布穀, 撥穀이라 하여 뻐꾹새를 뜻함. 郭璞은
　　"尸鳩, 布穀類也. 或曰鵠鵴也. 鳩或作丘"라 하였고,
　　郝懿行은 "鳩或作丘者, 聲近假借字"라 함.

시구(尸鳩)

056(2-1-13) 대시산大時山

다시 서쪽으로 1백80리에 대시산大時山이 있다.

그 위에는 곡수穀樹와 작수柞樹가 많으며 그 아래에는 유수杻樹와 강수橿樹가 많다. 북쪽에는 은이 많으며 남쪽에는 백옥白玉이 많다.

잠수涔水가 그 산에서 발원하여 북쪽으로 위수渭水로 흘러 들어간다.

청수淸水도 그 산에서 발원하여 남쪽으로 한수漢水로 흘러 들어간다.

又西百八十里, 曰大時之山.

上多穀柞, 下多杻橿. 陰多銀, 陽多白玉.

涔水出焉, 北流注于渭.

淸水出焉, 南流注于漢水.

【穀】構와 같음. 構樹. 나무 이름. 그 열매가 곡식 낟알 같아 穀樹라 한다 함. '穀'과 '構'는 고대 同聲이었으며 雙聲互訓으로 쓴 것. 그러나 郭璞 注에는 "穀, 楮也, 皮作紙. 璨曰:「穀亦名構, 名穀者, 以其實如穀也.」"라 함. 한편 郝懿行은 "陶宏景注《本草經》云:「穀卽今構樹也. 穀構同聲, 故穀亦名構.」"라 함.

【柞】櫟樹의 다른 이름. 郭璞은 "柞, 櫟"이라 함. 상수리나무, 떡갈나무의 일종.

【杻橿】'杻'는 감탕나무, 혹은 冬靑이라고도 하며 본음은 '뉴'. 杻樹. '橿'은 역시 나무 이름으로 橿樹. 혹 감탕나무의 일종이라고 함. 郭璞은 "杻似棣而細葉, 一名土橿. 音紐; 橿, 木中車材, 音姜"이라 함. 杻樹(뉴슈)는 棠棣나무와 같으며 橿樹는 수레를 만드는 데에 사용하는 나무.

【涔水】'잠수'로 읽음. 郭璞은 "涔, 音潛"이라 함.

057(2-1-14) 파총산幡塚山

다시 서쪽으로 3백20리에 파총산幡塚山이 있다.

한수漢水가 그 산에서 발원하여 동남쪽으로 면수沔水로 흘러 들어간다.

효수囂水가 그 산에서 발원하여 북쪽으로 탕수湯水로 흘러 들어간다.

그 산 위에는 도지죽桃枝竹과 구단죽鉤端竹이 많으며 짐승은 주로 물소, 외뿔소, 곰, 큰곰 등이 많으며 새는 백한白翰과 적별赤鷩이 많다.

그곳의 풀은 그 잎은 마치 혜초蕙草와 같으며 그 줄기는 길경桔梗과 같다. 검은색 꽃이 피며 열매는 맺히지 않는다. 이름을 골용菁蓉이라 하며 이를 먹으면 사람으로 하여금 아이를 낳지 못하게 한다.

又西三百二十里, 曰嶓塚之山.

漢水出焉, 而東南流注于沔.

囂水出焉, 北流注于湯水.

其上多桃枝鉤端, 獸多犀兕熊羆, 鳥多白翰赤鷩.

有草焉, 其葉如蕙, 其本如桔梗, 黑華而不實, 名曰菁蓉,
食之使人無子.

【嶓】'파'로 읽음. 郭璞은 "嶓, 音波"라 함.
【沔】물 이름. 沔水.
【湯水】郭璞은 "湯, 或作陽"이라 함.

【桃枝·鉤端】대나무 이름. 桃枝竹과 鉤端竹. 郭璞은 "鉤端, 桃枝屬"이라 함. 《爾雅》釋草에는 "桃枝, 四寸有節"이라 하였고, 疏에는 "凡竹相去四寸有節者, 名桃枝竹"이라 함. 郭璞《圖讚》에 "嶓冢美竹, 厥號桃枝. 業薄幽藹, 從容鬱猗. 簟以安寢, 杖以扶危"라 함.

【兕】흔히 '犀兕'를 병렬하여 제시함으로써 야생의 거친 물소를 뜻하는 것으로 봄. 일설에 '犀'는 돼지처럼 생겼으며, '兕'는 암컷 犀라고도 함. 그러나 이 책에서는 둘을 별개의 동물로 보아 兕는 외뿔소를 가리키는 것으로 여겼음.

시(兕)

【白翰】白雉. 흰색의 꿩. 고대인은 상서로운 새로 여겼음. 郭璞은 "白翰, 白鵫也, 亦名鶾雉, 又曰白雉"라 함. 白鵫으로도 표기함.

【赤鷩】조류의 일종. 꿩의 한 종류. 붉은 깃털을 하고 있음. 郭璞은 "赤鷩, 山鷄之屬. 胸腹洞赤, 冠金皆黃頭綠, 尾中有赤毛彩鮮明. 音作弊, 或作鱉"이라 하여 '폐', 혹은 '별'로 읽도록 함. 역자는 책 전체에서 '별'로 읽음.

【蕙】蕙草. 香草 이름. 郭璞은 "蕙, 香草, 蘭屬也"라 함.

【胃蓉】'골용'으로 읽음. 郭璞은 "胃, 音骨"이라 함. 郭璞《圖讚》에 "有華無實, 胃容之樹. 邊谿類狗, 皮厭妖蠱. 黑文赤翁, 鳥愈隱痔. 鸚䳇慧鳥, 青羽赤喙"라 함.

058(2-1-15) 천제산天帝山

다시 서쪽으로 3백50리에 천제산天帝山이 있다.

그 산 위에는 종수樱樹와 남수枏樹가 많으며 그 아래에는 관초菅草와 혜초蕙草가 많다.

그 산에 짐승이 있으니 그 형상은 마치 개와 같으며 이름을 계변谿邊이라 한다. 그 가죽을 자리로 만들어 앉으면 고혹병蠱惑病에 걸리지 않는다.

그곳에 새가 있으니 그 형상은 메추라기와 같고 검은 무늬에 붉은 목털이 나 있다. 이 풀은 이름을 역櫟이라 하며 이를 먹으면 치질을 그치게 한다.

그 산에 풀이 있으니 그 형상은 마치 아욱과 같으며 그 냄새는 마치 미무蘼蕪와 같다. 이름을 두형杜衡이라 하며 이를 띠고 말을 타면 말을 빨리 달리게 할 수 있다. 이를 먹으면 영류병癭瘤病을 치료할 수 있다.

又西三百五十里, 曰天帝之山.

上多椶枏, 下多菅蕙.

有獸焉, 其狀如狗, 名曰谿邊, 席其皮者不蠱.

有鳥焉, 其狀如鶉, 黑文而赤翁, 名曰櫟, 食之已痔.

有草焉, 其狀如葵, 其臭如蘼蕪, 名曰杜衡, 可以走馬, 食之已癭.

【枏】 '枏'은 '柟', '楠'자의 異體字. 楠樹. 郭璞은 "枏, 大木, 葉似桑, 今作楠, 音南"이라 함.

【菅】 '葌'의 가차자가 아닌가 함. 郭璞은 "菅, 茅類也"라 함. 원래 자리를 짜는 왕골.

【蕙】 蕙草. 香草 이름. 郭璞은 "蕙, 香草, 蘭屬也"라 함.

【谿邊】 郭璞은 "或作谷遺"라 함.

【蠱】 '蠱'는 원래 귀신이 있다고 믿어 그것이 작은 벌레처럼 작용하여 환각, 환청, 정신질환 등의 병을 일으키거나 사람의 정신을 혼미하게 하여 모든 것을 의심하게 한다고 여겼음. 오늘날 균이나 박테리아, 바이러스 따위, 혹은 정신병을 유발하는 어떤 원인균이나 물질을 말함. 郝懿行은 "〈北次三經〉 (170)云:「人魚如䱱魚, 四足, 食之無痴疾.」此言「食者無蠱疾」. 蠱, 疑惑也. 癡, 不慧也. 其義同"이라 함.

【赤翁】 '翁'은 頸毛를 말함. 붉은 목털.《說文》에 "翁, 頸毛也"라 함.

【其狀如葵】 郝懿行은 "《史記》司馬相如傳索隱引此經柞葉如葵"라 함.

【杜衡】 식물 이름. 藥用으로 사용함. 郭璞은 "杜衡, 香草也"라 함. 곽박《圖讚》에는 "狌狌㸦入, 杜衡走馬. 理固須因, 體亦有假. 足駿在感, 安事御者"라 함.

【走馬】 말을 빨리 달리게 함. 혹 말에게 먹이면 말이 지치지 아니하고 잘 달림. 郭璞은 "帶之令人便馬, 或曰: 馬得之而健走"라 함.

【癭】 목에 나는 瘤腫. 郝懿行은 "《說文》云:「癭, 頸瘤也.」《淮南》地形訓云: 「險阻氣多癭.」"이라 함.

059(2-1-16) 고도산皐塗山

서남쪽을 3백80리에 고도산皐塗山이 있다.

색수薔水가 그 산에서 발원하여 서쪽으로 흘러 제자수諸資水로 흘러든다.

그리고 도수涂水가 그 산에서 발원하여 남쪽으로 집획수集獲水로 흘러든다.

그 남쪽에는 단속丹粟이 많으며 그 북쪽에는 은과 황금이 많다. 그 산 위에는 주로 계수나무가 많다.

흰 돌이 있어 그 이름을 여礜라 하며 쥐를 죽일 수 있다.

풀이 있으니 그 형상은 마치 고발藁茇과 같으며 그 잎은 아욱과 같으나 잎의 뒷면이 붉다. 이름을 무조無條라 하며 쥐를 독살할 수 있다.

그곳에 짐승이 있으니 그 형상은 마치 사슴과 같으며 흰 꼬리가 있다. 말의 굽에 사람의 손을 하고 있으며 네 개의 뿔이 나 있다. 그 이름을 영여㹺如라 한다.

영여(㹺如)

그 산에 새가 있으니 그 형상은 마치 치鴟와 같으며 사람의 발 모습을 하고 있다. 이름을 수사數斯라 하며 이를 먹으면 영류병癭瘤病을 치료할 수 있다.

西南三百八十里, 曰皐塗之山.

薔水出焉, 西流注于諸資之水.

涂水出焉, 南流注于集獲之水.

其陽多丹粟, 其陰多銀·黃金. 其上多桂木.

有白石焉, 其名曰礜, 可以毒鼠.

有草焉, 其狀如槀茇, 其葉如葵而赤背, 名曰無條, 可以毒鼠.

有獸焉, 其狀如鹿而白尾, 馬脚人手而四角, 名曰𤢊如.

영여(𤢊如)

有鳥焉, 其狀如鴟而人足, 名曰數斯, 食之已癭.

【臯塗】'鼻塗'가 아닌가 함. 郝懿行은 "《史記》司馬相如傳索隱引此經作鼻塗"라 함.

【薔水】'색수'로 읽음. 蕢水, 혹 蔷水라고도 함. 郭璞은 "薔, 音色, 或作蕢, 又作蔷"이라 함.

【丹粟】좁쌀 크기의 작은 알갱이 형태의 丹沙. 丹沙는 朱沙(朱砂)의 일종으로 藥用과 顏料로 사용함. 郭璞은 "細丹沙如粟也"라 함.

【礜】독이 있는 돌. 郭璞은 "今礜石殺鼠, 音豫, 蠶食之而肥"라 함. 곽박 《圖讚》에 "稟氣方殊, 件錯理微. 礜石殺鼠, 蠶食而肥. 口性雖反, 齊之一歸"라 함.

【槀茇】식물 이름. 향초의 일종. 郭璞은 "槀茇, 香草"라 하였고, 畢沅은 "卽槀本也, 本·茇聲之緩急"이라 함. '槀'는 '藁'와 같음. 볏짚.

【𤢊如】王念孫과 郝懿行은 모두 '확여(玃如)'여야 한다고 보았음. 곽박 《圖讚》에 "𤢊如之獸, 鹿狀四角. 馬足人手, 其尾則白. 貌兼三形, 攀木緣石"이라 함.

【鴟】鴟鴞, 鵂鶹(부엉이), 貓頭鷹 따위의 새매, 부엉이, 올빼미, 무수리, 징경이, 솔개 따위의 맹금류 조류를 통칭하여 일컫는 말이라 함. 그중 치는 깃에 심한 독이 있어 이를 물에 타서 사람에게 먹이면 죽는다 함. 毒殺用으로 그 독을 사용하기도 함.

수사(數斯)

【數斯】새 이름. 雙聲連綿語로 지은 것.

【癭】癭瘤病. 그러나 여기서는 혹 瘺疾病을 뜻하는 것으로 봄. 郭璞은 "或作瘺"이라 하였음.

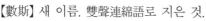

060(2-1-17) 황산黃山

다시 서쪽으로 1백80리에 황산黃山이 있다.

풀이나 나무는 자라지 못하며 죽전竹箭이 많다.

반수盼水가 그 산에서 발원하여 서쪽으로 흘러 적수赤水로 들어가며
그 물에는 옥이 많다.

그 산에 짐승이 있으니 그 형상은 소와 같으며
검푸른 색에 큰 눈을 가지고 있다. 그 이름을
민擎이라 한다.

민(擎)

그곳에 새가 있으니 그 형상은 효鴞와 같으며
푸른 깃에 붉은 부리를 가지고 있으며 사람의
혀를 가지고 있어 능히 말을 한다. 그 이름을
앵무鸚鵡라 한다.

又西百八十里, 曰黃山.

無草木, 多竹箭.

盼水出焉, 西流注于赤水, 其中多玉.

有獸焉, 其狀如牛, 而蒼黑大目, 其名曰擎.

有鳥焉, 其狀如鴞, 靑羽赤喙, 人舌能言, 名曰鸚鵡.

【竹箭】箭竹. 郭璞은 "箭, 篠也"라 하였으며 篠는 小竹을 가리킴. 당시 어순을
바꾸어 물건 이름을 정하는 소수민족 언어 환경을 보여주는 것이라고도 함.

【盼水】郭璞은 “音美目盼兮之盼”이라 하였고, 郝懿行은 “郭旣音盼, 知經文必不作盼, 未審何字之譌”라 함.

【挲】郭璞은 “音敏”이라 함. 《周書》王會篇에는 “數楚每牛, 每牛者, 牛之小者也”라 하여 ‘每牛’를 가리키는 것이 아닌가 함. 소 가운데 덩치가 작은 것을 가리킴. 郭璞 《圖讚》에는 “數斯人脚, 厥狀似鴟. 挲獸大眼, 有鳥名鸓. 兩頭四足, 翔若合飛”라 함.

【鸚鴟】鸚鵡의 다른 표기. 사람의 말을 흉내내는 새. 郭璞은 “鸚鴟, 舌似小兒, 舌脚指, 前後各兩. 扶南徼外出, 五色者, 亦有純赤白者, 大如鴈也”라 하였고, 郝懿行은 “《說文》云: 能言鳥也”라 함. 곽박 《圖讚》에는 “鸚鴟慧鳥, 栖林喙桑. 四指中分, 行則以觜. 自貽伊籠, 見幽坐趾”라 함.

앵무(鸚鴟)

【鴟】鴟鴞, 鵂鶹(부엉이), 貓頭鷹 따위의 새매, 부엉이, 올빼미, 무수리, 징경이 따위의 맹금류 조류를 통칭하여 일컫는 말이라 함.

061(2-1-18) 취산翠山

다시 서쪽으로 2백 리에 취산翠山이 있다.

그 산 위에는 종수樱樹와 남수柟樹가 많으며 그 아래에는 죽전竹箭이 많다. 그리고 그 남쪽에는 황금과 옥이 많으며 그 북쪽에는 모우旄牛와 영鏖, 그리고 사향노루가 많다.

그곳의 새는 주로 누조鸓鳥가 많으며 그 형상은 까치와 같으며 검붉은 색에 머리가 둘이며 발은 넷이다. 이로써 가히 화재를 막을 수 있다.

又西二百里, 曰翠山.

其上多樱柟, 其下多竹箭, 其陽多黃金・玉,
其陰多旄牛・鏖・麝.

其鳥多鸓, 其狀如鵲, 赤黑而兩首四足,
可以禦火.

영(鏖)

【柟】 '柟'은 '楠', '楠'자의 異體字. 楠樹. 郭璞은 "柟, 大木, 葉似桑, 今作楠, 音南" 이라 함.

【竹箭】 箭竹. 郭璞은 "箭, 篠也"라 하였으며 篠는 小竹을 가리킴. 당시 어순을 바꾸어 물건 이름을 정하는 소수민족 언어 환경을 보여주는 것이라고도 함.

【其陽多黃金・玉】 〈項絅本〉, 〈畢沅本〉, 〈百子全書本〉에는 모두 "其陽多黃玉" 으로 되어 있음.

【旄牛】牦牛, 犛牛 등과 같음. 야크의 일종. 지금 雲南과 티베트 등지에 있
으며 검은색 털이 배 아래와 다리에 길게 늘어져 있음. 郭璞은 "今旄牛背
膝及髀尾皆有長毛"라 함.

【羷·麝】'령'(羷)은 '羚'의 가차자. 羚羊. 험한 바위에서 사는 양. '麝'는 사향
노루. 배꼽의 사향주머니에서 특이한 향내가 남. 藥用으로 사용함. 郭璞은
"羷似羊而大角細食, 好在山崖間; 麝似獐而小, 有香"이라 함.

【鸓】원래 날다람쥐를 가리킴. 郭璞은 "音, 壘"라 하여 '루'로 읽음. 원음은
'류'. 그러나 王念孫, 畢沅, 郝懿行은 모두 '鸓'자로
보았음. 郝懿行은 "《玉篇》云:「鸓', 大頰切」所說
形狀正如此. 同是經'鸓', 當爲'鸓', 注'壘'當爲'壘'.
竝字形之譌也"라 함. 여기서는 임시로 원문대로
따름. 곽박《圖讚》에는 "數斯人脚, 厥狀似鴟. 犛獸
大眼, 有鳥名鸓. 兩頭四足, 翔若合飛"라 함.

누조(鸓鳥)

062(2-1-19) 외산騩山

다시 서쪽으로 2백50리에 외산騩山이 있다.

이 산은 서해에까지 이르러 가라앉으며 풀과 나무는 없고 옥이 많다.

처수凄水가 이 산에서 발원하여 서쪽으로 흘러 바다로 들어가며 그 물에는 채석采石과 황금, 그리고 단속丹粟이 많다.

又西二百五十里, 曰騩山.

是錞于西海, 無草木, 多玉.

凄水出焉, 西流注于海, 其中多采石黃金, 多丹粟.

【騩山】 '騩'는 '외'로 읽음. 郭璞은 "騩, 音巍: 一音隗囂之隗"라 함. '騩'의 본음은 '귀'. 이 '騩山'이라는 이름은 100, 297, 399에도 있으며, '大騩山' 역시 360, 452에 보임.

【錞】 '달라붙다, 그곳까지 뻗쳐 있다, 그곳에 이르러 가라앉다. 제방이 되다' 등의 뜻. 郭璞은 "錞, 猶隉錞也; 音章閏反"이라 하여 '준'으로 읽도록 되어 있으며 제방을 뜻하는 것으로 보았음. 그러나 汪紱은 "錞, 猶蹲也"라 하여 달리 해석하고 있음.

【凄水】 혹 수수(浽水)라고도 함. 郭璞은 "凄, 或作浽"라 함.

【采石】 彩石. 화려한 文彩가 나는 돌. 郭璞은 "采石, 石有采色者, 今雌黃·空青·碧綠之屬"이라 함.

【丹粟】 좁쌀 크기의 작은 알갱이 형태의 丹沙. 丹沙는 朱沙(朱砂)의 일종으로 藥用과 顔料로 사용함. 郭璞은 "細丹沙如粟也"라 함.

063(2-1-20) 서쪽 경유의 산들

무릇 서쪽으로 경유하는 산의 시작은 전래산錢來山으로부터 외산騩山에 이르며 모두 19개의 산이 2천9백57리에 걸쳐 있다.

그중 화산華山은 여러 산의 총재冢宰와 같으며 그 산신에게 제사를 지내는 예는 태뢰太牢로써 한다.

그리고 유산羭山은 그 산맥의 신과 같은 존재로서 그 산신에게 제사를 올리는 예는 촛불을 사용하며 백 일 동안 재계를 한 다음 백 가지의 희생물을 사용한다. 그리고 백 가지 유瑜라는 구슬을 함께 땅에 묻으며 백 동이의 술을 끓여 백 가지의 규珪와 백 개의 벽璧을 그 둘레에 진열한다.

그 나머지 17개의 산은 털 색깔이 순정한 양으로써 제사를 지낸다. 그리고 촛불은 백 가지 풀을 태워 아직 재가 되지 않은 것으로써 하며 제사에 쓰이는 자리는 흰색으로써 다시 다섯 채색으로 수식한 것으로 하되 색깔은 균등하게 순수한 것으로써 한다.

凡西經之首, 自錢來之山至于騩山, 凡十九山, 二千九百五十七里.

華山, 冢也, 其祠之禮: 太牢.

羭山, 神也, 祠之用燭, 齋百日以百犧, 瘞用百瑜, 湯其酒百樽, 嬰以百珪百璧.

其餘十七山之屬, 皆毛牷, 用一羊祠之. 燭者, 百草之未灰, 白蓆采等純之.

【聭】'외'로 읽음. 郭璞은 "聭, 音巍: 一音隗嚻之隗"라 함. '聭'의 본음은 '귀'.

【冢】冢宰. 전체를 관할하는 자. 혹은 神이 거주하는 곳을 가리킴. 郭璞은 "冢者, 神之所舍也"라 함.

【太牢】고대 잔치나 제사 등에 소, 양, 돼지 등 세 희생으로써 지내는 것을 말함. 小牢에 상대하여 아주 큰 잔치나 제사를 가리킴. 郭璞은 "牛羊冢爲 太牢"라 함.

【燭】郭璞은 "或作煬"이라 하였고, 郝懿行은 《說文》云: 「燭, 庭燎火燭也; 煬, 炙燥也」라 함.

【齋】齋戒함. 제사나 기도를 위해 경건히 기도하고 묵상함을 말함.

【百犧】흰색의 순수한 색깔을 가진 희생물 1백 가지. 郭璞은 "牲純色者爲犧"라 함.

【瘞】'예'로 읽으며 '묻다'의 뜻.

【瑜】아름다운 옥의 일종. 郭璞은 "瑜亦美玉名, 音臾"라 함.

【湯其酒】'湯'은 '끓이다(燙), 데우다'의 뜻. 湯은 燙과 같음. 郭璞은 "湯, 或作溫"이라 하였고, 郝懿行은 "湯讀去聲, 今人呼溫酒爲湯酒本此"라 함.

【嬰】'둘레에 진열하여 놓다'의 뜻. 郭璞은 "嬰爲陳之以環祭也; 或曰嬰卽 古罌字, 渭盂也"라 함. 袁珂는 江紹原의 《中國古代旅行之硏究》(1장)를 근거로 '嬰'은 玉으로 신에게 제사를 지내는 제사 이름으로 쓰는 專稱이라 함.

【百珪百璧】'珪'는 '圭'와 같으며 제사나 잔치에 쓰는 玉器. '璧'은 가운데에 큰 구멍을 낸 큰 옥. 장식용으로 쓰임.

【毛牷】전체 색깔이 순수한 소. 희생용으로 쓰는 소 한 마리 전체. 郭璞은 "牷謂牲體全具也"라 함.

【燭者, 百草之未灰】郝懿行은 "此蓋古人用燭之始, 經云'百草未灰', 是知上世 爲燭, 亦用麻蒸葦苣爲之, 詳見《詩》疏及《周禮》疏"라 함.

【白蓆采等純之】'白蓆'은 흰색의 왕골로 짠 자리. '蓆'은 '席'과 같으며 '采'는 '彩'과 같음. 오색의 무늬 채색, '等純'은 五彩의 색깔 장식이 균등하게 나도록 하여 잡색이 섞이지 않도록 한 것을 말함. 郭璞은 "純, 緣也. 五色純之, 等差 其文彩也"라 함.

2-2. 西次二經

〈女床山周邊〉明 蔣應鎬 圖本

064(2-2-1) 검산鈐山

서쪽 다음 두 번째 경유하는 산계의 시작은 검산鈐山이다.
그 산 위에는 구리가 많으며, 그 아래에는 옥이 많고 그곳의 나무는
주로 유수杻樹와 강수橿樹가 많다.

西次二經之首, 曰鈐山.
其上多銅, 其下多玉, 其木多杻橿.

【鈐山】'겸산'으로도 읽음. 郭璞은 "鈐, 音髠鉗之鉗, 或作冷, 又作淦"라 함.
【杻橿】'杻'는 감탕나무, 혹은 冬靑이라고도 하며 본음은 '뉴'. 杻樹. '橿'은
역시 나무 이름으로 橿樹. 혹 감탕나무의 일종이라고 함. 郭璞은 "杻似棣
而細葉, 一名土橿. 音紐; 橿, 木中車材, 音姜"이라 함. 杻樹(뉴슈)는 棠棣
나무와 같으며 橿樹는 수레를 만드는 데에 사용하는 나무.

065(2-2-2) 태모산泰冒山

서쪽으로 2백 리에 태모산泰冒山이 있다.

그 남쪽에는 금이 많고 그 북쪽에는 철이 많다.

욕수浴水가 그 산에서 발원하여 동쪽으로 하수河水로 흘러든다. 그 물에는 조옥藻玉이 많으며 흰 뱀이 많다.

西二百里, 曰泰冒之山.

其陽多金, 其陰多鐵.

浴水出焉, 東流注于河, 其中多藻玉, 多白蛇.

【泰冒之山】郭璞은 "泰, 或作秦"이라 하였음. 《初學記》(6)와 《太平御覽》(62) 에는 '秦冒之山'이라 하였음.

【浴水】《初學記》와 《太平御覽》에는 모두 '洛水'로 되어 있음.

【藻玉】마름풀 문양의 同心圓 채색 무늬를 띤 옥. 郭璞은 "藻玉, 玉有符彩者" 라 함. 郝懿行은 "此藻疑當與璪同, 《說文》云:「璪, 玉飾如水藻之文也.」藻藉, 見《周官》大行人"이라 함.

066(2-2-3) 수력산數歷山

다시 서쪽으로 1백70리에 수력산數歷山이 있다.

그 산 아래에는 황금이 많으며 그 아래에는 은이 많다. 그곳의 나무는 주로 유수杻樹와 강수橿樹가 많으며, 그곳의 새는 앵무鸚鵡새가 많다.

초수楚水가 그 산에서 발원하여 남쪽으로 흘러 위수渭水로 들어가며 그 물에는 백주白珠가 많다.

又西一百七十里, 曰數歷之山.

其上多黃金, 其下多銀, 其木多杻橿, 其鳥多鸚鵡.

楚水出焉, 而南流注于渭, 其中多白珠.

【杻橿】'杻'는 감탕나무, 혹은 冬靑이라고도 하며 본음은 '뉴'. 杻樹. '橿'은 역시 나무 이름으로 橿樹. 혹 감탕나무의 일종이라고 함. 郭璞은 "杻似棣 而細葉, 一名土橿. 音紐; 橿, 木中車材, 音姜"이라 함. 杻樹(뉴슈)는 棠棣 나무와 같으며 橿樹는 수레를 만드는 데에 사용하는 나무.

【鸚鵡】鸚鵡의 다른 표기. 사람의 말을 흉내내는 새. 郭璞은 "鸚鵡, 舌似小兒, 舌脚指, 前後各兩. 扶南徼外出, 五色者, 亦有純赤白者, 大如鴈也"라 하였고, 郝懿行은 《說文》云: 能言鳥也"라 함.

【白珠】郭璞은 "今蜀郡平澤出靑珠.《尸子》曰:「水員折者有珠.」"라 함.

067(2-2-4) 고산高山

다시 서북쪽으로 50리에 고산高山이 있다.

그 산 위에는 은이 많으며, 그 아래에는 청벽靑碧, 웅황雄黃이 많다. 그곳의 나무는 종수機樹가 많으며 그곳의 풀은 대나무가 많다.

경수涇水가 그 산에서 발원하여 동쪽으로 흘러 위수渭水로 들어가며 그 물에는 경석磬石과 청벽이 많다.

又西北五十里高山.

其上多銀, 其下多靑碧·雄黃, 其木多機, 其草多竹.

涇水出焉, 而東流注于渭, 其中多磬石·靑碧.

【五十里高山】 이는 '曰'자가 누락되었음. 마땅히 "五十里曰高山"이어야 함.

【靑碧】 푸른색을 띤 璧玉. 郭璞은 "碧, 亦玉類也"라 하였고, 《說文》에는 "碧, 石之靑美者"라 함.

【雄黃】 일종의 광물로 染料로 사용하며 藥用으로도 씀.

【磬石】 編磬을 만들 수 있는 돌. 郭璞은 "可以爲樂石"이라 함.

068(2-2-5) 여상산女牀山

서남쪽으로 3백 리에 여상산女牀山이 있다.

그 남쪽에는 적동赤銅이 많고, 그 북쪽에는 석녈石涅이 많다. 그곳의
짐승으로는 주로 호랑이, 표범, 물소, 외뿔소가 많다.

그 산에 새가 있으니 그 형상은 마치 적翟과 같으며 오채의 무늬가 있다.
이름을 난조鸞鳥라 하며 이 새가 나타나면 천하가 안녕을 누린다.

西南三百里, 曰女牀之山.

其陽多赤銅, 其陰多石涅, 其獸多虎豹犀兕.

有鳥焉, 其狀如翟而五采文, 名曰鸞鳥, 見則天下安寧.

【石涅】 石墨. 顔料나 塗料로 사용하는 광물. 吳任臣의 〈廣注〉에 《本草》:
「黑石之一名石墨, 一名石涅, 南人謂之畫眉石.」 楊愼《山海經補注》曰:「石涅
可以染黑色;《論語》涅而不淄', 卽此物也. 又可以書字, 謂之石墨.」이라 함.

【兕】 흔히 '犀兕'를 병렬하여 제시함으로써 야생의 거친 물소를 뜻하는 것으로
봄. 일설에 '犀'는 돼지처럼 생겼으며, '兕'는 암컷 犀라고도 함. 그러나 이 책
에서는 둘을 별개의 동물로 보아 兕는 외뿔소를 가리키는 것으로 여겼음.

【翟】 꼬리가 긴 꿩의 일종. 郭璞은 "翟, 似雉而大, 長尾.
或作鸐; 鴉, 雕屬也"라 함.《文選》東京賦 薛綜의 주에
이 문장을 인용하면서 '翟'은 '鶴'이라 하였고, '五采'는
'五色'이라 하였음.

【鸞鳥】 봉황의 일종. 郭璞《圖讚》에는 "鸞翔女牀, 鳳出
丹穴. 附翼相和, 以應聖哲. 擊石靡詠, 韶音其絶"이라 함.

난조(鸞鳥)

069(2-2-6) 용수산龍首山

다시 서쪽으로 2백 리에 용수산龍首山이 있다.

그 남쪽에는 황금이 많고 그 북쪽에는 철이 많다.

초수苕水가 그 산에서 발원하여 동남쪽으로 흘러 경수涇水로 들어가며
그 물에는 미옥美玉이 많다.

又西二百里, 曰龍首之山.

其陽多黃金, 其陰多鐵.

苕水出焉, 東南流注于涇水, 其中多美玉.

【苕水】물 이름. 〈南次二經〉 浮玉山(017)에 "苕水出于其陰, 北流注于具區. 其中
多紫魚"라 함.

【東南流注于涇水】〈宋本〉과 毛扆〈校本〉에는 "而東南流注于涇水"로 되어 있음.

070(2-2-7) 녹대산鹿臺山

다시 서쪽으로 2백 리에 녹대산鹿臺山이 있다.

그 산 위에는 백옥白玉이 많으며, 그 아래에는 은이 많다. 그곳의 짐승은 주로 작우柞牛와 암양羬羊, 백호白豪가 많다.

그 산에 새가 있으니 그 형상은 마치 수탉과 같으며 사람의 얼굴을 하고 있다. 이름을 부혜鳬徯라 하며 그 울음은 자신의 이름을 부르는 소리를 낸다. 이 새가 나타나면 전쟁이 일어난다.

又西二百里, 曰鹿臺之山.

其上多白玉, 其下多銀, 其獸多柞牛·羬羊·白豪.

有鳥焉, 其狀如雄雞而人面, 名曰鳬徯, 其鳴自叫也,

見則有兵.

【柞牛】'작우'로 읽음. 郭璞은 "今華陽山中多山牛山羊, 肉皆千斤, 牛卽此牛也. 音昨"이라 함.

【羬羊】곽박은 '침양'으로 읽도록 하였으나 이는 오류이며 '암양'으로 읽음. 大尾羊. 郭璞은 "今大月氏國, 有大羊如驢而馬尾.《爾雅》云:「羊六尺爲羬」 謂此羊也. 羬, 音鍼"이라 하였으나, 郝懿行은 "羬, 當從《說文》作'麙', '羬'蓋 俗體.《玉篇》:「午咸(암)·渠炎(겸)二切」.《廣韻》:「巨淹切(겸), 與鍼(침)同音.」 鍼(침): 又'之林切(짐), 俗字作針'. 是郭注之, '針'蓋因傳寫隨俗, 失於校正也. 《初學記》(29)引此注亦云:「羬, 音針.」 則自唐木(宋)已譌.《太平御覽》(902)引郭

義恭《廣志》云:「大尾羊, 細毛, 薄皮, 尾上旁廣, 重且十斤, 出康居.」即與此
注相合.《初學記》引郭氏《圖讚》云:「月氏之羊, 其類. 在野, 厥高六尺, 尾亦
如馬.」何以審之. 事見《爾雅》"라 하여 겸(羬)자는 '암(羬)'자여야 하며, 음은
'암', '겸' 등이라 하였음.

【白豪】흰색의 豪豬. 豪彘. 豪豬는 크고 흰털이 많이 난 돼지. 郭璞은 "豪,
貆豬也"라 하였음.

【鳬徯】郭璞《圖讚》에 "鳬徯朱厭, 見則有兵. 類異感同, 理不虛行. 推之自然,
厥數難明"라 함.

부혜(鳬徯)

071(2-2-8) 조위산鳥危山

서남쪽 2백 리에 조위산鳥危山이 있다.

그 남쪽에는 경석磬石이 많으며 그 북쪽에는 단수檀樹와 저수楮樹가 많고, 온 산에 여상초女牀草가 퍼져 있다.

조위수鳥危水가 그 산에서 발원하여 서쪽으로 적수赤水로 흘러들며 그 물에는 단속丹粟이 많다.

西南二百里, 曰鳥危之山.

其陽多磬石, 其陰多檀楮, 其中多女牀.

鳥危之水出焉, 西流注于赤水, 其中多丹粟.

【檀楮】檀은 박달나무, 楮는 닥나무. 그러나 郭璞은 "楮, 卽穀樹"라 하였음. 穀樹는 構樹임.

【磬石】編磬을 만들 수 있는 돌. 郭璞은 "可以爲樂石"이라 함.

【女牀】'女床'으로도 표기함. 미상. 일설에는 풀이름 女牀草라 함. 郭璞은 "未詳"이라 하였고, 郝懿行은 '女腸草'라 하였음.

【丹粟】좁쌀 크기의 작은 알갱이 형태의 丹沙. 丹沙는 朱沙(朱砂)의 일종으로 藥用과 顔料로 사용함. 郭璞은 "細丹沙如粟也"라 함.

072(2-2-9) 소차산小次山

다시 서쪽으로 4백 리에 소차산小次山이 있다.

그 산 위에는 백옥白玉이 많고 그 아래에는 적동赤銅이 많다.

그 산에 짐승이 있으니 그 형상은 원숭이 같으며 머리는 희고 네 개의
발을 가지고 있다. 이름을 주염朱厭이라 하며 이것이 나타나면 큰 전쟁이
일어난다.

又西四百里, 曰小次之山.

其上多白玉, 其下多赤銅.

有獸焉, 其狀如猿, 而白首四足, 名曰朱厭, 見則大兵.

【赤銅】순도가 높은 구리.

【朱厭】郭璞《圖讚》에 "鳥徯朱厭, 見則有兵. 類異感同, 理不
虛行. 推之自然, 厥數難明"이라 함.

【見則大兵】郭璞은 "一作見則有兵起焉. 一作見則爲兵"이라
하였고, 郝懿行은 "《北堂書鈔》(130)·《太平御覽》(329)引此
經幷作見則有兵"이라 함.

주염(朱厭)

073(2-2-10) 대차산大次山

다시 서쪽으로 3백 리에 대차산大次山이 있다.
그 남쪽에는 악토堊土가 많고 그 북쪽에는 벽옥碧玉이 많다.
그곳의 짐승은 주로 작우牲牛, 영양麢羊이 많다.

又西三百里, 曰大次之山.
其陽多堊, 其陰多碧.
其獸多牲牛·麢羊.

【堊】 堊土. 生石灰의 일종. 石灰岩이 가루가 되어 흙처럼 묻혀 있는 것. 건축
 자재나 粉刷用 塗料로 사용함. 白堊土. 郭璞은 "堊似土色, 甚白; 音惡"이라
 하였고, 郝懿行은 "中山經蔥聾之山, 多白堊, 黑, 青, 黃堊"이라 하여 여러
 색깔이 있었음을 밝혔음.
【牲牛】 '작우'로 읽음. 郭璞은 "今華陽山中多山牛山羊, 肉皆千斤, 牛卽此牛也.
 音昨"이라 함.

074(2-2-11) 훈오산薰吳山

다시 서쪽으로 4백 리에 훈오산薰吳山이 있다.
풀과 나무가 자라지 못하며 금과 옥이 많다.

又西四百里, 曰薰吳之山.
無草木, 多金玉.

075(2-2-12) 지양산底陽山

다시 서쪽으로 4백 리에 지양산底陽山이 있다.

그곳의 나무는 주로 종수櫻樹, 남수枏樹, 예장豫章이 많으며, 그곳의
짐승은 주로 물소, 외뿔소, 호랑이, 아롱豹, 작우牸牛가 많다.

又西四百里, 曰底陽之山.

其木多櫻·枏·豫章; 其獸多犀·兕·虎·豹·牸牛.

【底陽之山】郭璞은 "底, 音旨"라 하였음.《孟子》離婁(上)에 "舜盡事親之道而
　瞽瞍底豫, 瞽瞍底豫而天下化, 瞽瞍底豫而天下之爲父子者定, 此之謂大孝"라
　하여 底는 음이 '지'임.
【櫻】郭璞은 "櫻似松, 有刺, 細理, 音卽"이라 함.
【枏】'枏'은 '柟', '楠'자의 異體字, 楠樹. 郭璞은 "枏, 大木, 葉似桑, 今作楠, 音南"
　이라 함.
【豫章】나무 이름. 楸樹와 같으며 사철 푸른 잎을 가지고 있는 喬木. 郭璞은
　"豫章, 大木, 似楸, 葉冬夏靑, 生七年以後可知也"라 함.
【兕】흔히 '犀兕'를 병렬하여 제시함으로써 야생의 거친 물소를 뜻하는 것으로
　봄. 일설에 '犀'는 돼지처럼 생겼으며, '兕'는 암컷 犀라고도 함. 그러나 이
　책에서는 둘을 별개의 동물로 보아 兕는 외뿔소를 가리키는 것으로 여겼음.
【豹】짐승 이름. 아롱. 온몸에 꽃무늬를 가지고 있는 표범의 일종이라 함.
　郭璞은 "豹, 音之菊反"이라 하였고, 郝懿行은 "玉篇云: 「豹, 獸, 豹文」 音與
　郭同"이라 함.
【牸牛】'작우'로 읽음. 郭璞은 "今華陽山中多山牛山羊, 肉皆千斤, 牛卽此牛也.
　音昨"이라 함.

076(2-2-13) 중수산衆獸山

다시 서쪽으로 2백50리에 중수산衆獸山이 있다.

그 산 위에는 저부瑂珸라는 옥이 많으며 그 아래에는 단수檀樹와 저수楮樹가 많고, 황금도 많으며 그곳의 짐승은 주로 물소와 외뿔소가 많다.

又西二百五十里, 曰衆獸之山.

其上多瑂珸之玉, 其下多檀楮, 多黃金, 其獸多犀兕.

【瑂珸】'저부'라 불리는 옥. 瑂는《集韻》에 反切로 '抽居切'(처/저)과 '通都切'(토/도) 두 음이 있음. 여기서는 잠정적으로 '저부'로 읽음. 이 옥은 구체적으로 어떤 형태인지 알 수 없음. 郭璞은 "瑂珸, 玉名, 所未詳也"라 함. 郝懿行은《說文》引孔子曰:「美哉! 瑂瑤. 遠而望之, 奐若也; 近而視之, 瑟若也. 一則理勝, 一則孚勝.」此經瑂珸, 古字所無, 或卽瑂瑤之字, 當由聲轉. 若系理孚之文, 又爲形變也. 古書多假借, 疑此二義似爲近之"라 함.

【兕】흔히 '犀兕'를 병렬하여 제시함으로써 야생의 거친 물소를 뜻하는 것으로 봄. 일설에 '犀'는 돼지처럼 생겼으며, '兕'는 암컷 犀라고도 함. 그러나 이 책에서는 둘을 별개의 동물로 보아 兕는 외뿔소를 가리키는 것으로 여겼음.

077(2-2-14) 황인산皇人山

다시 서쪽으로 5백 리에 황인산皇人山이 있다.

그 산 위에는 금과 옥이 많으며, 그 아래에는 청웅황靑雄黃이 많다.

황수皇水가 그 산에서 발원하여 서쪽으로 흘러 적수赤水로 들어가며 그 물에는 단속丹粟이 많다.

又西五百里, 曰皇人之山.

其上多金玉, 其下多靑雄黃.

皇水出焉, 西流注于赤水, 其中多丹粟.

【靑雄黃】吳任臣의 〈山海經廣注〉에 "蘇頌云:「階州山中, 雄黃有靑黑色而堅者, 名曰薰黃.」靑雄黃意卽此也"라 하였음. 그러나 袁珂는 '靑'과 '雄黃'은 서로 다른 두 가지 물건으로 '靑'은 '石靑'을 가리키는 것으로 보았음. 郭璞도 "或曰空靑·曾靑之屬"이라 함.

【丹粟】좁쌀 크기의 작은 알갱이 형태의 丹沙. 丹沙는 朱沙(朱砂)의 일종으로 藥用과 顔料로 사용함. 郭璞은 "細丹沙如粟也"라 함.

078(2-2-15) 중황산中皇山

다시 서쪽으로 3백 리에 중황산中皇山이 있다.
그 산 위에는 황금이 많으며, 그 아래에는 혜초蕙草와 당수棠樹가 많다.

又西三百里, 曰中皇之山.
其上多黃金, 其下多蕙·棠.

【蕙·棠】郭璞은 "棠, 彤棠之屬也. 蕙, 或作羔"라 함. 棠은 棠梨樹. 잔가시가
많으며 분홍색 꽃이 핌.

079(2-2-16) 서황산西皇山

다시 서쪽으로 3백50리에 서황산西皇山이 있다.

그 산 남쪽에는 금이 많으며, 그 북쪽에는 철이 많다. 그곳의 짐승으로는 미록麋鹿과 사슴, 작우牭牛가 많다.

又西三百五十里, 曰西皇之山.

其陽多金, 其陰多鐵, 其獸多麋鹿·牭牛.

【麋鹿】麋는 큰사슴. 鹿은 일반 사슴. 郭璞은 "麋大如小牛, 鹿屬也"라 함.
【牭牛】 '작우'로 읽음. 郭璞은 "今華陽山中多山牛山羊, 肉皆千斤, 牛卽此牛也. 音昨"이라 함.

080(2-2-17) 내산萊山

다시 서쪽으로 3백50리에 내산萊山이 있다.

그곳의 나무는 주로 단수檀樹와 저수楮樹가 많으며, 그곳의 새들은
주로 나라羅羅가 많다. 이 새는 사람을 잡아먹는다.

又西三百五十里, 曰萊山.

其木多檀楮, 其鳥多羅羅, 是食人.

【羅羅】새 이름. 형태는 구체적으로 알 수 없음. 郭璞은 "羅羅之鳥, 所未詳也"
라 하였고, 郝懿行은 "〈海外北經〉有靑獸, 狀如虎, 名曰羅羅, 此鳥與之同名"
이라 함.

081(2-2-18) 서쪽 두 번째 경유하는 산들

무릇 서쪽으로 두 번째 경유하는 산으로서 우두머리는 검산鈐山으로부터 내산萊山에 이르기까지 모두 17개의 산이며 4천1백44리이다.

그곳 열 분의 신神들은 모두가 사람의 얼굴에 말의 몸을 하고 있으며 그 나머지 일곱 분의 신들은 모두가 사람 얼굴에 소의 몸을 이루고 있으며 네 개의 발에 하나의 팔을 가지고 있다. 그리하여 지팡이를 짚고 다니며 이들이 바로 비수飛獸의 신이다.

이들에게 제사를 올리는 예는 털을 가진 짐승으로 소뢰少牢로써 하며 흰 관초菅草로써 자리를 만들어 진열한다.

이들 외 열 분의 신에게 제사를 올릴 때에는 수탉 한 마리를 모물毛物로 삼으며 검鈐으로써 제기를 삼되 서미糈米는 사용하지 않는다. 제사에 쓰이는 모물은 채색의 털을 가진 것을 사용한다.

凡西次二經之首, 自鈐山至于萊山, 凡十七山, 四千一百四十里.

其十神者, 皆人面而馬身, 其七神皆人面牛身, 四足而一臂, 操杖以行, 是爲飛獸之神.

其祠之, 毛用少牢, 白菅爲席.

其十輩神者, 其祠之, 毛一雄雞, 鈐而不糈. 毛采.

【小牢】 제사나 잔치에 양과 돼지를 희생으로 잡아 사용하는 규모. 太牢(소, 양, 돼지)보다 작은 잔치나 제사를 의미함. 郭璞은 "羊豬爲小牢也"라 함.

【輩】 무리, 類. 郭璞은 "輩, 猶類也"라 함.

【鈴】 제사에 사용하는 祭器의 일종. 郭璞은 "鈴, 所用祭器名, 所未詳也. 或作 思訓祈不糈, 祠不以糈"라 하였고, 郝懿行은 "鈴, 疑祈之聲轉耳, 經文祈而不糈, 卽祠不以糈之義; 思訓未詳"이라 함.

【菅】 왕골, 등골 등. 자리를 짜는데 사용함. 郭璞은 "菅, 茅屬也, 音間"이라 함.

【糈】 제사에 사용하는 정갈한 쌀. 糈米.

【毛采】 제사에 사용하는 희생 중에 雜色 털을 가진 가축. 郭璞은 "言用雄色 鷄也"라 하였으며 袁珂는 "按: 郭注雄色鷄, 《藏經》本作雜色鷄, 是也. 此言 祠此人面馬身之十輩神, 毛物但用一雜色雄鷄, 而不以米也"라 함.

인면마신(人面馬身)

인면우신(人面牛身)

2-3. 西次三經

〈崇吾山一帶〉明 蔣應鎬 圖本

082(2-3-1) 숭오산崇吾山

서쪽으로 세 번째 경유하게 되는 산계의 시작은 숭오산崇吾山이다.

이는 하수河水의 남쪽에 있으며 북쪽으로 총수산冢遂山을 바라보고, 남쪽으로는 요택崫澤을 바라보며, 서쪽으로는 천제天帝의 박수구搏獸丘를 바라보며, 동쪽으로는 언연蟜淵이라는 못을 바라보고 있다.

그 산에 나무가 있으니 둥근 잎에 흰색의 꽃받침을 가지고 있으며, 붉은 꽃에 검은 무늬가 있다. 그 열매는 탱자와 같으며 이를 먹으면 많은 자손을 낳게 된다.

그곳에 짐승이 있으니 그 형상은 마치 긴꼬리원숭이 같으며 무늬가 있는 팔을 가지고 있다. 거기에 표범 꼬리와 같은 꼬리를 달고 있으며 물건을 잘 던진다. 이름을 거보擧父라 한다.

거보(擧父)

그 산에 새가 있으니 그 형상은 마치 부鳧와 같으며 날개 하나에 눈이 하나이며 서로 두 마리가 한 쌍이 되어야 날아올 수 있다. 이름을 만만蠻蠻이라 하며 이 새가 나타나면 천하에 큰 수재가 발생한다.

西次三經之首, 曰崇吾之山.

在河之南, 北望冢遂, 南望䍃之澤, 西望帝之搏獸之丘, 東望蟜淵.

有木焉, 員葉而白柎, 赤華而黑理, 其實如枳, 食之宜子孫.

有獸焉, 其狀如禺而文臂, 豹虎而善投, 名曰擧父.

有鳥焉, 其狀如鳧, 而一翼一目, 相得乃飛, 名曰蠻蠻,
見則天下大水.

【崇吾】 郝懿行은 "《博物志》及《史記》封禪書索隱引此幷作崇丘;《博物志》
又作參嵎"라 함.

【冢遂】 산 이름.

【峇】 郭璞은 "音遙"라 함.

【搏獸之丘】 郭璞은 "搏, 或作簿"라 함.

【蠚淵】 못 이름. 곽박은 "蠚, 音, 於然反"이라 하여 '언'으로 읽음.

【員】 圓과 같음.

【白栬】 '栬'는 꽃받침(花蕚)을 말함. 郭璞은 "今江東人, 呼草木子房爲栬. 音府.
一曰, 栬華下鄂"이라 함. 흰 꽃받침(花蕚房)이 있음.

【枳】 탱자. 郝懿行은 "《說文》云: 枳, 木, 似橘.《考工記》云: 「橘逾淮而北爲
枳.」"라 함.

【豹虎】 마땅히 '豹尾'여야 한다고도 함. 吳任臣은 "字有誤"라 하여 '豹尾'의
오기로 보았음.

【舉父】 夸父와 같음. 郭璞은 "或作夸父"라 하였고, 郝懿行은 "《爾雅》云:「㹦,
迅頭.」郭注云:「今建平山中有㹦, 大如狗, 似獼猴, 黃黑色, 多髯鬣, 好奮迅
其頭, 能擧石擿人, 玃類也.」如郭所說, 惟能擧石擿人, 故經曰善投, 因亦名擧父,
擧, 㹦同聲, 故古字通用; 與夸聲近, 故或作夸父"라 함. 이로 보아 夸父는
猿類의 짐승임을 알 수 있음.

【鳧】 들오리. 오리의 일종.

【蠻蠻】 比翼鳥, 혹은 鶼鶼鳥. 郭璞은 "比翼鳥也, 色靑赤,
不比不能飛.《爾雅》作鶼鶼鳥也"라 함. 〈海外南經〉의
比翼鳥(486)가 바로 이 새임. 郝懿行은 "蠻蠻之獸,
與比翼鳥同名, 疑卽獌也. 獌·蠻聲相近.《說文》云:
「獌或作㺔, 獭屬.」《文選》羽獵賦注引郭氏《三蒼解詁》
曰:「獌似狐, 靑色, 居水中, 食魚.」"라 함. 곽박《圖讚》
에는 "比翼之鳥, 似鳧靑赤. 雖云一形, 氣同體隔. 延頸
離鳥, 翻飛合翮"이라 함.

만만(蠻蠻)

083(2-3-2) 장사산長沙山

서북쪽으로 3백 리에 장사산長沙山이 있다.

차수泚水가 이 산에서 발원하여 북쪽으로 유수泑水로 흘러든다. 풀과 나무가 자라지 않으며 청웅황靑雄黃이 많다.

西北三百里, 曰長沙之山.

泚水出焉, 北流注于泑水, 無草木, 多靑雄黃.

【長沙之山】郝懿行은 "《穆天子傳》云:「送天子至于長沙之山」即此"라 함.

【泑水】郭璞은 "泑音黝, 水色黑也"라 함. 東望泑澤의 泑澤이 바로 이 물임.

【靑雄黃】吳任臣의〈山海經廣注〉에 "蘇頌云:「階州山中, 雄黃有靑黑色而堅者, 名曰薰黃.」靑雄黃意卽此也"라 하였음. 그러나 袁珂는 '靑'과 '雄黃'은 서로 다른 두 가지 물건으로 '靑'은 '石靑'을 가리키는 것으로 보았음. 郭璞도 "或曰空靑·曾靑之屬"이라 함.

084(2-3-3) 부주산不周山

다시 서북쪽으로 3백70리에 부주산不周山이 있다.

북쪽으로 멀리 제비산諸毗山이 저쪽 악숭산嶽崇山에 솟아 있는 것을 볼 수 있으며, 동쪽으로는 유택泑澤의 못을 마주하고 있으니 그곳은 하수河水가 모여드는 곳으로써 넓은 들에 물이 넘실넘실 흐르는 소리를 들을 수 있다.

그곳에는 아름다운 과일이 있으며 그 열매는 복숭아와 같고, 그 잎은 대추나무 잎과 같다. 노란 꽃에 붉은 꽃받침을 하고 있다. 이를 먹으면 근심을 잊게 된다.

又西北三百七十里, 曰不周之山.

北望諸毗之山, 臨彼嶽崇之山, 東望泑澤, 河水所潛也, 其原渾渾泡泡.

爰有嘉果, 其實如桃, 其葉如棗, 黃華而赤柎, 食之不勞.

【不周之山】郭璞은 "此山形有缺不周市處, 因名焉. 西北不周風自此山出"이라 함. 〈大荒西經〉의 '不周負子山'(745)이 바로 이 산이며 '負子' 주 글자는 연문임. 《列子》湯問篇에 "故昔者女媧氏練五色石以補其闕; 斷鼇之足以立四極. 其後 共工氏與顓頊爭爲帝, 怒而觸不周之山, 折天柱, 絶地維; 故天傾西北, 日月辰 星就焉; 地不滿東南, 故百川水潦歸焉"이라 함.

【渾渾泡泡】물이 湧出하면서 내는 소리. '곤곤포포'로 읽음. 郭璞은 "渾渾
泡泡, 水潰涌之聲也. 袞咆二音"이라 함.

【不勞】'勞'는 이 책 전체에서 '憂愁'의 뜻으로 보고 있음. '근심이 사라지다'
의 뜻. 郝懿行은 "勞, 憂也.《太平御覽》(964)引此經作其實如桃李, 其華食之
不饑, 與今本異"라 함.

085(2-3-4) 밀산崒山

다시 서쪽으로 4백20리에 밀산崒山이 있다.

그 산 위에는 단목丹木이 많으며 그 나무는 둥근 잎에 붉은 줄기를 가지고 있다. 그리고 노란 꽃에 붉은 열매를 가지고 있으며 그 맛은 마치 엿과 같다. 이를 먹으면 배고픔을 이겨낼 수 있다.

단수丹水가 이 산에서 발원하여 서쪽으로 흘러 직택稷澤으로 들어가며 그 물에는 백옥白玉이 많으니 이것이 바로 옥고玉膏이다. 그 평원에 물이 출렁출렁 흐르는 소리를 들을 수 있다. 황제黃帝가 이 옥고를 먹을 것으로 삼고 있으니 이것이 현옥玄玉을 만들어내며 현옥이 만들어내는 옥고로써 단목에 물을 준다. 단목은 5년이 지나면 오색이 선명하게 드러나며 오미가 향기를 뿜어내는 것이다. 황제가 이에 이 밀산의 옥영玉榮을 따서 종산鍾山의 남쪽에 던져 심었다. 그곳의 옥 중에 근유옥瑾瑜玉이 가장 우수하여 단단하고 날카롭고 정밀하며 윤택이 나고 광채가 비친다. 이 오색의 광채가 서로 빛을 내어 부드러움과 강함의 모습으로 바뀌게 되는 것이다.

천지 사이의 귀신들은 모두가 이를 먹을거리로 삼아 향유하는 것이다. 군자君子가 이를 패용하면 상서롭지 못한 재앙을 막아낼 수 있다.

밀산으로부터 종산에 이르기까지 4백60리이며 그 사이는 모두가 못이다. 그곳에는 많은 기이한 새와 기이한 짐승, 기이한 물고기가 있으니 모두가 기이한 이물異物들이다.

又西北四百二十里, 日崒山.

其上多丹木, 員葉而赤莖, 黃華而赤實, 其味如飴, 食之不饑.

丹水出焉, 西流注于稷澤, 其中多白玉, 是有玉膏, 其原
沸沸湯湯.

黃帝是食是饗, 是生玄玉. 玉膏所出, 以灌丹木. 丹木
五歲, 五色乃淸, 五味乃馨. 黃帝乃取峚山之玉榮, 而投之
鍾山之陽.

瑾瑜之玉爲良, 堅栗精密, 濁澤有而光. 五色發作, 以化
柔剛.

天地鬼神, 是食是饗; 君子服之, 以禦不祥.

自峚山至于鍾山, 四百六十里, 其間盡澤也. 是多奇鳥·
怪獸·奇魚, 皆異物焉.

【峚山】'峚'자는 '밀'로 읽음. 郭璞은 "峚, 音密"이라 하였고, 郝懿行은 "郭注
《穆天子傳》及李善注〈南部賦〉·〈天台山賦〉引此經具作密山, 蓋峚·密古字
通也"라 함.

【丹木·玉膏】곽박은 《圖讚》에 "丹木煒煒, 沸沸玉膏. 黃軒是服, 遂攀龍毫.
眇然升遐, 羣下烏號"라 함.

【稷澤】后稷의 못. 郭璞은 "后稷神所憑, 因名云"이라 함.

【沸沸湯湯】옥이 녹아 끓어오르며 급하게 흐르는 모습을 표현한 것. 郭璞은
"玉膏涌出之貌也.《河圖玉版》曰:「少室山, 其上有白玉膏, 一服卽仙矣.」亦此
類也. 沸音拂"이라 하여 '비'(沸)를 '불'(拂)로 읽도록 되어 있음.

【是食是饗】이를 먹으며 또한 먹음으로써 享有함. '饗'은 '享'과 같음.

【玉榮】옥으로 만든 꽃. 郭璞은 "謂玉華也"라 함.

【瑾瑜之玉爲良】郭璞은 "言最善也. 良或作食. 覲臾兩音"이라 하였음. 혹 瑾玉과
瑜玉 두 종류로 보기도 함. 곽박의 《圖讚》에 "鍾山之寶, 爰有玉華. 符彩流映,
氣如虹霞. 君子是佩, 象德閑邪"라 함.

【堅栗精密】견고하고 정밀함. 郭璞은 "說玉理也"라 하였고, 郝懿行은 "王引
之說經文'粟'當爲'栗'"이라 하였으며 王念孫〈手校本〉에도 '粟'이 '栗'로 되어
있어 이를 따름.

【濁澤有而光】광택이 중후하고 빛이 남. 郭璞은 "濁謂潤厚"라 하였으며 뒤에
많은 사람들의 고증에 의해 '濁黑有而光'이어야 한다고 보았음.

【君子服之】服은 '佩用하다'의 뜻.

【至于鍾山, 四百六十里】郝懿行은 이 아래에 다시 "四百二十里"의 다섯
글자가 더 있다고 하였음.

086(2-3-5) 종산鍾山

다시 서북쪽으로 1백20리에 종산鍾山이 있다.

그 산의 산신 아들은 이름을 고鼓라 하며 그 형상은 사람 얼굴에 용의 몸을 하고 있다. 그는 흠비欽鴀와 함께 모의하여 곤륜산昆侖山 남쪽에서 천신天神 보강葆江을 죽이는 일을 저질렀다. 천제는 노하여 이들을 종산의 동쪽 요애崤崖에서 참수해버렸다.

흠비는 죽은 다음 대악大鶚으로 변하였다. 그 형상은 조雕와 같으며 검은 무늬에 흰색 머리를 하고 있으며 붉은 부리에 호랑이 발톱이다. 그리고 그가 내는 소리는 마치 신곡晨鵠과 같으며 그 새가 나타나면 큰 전쟁이 벌어진다.

한편 고는 죽은 다음 준조鵕鳥로 변하였다. 그 형상은 마치 치鴟와 같으며 붉은 발에 곧은 부리를 가졌고, 노란 무늬에 흰 머리를 하고 있다. 그가 내는 울음소리는 마치 홍곡鴻鵠과 같으며 그 새가 나타나면 그 읍邑에 큰 가뭄이 든다.

又西北西百二十里, 曰鍾山.

其子曰鼓, 其狀如人面而龍身, 是與欽鴀殺葆江于昆侖之陽, 帝乃戮之鍾山之東曰崤崖.

欽鴀化爲大鶚, 其狀如雕而黑文白首, 赤喙而虎爪, 其音如晨鵠, 見則有大兵.

鼓亦化爲鵕鳥, 其狀如鴟, 赤足而直喙, 黃文而白首, 其音如鵠, 見則其邑大旱.

【鼓】 郭璞은 "此亦神名, 名之爲鍾山之子耳"라 함. 鍾山의 神은 〈海外北經〉
(531)에 "鍾山之神, 名曰燭陰(燭龍), 其爲物人面蛇身"이라 하였으며 그 아들이
鼓임.

【其狀如人面而龍身】 王念孫은 이 문장에서 '如'자를 衍文
으로 보았음.

【欽䲹】 신의 이름. 欽䲹, 堪坏, 欽負 등 여러 가지 표기가
있음. 郭璞은 "音丕"라 하였으며 郝懿行은 《後漢書》張衡
傳注引此經作欽䲹. 《莊子》大宗師篇作堪坏, 云: 「堪坏得之,
以襲昆侖.」 釋文云: 「崔作邳.」 司馬云: 「堪坏神名, 人面
獸形.」 《淮南子》作欽負, 是欽堪·坏負幷聲類之字"라 함.
곽박의 《圖讚》에는 "欽䲹及鼓, 是殺祖江. 帝乃戮之, 昆侖
之東. 二子皆化, 矯翼亦同"이라 함.

흠비(欽䲹)

【昆侖】 '崑崙'으로도 표기하며 중국 신화 속에 가장 많이 등장하는 상상 속의
산 이름. 실제 중국 대륙 서쪽의 끝 히말라야, 힌두쿠시, 카라코룸의 3대
산맥의 하나인 카라코룸 산맥이 主山을 疊韻連綿語 '昆侖·崑崙'(Kūnlún)으로
비슷하게 音譯하여 표기하였다고도 함. 본 《山海經》에는 '昆侖山', '昆侖丘',
'昆侖虛' 등으로 표기되어 있음.

【葆江】 郭璞은 "葆或作祖"라 함. 《文選》思玄賦에는 "過鍾山而中休, 瞰瑤谿
之赤岸, 弔祖江之見劉"라 하였으며, 李善은 이 經文을 인용하여 '祖江'이라
하였음. 한편 陶淵明의 〈讀山海經〉에도 '祖江'이라 하였음.

【崦崖】 王念孫은 "張衡傳注,《太平御覽》妖異(3)作瑤岸"이라 하였으며 郝懿行도
'瑤岸'으로 보았음.

【晨鵠】 鶌鳩類의 맹금. 새매나 물수리, 징경이 따위. 郭璞은 "晨鵠, 鶚屬, 猶云
晨鳧耳. 《說苑》曰: 「蝶吠見比奉晨鳧也.」"라 함.

【鵕】 郭璞은 "音俊"이라 함.

【鴟】 鴟鴞, 鵂鶹(부엉이), 貓頭鷹 따위의 새매, 부엉이, 올빼미, 무수리, 징경이,
솔개 따위의 맹금류 조류를 통칭하여 일컫는 말이라 함. 그중 치는 깃에
심한 독이 있어 이를 술에 타서 사람에게 먹이면 죽는다 함. 毒殺用으로
그 독을 사용하기도 함.

【鵠】 郝懿行은 《說文》云: 「鵠, 鴻鵠也.」"라 함.

087(2-3-6) 태기산泰器山

다시 서쪽으로 8백80리에 태기산泰器山이 있다.

관수觀水가 그 산에서 발원하여 서쪽으로 유사하流沙河로 흘러 들어간다.

그 물에는 문요어文鰩魚가 많으며 그 형상은 마치 잉어鯉魚와 같으나 물고기 몸에 새의 날개를 달고 있다. 푸른 무늬에 흰머리를 하고 있으며 붉은 부리에 서로 무리를 이루어 서해西海에서 동해東海까지 헤엄쳐 다니되 밤에는 날아다닌다. 그가 내는 소리는 마치 난계鸞雞 같으며 그 맛은 시고 달다. 이를 먹으면 미친병을 그치게 하며 이 물고기가 나타나면 천하에 큰 풍년이 든다.

又西百八十里, 曰泰器之山.

觀水出焉, 西流注于流沙.

是多文鰩魚, 狀如鯉魚, 魚身而鳥翼, 蒼文而白首, 赤喙, 相從西海遊于東海, 以夜飛. 其音如鸞雞, 其味酸甘, 食之已狂, 見則天下大穰.

【觀水】《呂氏春秋》本味篇에는 '瞿水'로 되어 있으며 高誘 주에 "瞿水在西極"이라 하였고, 《文選》〈吳都賦〉및 曹植〈七啓〉의 李善 주에 이 經文을 인용하면서 '濩水'라 하여 각기 다름.

【文鰩魚】 무늬가 있는 鰩魚. 鰩魚는 날치의 일종이라 함.《여씨춘추》本味篇
에는 "味之美者, 藋水之魚, 名曰鰩"라 하였고,〈吳都賦〉및〈七啓〉주에는
'鰩魚'라 하여 '文'자가 없음. 곽박《圖讚》에 "見則邑穰, 厥名曰鰩. 經營二海,
矯翼閑霄. 唯味之奇, 見歡伊庖"라 함.
【鸞雞】 郭璞은 "鸞雞, 鳥名, 未詳也. 或作㝈"이라 하였으며, 郝懿行은 "鸞或
作㝈, 古字假借, 㝈雞疑卽鸞也.《初學記》(30)引此經無'雞'字"라 함.
【大穰】 큰 수확을 거둠. 穰은 풍년의 뜻임.

문요어(文鰩魚)

088(2-3-7) 괴강산槐江山

다시 서쪽으로 3백20리에 괴강산槐江山이 있다.

구시수丘時水가 여기에서 발원하여 북쪽으로 흘러 유수淘水로 들어간다. 그 물에는 나모蠃母가 많으며, 그 산에는 청웅황靑雄黃이 많고 좋은 품질의 낭간琅玕과 황금黃金, 그리고 옥이 많다. 산의 남쪽에는 단속丹粟이 많고, 북쪽에는 광채가 나는 황금과 은이 많이 있다.

사실 이 산은 천제天帝의 평포平圃로써 영소英招라는 신이 이를 맡아 관리하고 있다. 그 신은 형상이 말의 몸에 사람 얼굴을 하고 있으며, 호랑이 무늬에 새의 날개를 하고 있다. 사해를 두루 돌아다니며 그가 내는 소리는 마치 유榴와 같다.

그 산은 남쪽으로 곤륜昆侖을 바라보고 있으며 그 광채는 웅웅熊熊하고 그 기백은 혼혼魂魂하다. 서쪽으로는 대택大澤을 멀리 바라보고 있으며 후직后稷이 엎드려 잠겨 있는 곳이다.

그 대택에는 옥이 많고, 그 남쪽에는 많은 요목櫾木이 있으며 그 속에는 신기한 약목若木이 함께 있다. 북쪽으로는 제비수諸毗水를 마주하고 있으며 그곳은 괴귀槐鬼 이륜離侖이라는 신이 사는 곳인 동시에 응전鷹鸇이 터를 잡고 사는 곳이기도 하다.

동쪽으로는 항산恒山이 네 겹으로 쌓인 모습을 바라보고 있으며 그곳은 유궁귀有窮鬼가 사는 곳이다. 이들은 각기 산의 한 귀퉁이에 다가와 있다. 그곳에는 요수淫水라는 물이 있어 맑고 찰랑거린다.

그곳에 천신天神이 있으니 그 형상은 소와 같으며 다리가 여덟, 머리가 두 개이며 말의 꼬리를 하고 있다. 그가 내는 소리는 마치 발황(勃皇, 풍뎅이)이 내는 소리와 같으며 그가 나타나면 그 읍에 병화兵禍가 있게 된다.

又西三百二十里, 曰槐江之山.

丘時之水出焉, 而北流注于泑水. 其中多蠃母, 其上多靑雄黃, 多藏琅玕·黃金·玉. 其陽多丹粟, 其陰多采黃金銀.

實惟帝之平圃, 神英招司之, 其狀馬身而人面, 虎文而鳥翼, 徇于四海, 其音如榴.

南望昆侖, 其光熊熊, 其氣魂魂. 西望大澤, 后稷所潛也.

其中多玉, 其陰多榙木之有若. 北望諸毗, 槐鬼離侖居之, 鷹鸇之所宅也.

東望恒山四成, 有窮鬼居之, 各在一搏. 爰有淫水, 其淸洛洛.

有天神焉, 其狀如牛, 而八足二首馬尾, 其音如勃皇, 見則其邑有兵.

【蠃母】소라나 蝸牛(달팽이)類의 수생 동물. '蠃'는 '螺'와 같음.

【靑雄黃】吳任臣의 〈山海經廣注〉에 "蘇頌云:「階州山中, 雄黃有靑黑色而堅者, 名曰薰黃.」靑雄黃意卽此也"라 하였음. 그러나 袁珂는 '靑'과 '雄黃'은 서로 다른 두 가지 물건으로 '靑'은 '石靑'을 가리키는 것으로 보았음. 郭璞도 "或曰空靑·曾靑之屬"이라 함.

【多藏琅玕】구슬과 같은 美玉. 郭璞은 "琅玕, 石似珠者"라 하였고, 郝懿行은 "此言琅玕·黃金·玉之最善者"라 함. '藏'은 고대 '臧'자의 통가로 좋은 품질이라는 뜻임. 203 郝懿行 주를 참조할 것.

【丹粟】좁쌀 크기의 작은 알갱이 형태의 丹沙. 丹沙는 朱沙(朱砂)의 일종으로 藥用과 顔料로 사용함. 郭璞은 "細丹沙如粟也"라 함.

【采黃金銀】채색을 띤 황금과 은. 采는 符采. 부적 모습의 채색. 郝懿行은 "采謂金銀之有符采者"라 함.

【平圃】밭 이름. '玄圃'로 표기해야 맞을 것으로 봄. 郭璞은 "卽玄圃也"라 함. 그러나 《穆天子傳》과 《淮南子》地形訓 등에는 '縣圃'라 하였으며 '縣'과 '玄'은 同聲으로 고대 통용하였음.

【神英招司之】영소(英招)라는 신이 이를 관장하고 있음. 郭璞은 "司, 主也; 招音韶"라 하여 '招'는 '소'로 읽도록 하였음. 곽박 《圖讚》에 "槐江之山, 英招 是主. 巡遊四海, 撫翼雲儷. 實惟帝囿, 有謂玄圃"라 함.

【徇】巡行함. 郭璞은 "徇, 謂周行也"라 함.

【榴】나무 이름. 그러나 나무는 소리를 낼 수 없으므로 혹은 도르래로 우물물을 퍼 올릴 때 내는 소리라고도 함. 郭璞은 "音留, 或作籀, 此所未詳也"라 하였으며, 郝懿行은 "疑此經榴當爲搰, 《說文》云:「搰, 引也.」《莊子》云:「挈水若抽抽.」 卽榴字"라 함.

【昆侖】'崑崙'으로도 표기하며 중국 신화 속에 가장 많이 등장하는 상상 속의 산 이름. 실제 중국 대륙 서쪽의 끝 히말라야, 힌두쿠시, 카라코룸의 3대 산맥의 하나인 카라코룸 산맥이 主山을 疊韻連綿語 '昆侖·崑崙'(Kūnlún)으로 비슷하게 音譯하여 표기하였다고도 함. 본 《山海經》에는 '昆侖山', '昆侖丘', '昆侖虛' 등으로 표기되어 있음.

【其光熊熊, 其氣魂魂】郭璞은 "皆光氣炎盛相焜燿之貌"라 함.

【后稷所潛也】郭璞은 "后稷生而靈知, 化形遯此澤而爲之神, 亦猶傳說騎箕尾也"라 하였고, 畢沅은 "卽稷澤, 稷所葬也"라 함.

【橘木】나무 이름. 郭璞은 "橘木, 大木也; 言其相復生若木. 大木之奇靈者爲若, 見《尸子》"라 함. 542의 尋木과 같음. 곽박 《圖讚》에 "橘惟靈樹, 爰生若木. 重根增駕, 流光旁燭. 食之靈化, 榮名仙錄"이라 함.

【若】若木을 말함. 일종의 神樹. 본 책 〈大荒北經〉(799)에 "上有赤樹, 靑葉, 赤華, 名曰若木"이라 함.

【諸毗】郭璞은 "山名"이라 하였으나 물 이름으로도 쓰임. 〈南次二經〉 浮玉山 (017) 참조.

【槐鬼離侖】곽박은 "離侖, 其神名"이라 하여 雙聲連綿語의 신 이름.

【鷹鸇】새매와 무수리, 징경이 따위의 맹금류.

【恒山四成】'恒山'은 桓山. '四成'은 네 겹. '成'은 '重'과 같음. 郭璞은 "成, 亦重也"라 하였고, 郝懿行은 "《文選》注〈長笛賦引此經作'桓山四成'"이라 함.

【各在一搏】각각 한 곳을 차지하여 아주 가까이 위협적으로 버티고 있음. 郭璞은 "搏, 猶脅也. 言群鬼各以類聚, 處山四脅, 有窮其總號耳. 搏亦作搏"이라 함.

【爰有淫水, 其淸洛洛】淫水라는 물이 맑고 시원하게 흐르는 모습. 郭璞은 "水流下之貌也. 淫音遙也"라 하여 '淫'은 '요'(遙)로 읽도록 하고 있음. 郝懿行은

"陶潛〈讀山海經〉詩云:「落落淸瑤流」是洛洛本作落落, 淫本作瑤, 皆假借聲類之字"라 하여 '洛洛'은 '落落'이며 '淫'는 '瑤'의 假借字라 하였음.

【勃皇】蚗蝗. 풍뎅이. 郭璞은 "勃皇, 未詳"이라 하였으나 郝懿行은 "勃皇, 卽發皇也.《考工記》:「梓人爲筍虡, 以翼鳴者.」鄭注云:「翼鳴, 發皇屬.」發皇,《爾雅》作蚗蝗, 聲近字通"이라 함.

영소(英招)

089(2-3-8) 곤륜구昆侖丘

서남쪽으로 4백 리에 곤륜구昆侖丘가 있다.

이곳은 사실 천제의 하도下都이며 육오陸吾라는 신이 그곳을 관할하고 있다.

그 신은 형상이 호랑이 몸에 아홉 개의 꼬리가 있으며 사람 얼굴 모습에 호랑이 발톱을 하고 있다.

이 신은 하늘의 구부九部 및 천제가 원유苑囿에 나들이할 때를 관리한다.

육오(陸吾)

그곳에 짐승이 있으니 그 형상은 마치 양과 같으며 네 개의 뿔이 있고 이름을 토루土螻라 한다. 이는 사람을 잡아먹는다.

그곳에 새가 있으니 그 형상은 마치 봉鸞과 같으며 크기는 원앙鴛鴦새 만 하다. 이름을 흠원欽原이라 하며 새나 짐승이 그에게 쏘이기만 하면 곧 죽고 말며 나무도 그 새가 한 번 침을 맞으면 말라죽고 만다.

그곳에 새가 있으니 그 이름을 순조鶉鳥라 하며 이는 천제의 일상 용품을 관장한다.

그곳에 나무가 있으니 그 형상은 당수棠樹와 같으며 노란 꽃에 붉은 열매가 맺힌다. 그 맛은 마치 오얏과 같으며 씨가 없다. 이름을 사당沙棠 이라 하며 수재를 막을 수 있다. 이를 먹으면 사람으로 하여금 물에 빠지 지 않게 해준다.

그곳에 풀이 있으니 이름을 빈초蘋草라 한다. 그 형상은 마치 아욱과 같으며 그 맛은 파와 같다. 이를 먹으면 근심을 잊게 된다.

하수河水가 그곳에서 발원하여 남쪽으로 흘러 동쪽의 무달산無達山으로 들어간다.

적수赤水가 그 산에서 발원하여 동남쪽으로 흘러 범천산氾天山의 물로 들어간다.

양수洋水가 그 산에서 발원하여 서남쪽으로 흘러 추도산醜塗山의 물로 들어간다.

흑수黑水가 그곳에서 발원하여 서쪽으로 흘러 대우산大杅山의 물로 들어간다. 이곳에는 괴이한 새와 짐승이 많다.

곤륜구의 신

西南四百里, 曰昆侖之丘.

是實惟帝之下都, 神陸吾司之.

其神狀虎身而九尾, 人面而虎爪.

是神也, 司天之九部及帝之囿時.

有獸焉, 其狀如羊而四角, 名曰土螻, 是食人.

有鳥焉, 其狀如蠭, 大如鴛鴦, 名曰欽原, 蠚鳥獸則死, 蠚木則枯.

有鳥焉, 其名曰鶉鳥, 是司帝之百服.

有木焉, 其狀如棠, 黃華赤實, 其味如李而無核, 名曰沙棠, 可以禦水, 食之使人不溺.

有草焉, 名曰蘋草, 其狀如葵, 其味如蔥, 食之已勞.

河水出焉, 而南流東注于無達.

토루(土螻)

赤水出焉, 而東南流注于氾天之水.

洋水出焉, 而西南流注于醜塗之水.

黑水出焉, 而西流注于大杅. 是多怪鳥獸.

【昆侖】 '崑崙'으로도 표기하며 중국 신화 속에 가장 많이 등장하는 상상 속의
산 이름. 실제 중국 대륙 서쪽의 끝 히말라야, 힌두쿠시, 카라코룸의 3대
산맥의 하나인 카라코룸 산맥이 主山을 疊韻連綿語 '昆侖·崑崙'(Kūnlún)
으로 비슷하게 音譯하여 표기하였다고도 함. 본 《山海經》에는 '昆侖山',
'昆侖丘', '昆侖虛' 등으로 표기되어 있음. 곽박 《圖讚》에 "昆侖月精, 水之
靈府. 惟帝下都, 西老之宇. 燦然中峙, 號曰天柱"라 함.

【下都】 天上의 天帝가 地上에 마련한 도읍. 郭璞은 "天帝都邑之在下者"라 함.

【神陸吾司之】 郭璞은 "卽肩吾也. 莊周曰: 「肩吾得之, 以處大山」也"라 하였고,
郝懿行은 "郭說見《莊子》大宗師篇. 釋文引司馬彪云: 「山神不死, 至孔子時.」
라 함. 곽박 《圖讚》에 "肩吾得一, 以處昆侖. 開明是對, 司帝之門. 吐納靈氣,
熊熊魂魂"라 함.

【虎身而九尾, 人面而虎爪】 袁珂는 이 신은 〈海內西經〉 昆侖虛에 보이는 '開明獸'
로서 다만 '九尾'와 '九首'가 다를 뿐이라 하였음.

【司天之九部】 '司'는 '맡아서 관리하다'의 뜻이며, 天上 9개 구역의 각 部署.
郭璞은 "主九域之部界, 天帝苑圃之時節也"라 함.

【帝之囿時】 하느님이 자신의 苑圃에 와 있을 때를 말함.

【鼃】 '蜂'자와 같음. 벌을 뜻함. 〈宋本〉에는 '蜂'자
로 되어 있음.

【欽原】 郭璞은 "欽, 或作爰, 或作至也"라 함. 곽박
《圖讚》에 "土螻食人, 四角似羊. 欽原類蜂, 大如
鴛鴦. 觸物則斃, 其銳難當"라 함.

흠원(欽原)

【蠚】 독을 가진 蟲類로서 그 독으로 다른 생물을 쏘아 죽임. 螫蟲.

【鶉鳥】 봉황새와 같은 類의 신성시되는 새.

【百服】 각종 생활 용품. 郭璞은 "一曰服, 事也, 或作藏"이라 하였고, 郝懿行은
"或作藏者, 百藏, 言百物之所聚"라 함.

【其狀如棠】郭璞은 "棠, 梨也"라 함. 棠梨樹. 곽박《圖讚》에 "安得沙棠, 制爲
龍舟. 汎彼滄海, 眇然遐遊. 聊以逍遙, 任彼去留"라 함.

【黃華】〈宋本〉 등에는 '華黃'으로 되어 있음.

【食之使人不溺】郭璞은 "言體浮輕也, 沙棠爲木, 不可得沈"이라 함.

【薲草】'蘋'과 같음. 네가래, 개구리밥의 일종. 郭璞은 "淫頻"이라 하였으며,
《呂氏春秋》本味篇에 "菜之美者, 昆侖之蘋"이라 함. 곽박《圖讚》에 "司帝百服,
其鳥名鶉. 沙之棠實, 惟果是珍. 爰有奇菜, 厥號曰薲"라 함.

【已勞】已는 '그치게 하다, 치료되다'의 뜻이며, '勞'는 憂愁를 뜻함. '근심을
없애주다'의 뜻.

【無達】郭璞은 "山名"이라 함.

【氾天之水】氾天은 산 이름. 郭璞은 "氾天, 亦山名, 赤水所窮也.《穆天子傳》曰:
「遂宿于昆侖之側, 赤水之陽.」陽水北也. 氾, 浮劍反"이라 함. 〈大荒南經〉(715)
에도 "有氾天之山, 赤水窮焉"이라 함. 〈北次三經〉(187)의 사수(氾水)와는
다른 물임.

【洋水】郭璞은 "洋, 或作淸"이라 함.

【醜塗之水】郭璞은 "醜塗, 亦山名也. 皆在南極"이라 함. 〈大荒南經〉(734)에
"有山名歹塗之山, 靑水窮焉"이라 하여 이 靑水임.

【大杅】郭璞은 "山名也"라 함.

【是多怪鳥獸】郭璞은 "謂有一獸九首, 有一鳥六首之屬也"라 하였고, 郝懿行은
"九首, 開明獸也. 又有鳥六首, 竝見〈海內西經〉"이라 함.

090(2-3-9) 낙유산樂游山

다시 서쪽으로 3백70리에 낙유산樂游山이 있다.

도수桃水 그 산에서 발원하여 서쪽으로 흘러 직택稷澤으로 들어가며
그 못에는 백옥이 많다.

그 물에는 활어鱯魚가 많으며 그 형상은 뱀과 같으나
네 개의 발이 있다. 이는 다른 물고기를 잡아먹는다.

又西三百七十里, 曰樂游之山.

桃水出焉, 西流注于稷澤, 是多白玉.

其中多鱯魚, 其狀如蛇而四足, 是食魚.

활어(鱯魚)

【稷澤】后稷의 못. 郭璞은 "后稷神所憑, 因名云"이라 함.
【鱯魚】'활어'로 읽음. 원음은 '할.' 郭璞은 "音滑"이라 함. 그러나 王念孫과
　　郝懿行은 모두 '鱯魚'이며 음도 위(渭)여야 한다고 교정하였음. 郝懿行〈箋疏〉에
　　"《廣韻》及《太平御覽》(939)引此經竝作鱯, 今作'鱯'皆譌. 郭音'滑', 亦'渭'字之譌"
　　라 함. 264에도 역시 '鱯魚'가 있으나 형상이 이곳 설명과 다름.

활어(鱯魚)

091(2-3-10) 나모산贏母山

　　서쪽 물길로 4백 리, 유사流沙 2백 리를 가면 나모산贏母山에 이르게 된다. 그곳은 장승長乘이라는 신이 관할하며 그는 하늘의 구덕九德에 의해 태어난 자이다. 그 신의 형상은 사람과 같으나 작犳의 꼬리를 하고 있다. 그 산 위에는 옥이 많으며 그 아래에는 청석靑石이 많고 물은 없다.

西水行四百里, 曰流沙, 二百里至于贏母之山.

神長乘司之, 是天之九德也.

其神狀如人而犳尾. 其上多玉, 其下多靑石而無水.

【西水行四百里~贏母之山】 이 문장은 마땅히 "西水行四百里, 流沙二百里, 至于 贏母之山"이어야 하며 '曰'자는 衍文임.

【長乘】 신의 이름. 곽박《圖讚》에 "九德之氣, 是生長乘. 人狀犳尾, 其神則凝. 妙物自竇, 世無得稱"라 함.

【是天之九德也】郭璞은 "九德之氣所生"이라 함.

【犳】 짐승 이름. 아롱. 온몸에 꽃무늬를 가지고 있는 표범의 일종이라 함. 郭璞은 "犳, 音之葯反"이라 하였고, 郝懿行은 "玉篇云: 「犳, 獸, 豹文.」 音與郭同"이라 함.

장승(長乘)

092(2-3-11) 옥산玉山

다시 서쪽으로 3백50리에 옥산玉山이 있다.

이곳은 서왕모西王母가 사는 곳이다.

서왕모는 그 형상이 사람과 같으며 표범 꼬리에 호랑이 이빨을 하고 있으며 휘파람을 잘 분다. 머리는 쑥대머리에 옥승玉勝을 꽂고 있으며 이는 하늘의 재앙과 오형의 잔혹함을 관장하는 것이다.

그 산에 짐승이 있으니 그 형상은 개와 같으며 표범 무늬를 하고 있다. 그리고 그 뿔은 마치 소와 같으며 그 이름을 교狡라 한다. 그의 울음소리는 마치 개가 짖는 것과 같으며 그 짐승이 나타나면 그 나라에 큰 풍년이 든다.

그곳에 새가 있으니 그 형상은 마치 적翟과 같으며 붉은색이다. 이름을 승우勝遇라 하며 이는 물고기를 잡아먹고 산다. 그 소리는 마치 녹錄과 같으며 그 새가 나타나면 그 나라에 큰 홍수가 난다.

又西三百五十里, 曰玉山.

是西王母所居也.

西王母其狀如人, 豹尾虎齒而善嘯. 蓬髮戴勝, 是司天之屬及五殘.

有獸焉, 其狀如犬而豹文, 其角如牛, 其名曰狡, 其音如吠犬, 見則其國大穰.

有鳥焉, 其狀如翟而赤, 名曰勝遇, 是食魚, 其音如錄, 見則其國大水.

【玉山】郭璞은 "此山多玉石, 因以名云.《穆天子傳》謂之
羣玉之山"이라 함. 같은 이름의 玉山은 380, 397에도
있음.

【西王母】중국 신화 속에 가장 널리 등장하는 여신 이름.
雲雨之情 등 많은 고사를 가지고 있음. 郭璞《圖讚》에
"天帝之女, 蓬髮虎顔. 穆王執贄, 賦詩交歡. 韻外之事, 難以
具言"이라 함.

【蓬髮】蓬頭亂髮의 줄인 말. 쑥대머리. 쑥이 제멋대로 펴져
헝클어지듯이 마구 펴져 정리되는 않은 머리 모습을
말함. 郭璞은 "蓬頭亂髮"이라 함.

서왕모(西王母)

【戴勝】'戴'는 '머리에 띠다, 얹다, 꽂다'의 뜻이며, 勝은 玉勝. 여인들의 머리에
장식용으로 얹는 머리꾸미개. 郭璞은 "勝, 玉勝也"라 함.

【厲】재앙을 의미함. 郭璞은 "主知災厲及五刑殘殺之氣也"라 함.

【五殘】잔혹한 五刑을 말함. 五刑은 고대 重罪人에게 내리는 다섯 가지 혹형.
흔히 墨刑, 劓刑, 剕刑, 宮刑, 大辟을 들고 있음.

【其角如牛】郭璞은 "牛, 或作羊"이라 함.

【翟】꼬리가 긴 꿩의 일종. 郭璞은 "翟, 似雉而大, 長尾. 或作鴉; 鴉, 雕屬也"
라 함.《文選》東京賦 薛綜의 주에 이 문장을 인용하면서 '翟'은 '鶴'이라
하였고, '五采'는 '五色'이라 하였음.

【錄】구체적으로 알 수 없음. 郭璞은 "錄, 音錄. 義未詳"이라 하였음. 그러나
'鹿'과 음이 같아 사슴의 울음소리가 아닌가 함. 吳任臣은 "疑爲鹿之借字"
라 하였고, 郝懿行은 "經文作錄, 郭復音錄, 必有誤"라 함.

승우(勝遇)

093(2-3-12) 헌원구軒轅丘

다시 서쪽으로 4백80리에 헌원구軒轅丘가 있다.

그곳에는 풀과 나무가 자라지 않는다.

순수洧水가 그 산에서 발원하여 남쪽으로 흘러 흑수黑水로 들어가며, 그 물에는 단속丹粟이 많으며 청웅황靑雄黃도 많다.

又西四百八十里, 曰軒轅之丘.

無草木.

洧水出焉, 南流注于黑水, 其中多丹粟, 多靑雄黃.

【軒轅之丘】郭璞은 "黃帝居此, 娶西陵氏女, 因號軒轅丘"라 함.

【丹粟】좁쌀 크기의 작은 알갱이 형태의 丹沙. 丹沙는 朱沙(朱砂)의 일종으로 藥用과 顔料로 사용함. 郭璞은 "細丹沙如粟也"라 함.

【靑雄黃】吳任臣의 〈山海經廣注〉에 "蘇頌云: 「階州山中, 雄黃有靑黑色而堅者, 名曰薰黃.」靑雄黃意卽此也"라 하였음. 그러나 袁珂는 '靑'과 '雄黃'은 서로 다른 두 가지 물건으로 '靑'은 '石靑'을 가리키는 것으로 보았음. 郭璞도 "或曰空靑·曾靑之屬"이라 함.

094(2-3-13) 적석산積石山

다시 서쪽으로 3백 리에 적석산積石山이 있다.
그 산 아래에 석문石門이 있으며 하수河水가 그를 덮고 서쪽으로 흐른다.
이 산에는 만물이 없는 것이 없다.

又西三百里, 曰積石之山.
其下有石門, 河水冒以西流.
是山也, 萬物無不有焉.

【積石】 郭璞의 《圖讚》에 "積石之中, 實出重河. 夏后是導, 石門涌波. 珍物斯備,
　　比奇崑阿"라 함.
【河水冒以西流】 덮고 흐름. 郭璞은 "冒, 猶覆也"라 함. 한편 '西流'는 王念孫과
　　郝懿行은 '南西流'로 교정하였음.
【萬物】 세상에 있을 수 있는 모든 물건.

095(2-3-14) 장류산長留山

다시 서쪽으로 2백 리에 장류산長留山이 있다.

그곳에는 백제白帝의 신 소호少昊가 사는 곳이다.

그곳의 짐승은 모두가 무늬가 있는 꼬리를 가지고 있으며, 그곳의 새들은 모두가 무늬 있는 머리를 가지고 있다. 그곳에는 무늬 있는 옥석玉石이 많다.

실제로 이 산은 원신員神 외씨魂氏가 사는 궁궐이며 그 신은 해가 서쪽으로 진 다음 그 빛을 동방으로 반사하는 일을 주관하고 있다.

又西二百里, 曰長留之山.

其神白帝少昊居之.

其獸皆文尾, 其鳥皆文首. 是多文玉石.

實惟員神魂氏之宮. 是神也, 主司反景.

소호금천씨(少昊金天氏)

【長留之山】《太平御覽》(388)에는 "長流之山"으로 되어 있음.

【白帝少昊】郭璞은 "少昊金天氏, 帝摯之號也"라 함. 곽박《圖讚》에 "少昊之帝, 號曰金天. 魂氏之宮, 亦在此山. 是司日入, 其景則員"이라 함.

【獸皆文尾】郭璞은 "文, 或作長"이라 함.

【員神魂氏】郭璞은 "魂, 音隈"라 함.

【主司反景】反景은 反影. 고대 '影'은 '景'자로 표기하였음. 反景은 태양이 지고 나서 동쪽에 그 빛이 반사되어 나타나는 현상. 郭璞은 "日西入則景反東照, 主司祭之"라 하였고, 郝懿行은 "是神, 員神, 蓋卽少昊也"라 함.

096(2-3-15) 장아산章莪山

다시 서쪽으로 2백80리에 장아산章莪山이 있다.

그 산에는 풀과 나무가 자라지 않으며 요옥瑤玉과 벽옥碧玉이 많다. 산 위에서는 아주 괴이한 일이 일어난다.

그 산에 짐승이 있으니 그 형상은 마치 적표赤豹와 같으며 꼬리 다섯에 뿔이 하나이며 그가 내는 소리는 마치 돌을 칠 때의 소리와 같다. 그 이름을 쟁狰이라 한다.

그곳에 새가 있으니 그 형상은 학과 같으며 다리가 하나이다. 붉은 무늬에 푸른 바탕을

쟁(狰)

하고 있으며 흰 부리를 가지고 있다. 이름을 필방畢方이라 하며, 그 울음은 자신의 이름을 부르는 소리를 낸다. 그 새가 나타나면 그 읍에 괴이한 화재가 일어난다.

又西二百八十里, 曰章莪之山.

無草木, 多瑤碧. 所爲甚怪.

有獸焉, 其狀如赤豹, 五尾一角, 其音如擊石, 其名如狰.

有鳥焉, 其狀如鶴, 一足, 赤文青質而白喙, 名曰畢方, 其鳴自叫也, 見則其邑有譌火.

필방(畢方)

【章莪】《太平御覽》(809)에는 “章義之山”으로 되어 있음.

【瑤碧】郭璞은 “碧, 亦玉屬”이라 하였음.

【所爲甚怪】늘 기이한 현상이 나타나거나 괴기한 물건이 있음. 郭璞은 “多有
  非常之物”이라 함.

【赤豹】郝懿行은 “赤豹,《廣韻》引此經無赤字”라 함.

【如狰】“曰狰”의 오기. 〈宋本〉 등에는 ‘曰狰’으로 되어 있으며 王念孫, 孫星衍,
  郝懿行 모두 ‘曰狰’으로 교정하였음. 곽박《圖讚》에 “章莪之山, 奇怪所宅.
  有獸似豹, 厥色惟赤. 五尾一角, 鳴如擊石”이라 함.

【赤文靑質】붉은 무늬에 푸른 본바탕.

【畢方】〈海外南經〉(489)에 ‘畢方鳥’가 있으며 이 새를 가리킴. 郭璞《圖讚》에
  “畢方赤文, 離精是炳. 旱則高翔, 鼓翼陽景. 集乃災流, 火不炎正”이라 함.

【謼火】‘謼’는 ‘訛’자의 異體字. 怪火와 같음. 郭璞은 “謼, 亦妖訛字”라 함.
  郝懿行은 “薛綜注〈東京賦〉云: 畢方老父神如鳥, 一足兩翼, 常銜火在人家,
  作怪災.」 卽此經云謼火, 是也”라 함.

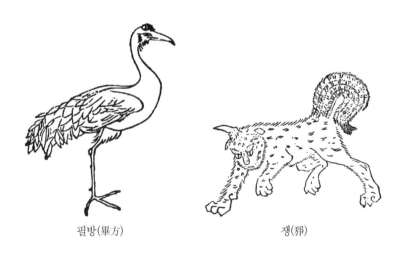

필방(畢方)　　　　　　　　　쟁(狰)

097(2-3-16) 음산陰山

다시 서쪽으로 3백 리에 음산陰山이 있다.

탁욕수濁浴水가 그 산에서 발원하여 남쪽으로 번택蕃澤의 못으로 흘러
들어간다. 그 물에는 문패文貝가 많다.

그 산에 짐승이 있으니 그 형상은 마치 삵과 같으며 머리가 희다.
이름을 천구天狗라 하며 그가 내는 소리는 유류榴榴와 같고 흉악한 것을
막을 수 있다.

又西三百里, 曰陰山.

濁浴之水出焉, 而南流注于蕃澤, 其
中多文貝.

有獸焉, 其狀如貍而白首, 名曰天狗,
其音如榴榴, 可以禦凶.

천구(天狗)

【陰山】〈西次四經〉(105), 및 〈中山經〉(282)에도 '陰山'이 있음.

【濁浴之水】《太平御覽》(807, 913)에는 '濁谷'으로 되어 있음.

【文貝】무늬가 있는 조개. 貝는 일종의 甲殼類. 올챙이처럼 생겼으나 머리와
꼬리만 있다 함. 郭璞은 "貝, 甲蟲, 肉如科斗, 但有頭尾耳"라 함. 곽박《圖讚》에
"先民有作, 龜貝爲貨. 貝以文彩, 買以小大. 簡則易從, 犯而不過"라 함.

【其狀如貍】郭璞은 "貍, 或作豹"라 함. '貍'는 살쾡이, 삵.

【天狗】〈大荒西經〉(780)에 역시 '天犬'이라는 짐승이 있으나 성격과 상태가
이와 다름. 곽박《圖讚》에 "乾麻不長, 天狗不大. 厥質雖小, 攘災除害. 氣之
相王, 在乎食帶"라 함.

【榴榴】일설에 '貓貓'라 함. 고양이의 울음소리. 郭璞은 "榴榴, 或作貓貓"라 함.

098(2-3-17) 부양산符惕山

다시 서쪽으로 2백 리에 부양산符惕山이 있다.

그 산 위에는 종수樱樹와 남수枏樹가 많으며 그 아래에는 금과 옥이 많다.
강의江疑라는 신이 사는 곳이다.

이 산에는 괴이한 비가 내리며 바람과 구름이 생겨나는 곳이 이곳이다.

又西二百里, 曰符惕之山.

其上多樱枏, 下多金玉, 神江疑居之.

是山也, 多怪雨, 風雲之所出也.

【符惕】郭璞은 "惕, 音陽"이라 하였고, 郝懿行은 《藝文類聚》(2)·《太平御覽》
(9, 10)引此經作符陽之山, 與今本異"라 함.

【江疑】신 이름.

【枏】'枏'은 '柟', '楠'자의 異體字, 楠樹. 郭璞은 "柟, 大木, 葉似桑, 今作楠, 音南"
이라 함.

【是山也】郝懿行은 "《祭法》云:「山林川谷丘陵能出雲·爲風雨·見怪物者皆曰神」
卽斯類也"라 함.

099(2-3-18) 삼위산三危山

다시 서쪽으로 2백20리에 삼위산三危山이 있다.

삼청조三青鳥가 사는 곳이다.

이 산은 폭과 둘레가 백 리나 된다.

그 산 위에 짐승이 있으니 그 형상은 소와 같으며 흰 몸에 뿔이 넷이다. 그 몸의 털은 마치 도롱이를 걸쳐 씌운 것과 같으며 이름을 오열傲㺄이라 한다. 이는 사람을 잡아먹는다.

그곳에 새가 있으니 머리 하나에 몸이 셋이다. 그 형상은 마치 낙鸒이라는 새와 같으며 그 이름을 치鴟라 한다.

又西二百二十里, 曰三危之山.

三青鳥居之.

是山也, 廣員百里.

其上有獸焉, 其狀如牛, 白身四角,

其豪如披蓑, 其名曰傲㺄, 是食人.

有鳥焉, 一首而三身, 其狀如鸒, 其名曰鴟.

오열(傲㺄)

【三危之山】郭璞은 "三青鳥主爲西王母取食者, 別自棲息于此山也"라 함.

【三青鳥】〈海外北經〉(609)과 〈大荒西經〉(762)에 三青鳥에 대한 기록이 있음. 郭璞 《圖讚》에 "山名三危, 青鳥所解. 往來昆侖, 王母是隷. 穆王西征, 旋軫 斯地"라 하여 西王母의 심부름을 맡은 새.

【白身】郝懿行은 "《廣韻》引此經作白首"라 함.

【蓑】도롱이. 郭璞은 "蓑, 辟雨草衣也. 音催"라 함.

【傲狠】郭璞은 "傲噎二音"이라 하여 '어일/오역/오에/
오열'로 읽도록 되어 있음. 王念孫은 '傲狠'이어야
한다고 교정하였음.

오열(傲狠)

【鸐】곽박은 "鸐似雕, 黑文赤頸, 音洛"이라 함. 곽박
《圖讚》에 "江疑所居, 風雲是潛. 獸有傲狠, 毛如披蓑.
鸐鳥一頭, 厥身則兼"이라 함.

【鴟】鴟鵂, 鵂鶹(부엉이), 貓頭鷹 따위의 새매, 부엉이, 올빼미, 무수리, 징경이,
솔개 따위의 맹금류 조류를 통칭하여 일컫는 말이라 함. 그중 치는 깃에
심한 독이 있어 이를 술에 타서 사람에게 먹이면 죽는다 함. 毒殺用으로
그 독을 사용하기도 함.

치(鴟)

100(2-3-19) 외산騩山

다시 서쪽으로 1백90리에 외산騩山이 있다.

그 산 위에는 옥이 많으며 돌은 없다.

기동耆童이라는 신이 살고 있으며 그 신의 음성은 항상 종경鍾磬을
칠 때 나는 소리와 같다. 그 산 아래에는 한 무더기의 쌓인 뱀들이 많다.

又西一百九十里, 曰騩山.

其上多玉而無石.

神耆童居之, 其音常如鍾磬, 其下多積蛇.

【騩】'외'로 읽음. 郭璞은 "騩, 音巍; 一音隗囂之隗"라 함. '騩'의 본음은 '귀.' 이
'騩山'이라는 이름은 062, 297, 399에도 있으며, '大騩山' 역시 360, 452에 보임.
【耆童】顓頊의 아들. 郭璞은 "耆童, 老童, 顓頊之子"라 함. 곽박《圖讚》에
"顓頊之子, 嗣作火正. 鏗鎗其鳴, 聲如鍾聲. 處于騩山, 唯靈之盛"이라 함.
【其音常如鍾磬】郝懿行은 "此亦天授然也, 其孫長琴, 所以能作樂風, 本此. 亦見
〈大荒西經〉"이라 함. 〈大荒西經〉(756)을 볼 것.
【積蛇】무리를 이루어 서로 쌓일 정도로 뭉쳐진 뱀들.

101(2-3-20) 천산天山

다시 서쪽으로 3백50리에 천산天山이 있다.

금과 옥이 많으며 청웅황青雄黃이 있다.

영수英水가 그 산에서 발원하여 서남쪽 탕곡湯谷으로 흘러 들어간다.

그 산에 신이 있으니 그 형상은 마치 황낭黃囊과 같으며 붉기가 마치
단화丹火와 같다. 다리가 여섯이며 날개가 넷이다. 혼돈渾敦 상태로 얼굴
이 없으나 노래와 춤에 대해서는 알고 있다. 실제 이는 제홍帝江이라는
신이다.

又西三百五十里, 曰天山.

多金玉, 有青雄黃.

英水出焉, 而西南流注于湯谷.

有神焉, 其狀如黃囊, 赤如丹火,

六足四翼, 渾敦無面目, 是識歌舞,

實爲帝江也.

제홍(帝江)

【青雄黃】吳任臣의〈山海經廣注〉에 "蘇頌云:「階州山中, 雄黃有青黑色而堅者,
名曰薰黃.」青雄黃意卽此也"라 하였음. 그러나 袁珂는 '青'과 '雄黃'은 서로
다른 두 가지 물건으로 '青'은 '石青'을 가리키는 것으로 보았음. 郭璞도
"或曰空青·曾青之屬"이라 함.

【湯谷】〈海外東經〉의 '湯谷'(561), 〈大荒東經〉의 '湯谷'(704)과는 같은 이름
이나 다른 곳으로 보고 있음.

【有神焉】郝懿行은 "《初學記》·《文選》注引此經竝作'神鳥', 今本作'焉', 字蓋譌"
라 함. 그러나 지금 전하는 〈汪紱本〉과 畢沅〈校注本〉에는 '神鳥'로 되어
있으며, 吳任臣〈廣注本〉과 〈百子全書〉본에는 '神焉'으로 되어 있음.

【赤如丹火】郭璞은 "體色黃而精光赤也"라 함.

【渾敦】混沌, 渾沌, 溷囤 등 여러 표기가 있으며 카오스 상태를 표현하는
疊韻連綿語. 혹 혼돈상태를 일으키는 괴수의 이름. 그러나 《初學記》(8)에
인용된 이 문장에는 '敦'자가 없음.

【帝江】'帝鴻'과 같으며 '제홍'으로 읽음. 畢沅은 "江讀如鴻. 《春秋傳》云:
「帝鴻氏有不才子, 天下謂之渾沌.」此云帝江, 猶焉帝
江氏子也"라 하여 '제홍'으로 읽어야 한다고 하였음.
이에 대해 袁珂는 "畢說江讀如鴻, 是也. 謂帝江猶言
帝江氏子, 則曲說也. 古神話必以帝鴻卽此「渾沌無面目」
之怪獸也. 帝江者何? 《左傳》文公十八年杜預注: 「帝鴻,
黃帝.」《莊子》應帝王: 「中央之帝爲渾沌.」 正與黃帝在
「五方帝」中爲中央天帝符, 以知此經帝江卽帝鴻亦卽黃
帝也. 至于〈大荒東經〉(693)又謂「帝俊生帝鴻」者, 乃神
話傳說之分歧, 無足異也"라 함. 곽박 《圖讚》에 "質則
混沌, 神則旁通. 自然靈照, 聽不以聰. 强爲之名, 曰在
帝江"이라 함.

제홍(帝江)

제홍(帝江)

102(2-3-21) 유산泑山

다시 서쪽으로 2백90리에 유산泑山이 있다.

욕수蓐收라는 신이 살고 있는 곳이다.

그 산 위에는 영원嬰垣이라는 옥이 많으며 그 남쪽에는 근유瑾瑜라는
옥이 많고 그 북쪽에는 청웅황青雄黃이 많다.

이 산은 서쪽으로 해가 져서 들어가는 곳을 바라보고 있으며 그 기상이
둥글다. 홍광紅光이라는 신이 사는 곳이다.

又西二百九十里, 曰泑山.

神蓐收居之.

其上多嬰垣之玉, 其陽多瑾瑜之玉, 其陰多青雄黃.

是山也, 西望日之所入, 其氣員, 神紅光之所司也.

【蓐收】西方을 관장하는 신. 五行으로 金이며 색깔로는 白色,
가을, 刑殺, 호랑이 등을 상징함. 郭璞은 "亦金神也, 人面,
虎爪, 白尾(毛), 執鉞, 見《外傳》云"이라 함. 그러나 〈海外
西經〉의 蓐收(528)와는 형상이 다름.

【嬰垣之玉】郭璞은 "垣, 或作短, 或作根, 或作埋. 傳寫謬錯,
未可得詳"이라 함. 袁珂는 "江紹原謂當卽嬰脰之玉, 蓋用以
作頸飾者, 其說近是, 可供參考"라 함. 목에 장식하는 구슬
따위의 옥.

욕수(蓐收)

【靑雄黃】吳任臣의 〈山海經廣注〉에 "蘇頌云:「階州山中, 雄黃有靑黑色而堅者, 名曰薰黃.」靑雄黃意卽此也"라 하였음. 그러나 袁珂는 '靑'과 '雄黃'은 서로 다른 두 가지 물건으로 '靑'은 '石靑'을 가리키는 것으로 보았음. 郭璞도 "或曰空靑·曾靑之屬"이라 함.

【其氣員】郭璞은 "日形員, 故其氣象亦然也"라 함. '員'은 '圓'과 같음.

【紅光】郭璞은 "未聞其狀"이라 하였고, 郝懿行은 "紅光, 蓋卽蓐收也"라 하여 '蓐收'를 가리키는 것으로 보았음.

103(2-3-22) 익망산翼望山

서쪽으로 백 리를 가면 익망산翼望山에 이르게 된다.

그 산에는 풀과 나무가 자라지 않으며 금과 옥이 많다.

그 산에 짐승이 있으니 그 형상은 삵과 같으며 눈이 하나에 꼬리가 둘이다. 이름을 환讙이라 하며 그 소리는 백 가지 소리를 한꺼번에 내는 것처럼 들린다. 가히 흉악한 것을 막을 수 있으며 이를 복용하면 단병癉病을 치료할 수 있다.

그곳에 새가 있으니 그 형상은 마치 까마귀와 같으며 머리가 셋이며 꼬리가 여섯으로 잘 웃는다. 이름을 의여鵸䳜라 하며 이를 먹으면 사람으로 하여금 악몽을 꾸지 않게 하며 또한 흉악한 것을 막을 수 있다.

환(讙)

西水行百里, 至于翼望之山.

無草木, 多金玉.

有獸焉, 其狀如狸, 一目而二尾, 名曰讙,
其音如奪百聲, 是可以禦凶, 服之已癉.

有鳥焉, 其狀如烏, 三首六尾而善笑,
名曰鵸䳜, 服之使人不厭, 又可以禦凶.

환(讙)

【翼望之山】郭璞은 "或作土翠山"이라 하였음. 〈中次十一經〉에 "翼望之山"
(413)이 있어 이와 같은 이름이거나 혹 그 산의 연결 산맥이 아닌가 함.

【䕌】郭璞은 "䕌音歡, 或作原(㵱)"이라 함.

【其音如奪百聲】郭璞은 "言其能作百種物聲也. 或曰, 奪百, 物名, 亦所未詳"이
라 함.

【癉】郭璞은 "癉, 黃癉病也, 音旦"이라 함. 黃癉病은 黃疸病과 같음.

【鵸鵌】'의여'로 읽음. 원음은 '기도'이나 '의여'로 읽어야 雙聲連綿語의 物名
이 됨. 郭璞은 "猗餘兩音"이라 함. 이 새는 〈北山經〉 帶山(128)에 "有鳥焉,
其狀如烏, 五采而赤文, 名曰鵸鵌, 是自爲牝牡, 食之不疽"라 하였음. 郭璞은
앞의 䕌(㵱)과 묶어 《圖讚》에 "鵸鵌三頭, 㵱獸三尾. 俱禦不祥, 消凶辟眯.
君子服之, 不逢不躚"라 함.

【不厭】악몽을 꾸지 않음. '厭'은 '魘'과 같음. 厭夢(魘夢), 惡夢에 시달리거나
가위에 눌리지 않음을 말함. 郭璞은 "不厭夢也"라 함.

의여(鵸鵌)

104(2-3-23) 서쪽 세 번째 경유하는 산들

무릇 서쪽으로 경유하며 세 번째 산계의 시작은 숭오산崇吾山으로부터 익망산翼望山에 이르기까지 모두 23개 산이며 6천7백44리에 이른다.

그곳 산신들의 형상은 모두가 양의 몸에 사람의 얼굴을 하고 있다.

그들에게 제사를 올리는 예는 한 개의 길옥吉玉을 사용하여 이를 땅에 묻으며 서미糈米는 직미稷米를 사용한다.

凡西次三經之首, 崇吾之山至于翼望
之山, 凡二十三山, 六千七百四十四里.
其神狀皆羊身人面.
其祠之禮, 用一吉玉瘞, 糈用稷米.

양신인면(羊身人面)

【崇吾之山】 "自崇吾之山"이어야 함.
【二十三山】 실제로는 22개의 산임.
【吉玉】 吉祥 무늬를 넣은 옥. 郭璞은 "玉加符采者也.《尸子》曰:「吉玉大龜.」"
라 함.

2-4. 西次四經

〈上申山附近〉 明 蔣應鎬 圖本

105(2-4-1) 음산陰山

서쪽으로 네 번째 경유하게 되는 산계의 시작은 음산陰山이다.

그 산 위에는 곡수穀樹가 많으며 돌은 없다. 그곳의 풀은 흔히 묘번茆蕃
이라는 나물이 많다.

음수陰水가 그 산에서 발원하여 서쪽으로 흘러 낙수洛水로 들어간다.

西次四經之首, 曰陰山.

上多穀, 無石, 其草多茆蕃.

陰水出焉, 西流注于洛.

【陰山】〈西次三經〉(097) 및 〈中山經〉(282)에도 '陰山'이 있음.

【穀】構와 같음. 構樹. 나무 이름. 그 열매가 곡식 낟알 같아 穀樹라 한다 함.
'穀'과 '構'는 고대 同聲이었으며 雙聲互訓으로 쓴 것. 그러나 郭璞 注에는 "穀,
楮也, 皮作紙. 璨曰:「穀亦名構, 名穀者, 以其實如穀也.」"라 함. 한편 郝懿行은
"陶宏景注《本草經》云:「穀卽今構樹也. 穀構同聲, 故穀亦名構.」"라 함.

【茆蕃】순채(蓴菜) 혹은 鳧葵라 함. '蕃'은 靑蕃(靑蘋). 모두 풀이며 나물로
사용함. 郭璞은 "茆, 鳧葵也; 蕃, 靑蕃, 似莎而大, 卯煩兩音"이라 함.《說文》
에도 "茆, 鳧葵也"라 함.

106(2-4-2) 노산勞山

북쪽으로 50리에 노산勞山이 있다.

자초茈草라는 풀이 많다.

약수弱水가 그 산에서 발원하여 서쪽으로 흘러 낙수洛水로 들어간다.

北五十里, 曰勞山.

多茈草.

弱水出焉, 而西流注于洛.

【茈草】紫草. '茈'는 '紫'와 같음. 보랏빛을 말함. 吳任臣〈廣注〉에는 '紫草'로
되어 있음. 郝懿行은 "古字通以'茈'爲'紫'"라 함. 지칫과에 속하는 다년생
초본식물로 뿌리는 약재로 사용함.

107(2-4-3) 파보산罷父山

서쪽으로 50리에 파보산罷父山이 있다.

이수洱水가 그 산에서 발원하여 서남쪽으로 흘러 낙수洛水로 들어가며 그 물에는 자석茈石과 벽옥碧玉이 많다.

西五十里, 曰罷父之山.

洱水出焉, 而西南流注于洛, 其中多茈·碧.

【罷父之山】 '罷谷山'의 오기. 王念孫, 吳任臣, 畢沅, 郝懿行 모두 '罷谷山'으로 교정하였음.

【茈·碧】 여기서 茈는 茈石을 말함. '茈'는 '紫'와 같으며 보랏빛을 띤 돌을 말함. '碧'은 碧玉. 푸른색을 내는 귀한 옥. 郝懿行은 "茈·碧, 二物也, 茈卽 茈石"이라 함.

108(2-4-4) 신산申山

북쪽으로 1백70리에 신산申山이 있다.

그 산 위에는 곡수穀樹와 작수柞樹가 많으며, 그 아래에는 유수杻樹와 강수欇樹가 많다. 그리고 그 산의 남쪽에는 금과 옥이 많다.

구수區水가 그 산에서 발원하여 동쪽으로 하수河水로 흘러 들어간다.

北百七十里, 曰申山.

其上多穀柞, 其下多杻橿, 其陽多金玉.

區水出焉, 而東流注于河.

【穀】構와 같음. 構樹. 나무 이름. 그 열매가 곡식 낟알 같아 穀樹라 한다 함. '穀'과 '構'는 고대 同聲이었으며 雙聲互訓으로 쓴 것. 그러나 郭璞 注에는 "穀, 楮也, 皮作紙. 璨曰: 「穀亦名構, 名穀者, 以其實如穀也.」"라 함. 한편 郝懿行은 "陶宏景注《本草經》云: 「穀卽今構樹也. 穀構同聲, 故穀亦名構.」"라 함.

【柞】櫟樹의 다른 이름. 郭璞은 "柞, 櫟"이라 함. 상수리나무, 떡갈나무의 일종.

【杻橿】'杻'는 감탕나무, 혹은 冬靑이라고도 하며 본음은 '뉴.' 杻樹. '橿'은 역시 나무 이름으로 橿樹. 혹 감탕나무의 일종이라고 함. 郭璞은 "杻似棣而細葉, 一名土橿. 音紐; 橿, 木中車材, 音姜"이라 함. 杻樹(뉴슈)는 棠棣나무와 같으며 橿樹는 수레를 만드는 데에 사용하는 나무.

109(2-4-5) 조산鳥山

북쪽으로 2백 리에 조산鳥山이 있다.

그 산 위에는 상수桑樹가 많으며 산 아래에는 저수楮樹가 많다. 그리고 그 산 북쪽에는 철이 많으며 남쪽에는 옥이 많다.

욕수辱水가 그 산에서 발원하여 동쪽으로 흘러 하수河水로 들어간다.

北二百里, 曰鳥山.

其上多桑, 其下多楮; 其陰多鐵, 其陽多玉.

辱水出焉, 而東流注于河.

【桑樹】 뽕나무.

【楮樹】 닥나무. 종이를 만드는데 사용하는 나무.

110(2-4-6) 상신산上申山

다시 북쪽으로 20리에 상신산上申山이 있다.

산 위에는 풀과 나무가 자라지 않으며 낙석硌石이 많고, 산 아래에는 진수榛樹와 호수楛樹가 많다. 그곳의 짐승은 백록白鹿이 많다.

그곳의 새는 주로 당호當扈라는 새가 많으며 그의 형상은 마치 꿩과 같으며 목 아래의 수염 같은 날개로 날아오른다. 이를 먹으면 눈을 깜박이는 현기증이 생기지 않는다.

탕수湯水가 그 산에서 발원하여 동쪽으로 하수河水로 흘러 들어간다.

又北二十里, 曰上申之山.

上無草木, 而多硌石, 下多榛楛, 獸多白鹿.

其鳥多當扈, 其狀如雉, 以其髯飛, 食之不眴目.

湯水出焉, 東流注于河.

당호(當扈)

【硌石】'硌'은 '크다'의 뜻. 큰 돌, 큰 바위를 말함. 郭璞은 "硌, 磊硌, 大石貌也, 音洛"이라 함.

【榛楛】'진호'로 읽음. '榛'은 개암나무, '楛'는 화살을 만드는 데에 사용하는 나무. 郭璞은 "榛子似栗而小, 味美; 楛木可以爲箭.《詩》云:「榛楛濟濟」臻怙兩音"이라 함.

【當扈】새 이름. 郭璞은 "扈, 或作戶"라 함. 곽박《圖讚》에는 "鳥飛以翼, 當扈
則鬚. 廢多任少, 沛然有餘. 輪運於轂, 至用在無"라 함.

【以其髥飛】郭璞은 "髥, 咽下鬚毛也"라 함.

【眴目】'眴'은 '현'으로 읽으며 '眩'과 같음. '眩氣症이 나다'의 뜻. 혹은 '눈을
깜박이다'(瞬目)의 뜻.

111(2-4-7) 제차산諸次山

다시 북쪽으로 20리에 제차산諸次山이 있다.

제차수諸次水가 그 산에서 발원하여 동쪽으로 하수河水로 흘러든다.

이 산은 나무는 많으나 풀은 없으며 그곳에는 새나 짐승 따위는 살 수 없으며 여러 종류의 뱀들이 많다.

又北二十里, 曰諸次之山.

諸次之水出焉, 而東流注于河.

是山也, 多木無草, 鳥獸莫居, 是多衆蛇.

【衆蛇】 여러 종류의 뱀들이 많음. 혹은 뱀이 무리를 지어 살고 있음.

112(2-4-8) 호산號山

다시 북쪽으로 1백80리에 호산號山이 있다.

그곳의 나무로는 칠수漆樹와 종수椶樹가 많으며 그곳의 풀은 주로 백지白芷와 궁궁芎藭이 많다. 그리고 감석泠石이라는 돌이 많다.

단수端水가 그 산에서 발원하여 동쪽으로 흘러 하수河水로 들어간다.

又北百八十里, 曰號山.

其木多漆·椶, 其草多藥虈芎藭. 多泠石.

端水出焉, 而東流注于河.

【藥】'藥'은 '요'로 읽음. 白芷를 가리킴. 뿌리를 '백지'라 하며 잎을 '藥'이라 함. 그리고 전체를 함께 일컬을 때 백지라 함. 藥用植物임. 郭璞은 "藥, 白芷別名. 藥音鳥較反"이라 하여 '요'로 읽도록 하였음.

【虈】'효'로 읽으며 역시 白芷의 다른 이름이라 함. 郭璞은 "虈, 香草也"라 함.

【芎藭】川芎, 江蘺 등으로도 불리며 다년생 초본식물. 뿌리를 약으로 사용함. 調經, 止痛, 活血 등의 작용을 함. 郭璞은 "芎藭, 一名江蘺"라 하였으며 袁珂는 川芎이라 함.

【泠石】매우 무른 성질을 가져 마치 진흙과 같은 돌. 郭璞은 "泠, 或音金. 未詳"이라 하여 '감'(淦), 혹 '금'(金)으로 읽도록 하였고, 郝懿行은 《說文》泠, 本字作淾, 云泥也. 蓋石質柔軟如泥者. 今水中土中俱有此石也"라 함.

113(2-4-9) 우산盂山

다시 북쪽으로 2백20리에 우산盂山이 있다.

그 산 북쪽에는 철이 많으며 그 산 남쪽에는 구리가 많다.

그곳의 짐승으로는 흔히 백랑白狼과 백호白虎가 많으며, 그곳의 새는 흔히 백치白雉와 백적白翟이 많다.

생수生水가 그 산에서 발원하여 동쪽으로 흘러 하수河水로 들어간다.

又北二百二十里, 曰盂山.

其陰多鐵, 其陽多銅.

其獸多白狼白虎, 其鳥多白雉白翟.

生水出焉, 而東流注于河.

【白狼】 곽박의 《圖讚》에는 "矯矯白狼, 有道則遊. 應符變質, 乃銜靈鉤. 惟德是適, 出殷見周"라 함.

【白虎】 곽박 《圖讚》에는 "甝虪之虎, 仁而有猛. 其質載皓, 其文載炳. 應德而擾, 止我交境"이라 함.

【白雉白翟】 郭璞은 "白翟, 或作白翠"라 하였고, 郝懿行은 "雉·翟, 一物二種, 經白翟當爲白翠"라 함. 翟은 翠鳥. 파랑새. 白翟은 백색을 띤 파랑새.

114(2-4-10) 백어산白於山

서쪽으로 2백50리에 백어산白於山이 있다.

그 산 위에는 소나무와 잣나무가 많으며 그 산 아래에는 역수櫟樹와 단수檀樹가 많다. 그곳의 짐승은 주로 작우㸰牛와 암양羬羊이 많으며 그곳의 새는 효조鴞鳥가 많다.

낙수洛水가 그 산의 남쪽에서 발원하여 동쪽으로 흘러 위수渭水로 들어간다.

그리고 협수夾水가 그 산의 북쪽에서 발원하여 동쪽으로 흘러 생수生水로 들어간다.

西二百五十里, 曰白於之山.

上多松柏, 下多櫟檀, 其獸多㸰牛·羬羊, 其鳥多鴞.

洛水出于其陽, 而東流注于渭.

夾水出于其陰, 東流注于生水.

【櫟檀】'櫟'은 '柞樹.' 상수리나무의 일종. 그러나 郭璞은 "櫟卽柞"이라 함. '檀'은 박달나무, 혹 檀香木.

【鴞】鴟鴞, 鵂鶹(부엉이), 貓頭鷹 따위의 새매, 부엉이, 올빼미, 무수리, 징경이, 솔개 따위의 맹금류를 통칭하여 일컫는 말이라 함. 郭璞은 "鴞似鳩而靑色"이라 함.

【㸰牛】'작우'로 읽음. 郭璞은 "今華陽山中多山牛山羊, 肉皆千斤, 牛卽此牛也. 音昨"이라 함.

【羬羊】곽박은 '침양'으로 읽도록 하였으나 이는 오류이며 '암양'으로 읽음.
大尾羊. 郭璞은 "今大月氏國, 有大羊如驢而馬尾.《爾雅》云:「羊六尺爲羬.」
謂此羊也. 羬, 音針"이라 하였으나, 郝懿行은 "羬, 當從《說文》作'麙', '羬'蓋
俗體.《玉篇》:「午咸(암)·渠炎(겸)二切」.《廣韻》:「巨淹切(겸), 與鍼(침)同音.」
鍼(침): 又'之林切(짐), 俗字作針'. 是郭注之, '針'蓋因傳寫隨俗, 失於校正也.
《初學記》(29)引此注亦云:「羬, 音針」則自唐木(宋)已譌.《太平御覽》(902)引郭
義恭《廣志》云:「大尾羊, 細毛, 薄皮, 尾上旁廣, 重且十斤, 出康居」. 卽與此
注相合.《初學記》引郭氏《圖讚》云:「月氏之羊, 其類. 在野, 厥高六尺, 尾亦
如馬.」何以審之. 事見《爾雅》"라 하여 겸(羬)자는 '암(麙)'자여야 하며, 음은
'암', '겸' 등이라 하였음.

115(2-4-11) 신수산申首山

서북쪽으로 3백 리에 신수산申首山이 있다.

그 산에는 풀과 나무가 자라지 않으며 겨울이나 여름이나 눈이 덮여 있다.

신수申水가 그 산 위에서 발원하여 산 아래로 잠겨 흐른다. 그 물에는 백옥白玉이 많다.

西北三百里, 曰申首之山.

無草木, 冬夏有雪.

申水出于其上, 潛于其下, 是多白玉.

【申首之山】由首山. 王念孫, 吳任臣, 郝懿行은 모두 '申首'를 '由首'로 교정하였음.

【冬夏有雪】萬年雪이 덮어 있음을 말함.

116(2-4-12) 경곡산涇谷山

다시 서쪽으로 55리에 경곡산涇谷山이 있다.

경수涇水가 그 산에서 발원하여 동남쪽으로 흘러 위수渭水로 들어가며 그 물에는 백금과 백옥이 많다.

又西五十五里, 曰涇谷之山.

涇水出焉, 東南流注于渭, 是多白金白玉.

【涇谷之山】郭璞은 "涇谷之山, 或無'之山'二字"라 함.

【白金】銀을 말함. 郭璞 주에 "白金, 銀也"라 함.

117(2-4-13) 강산剛山

다시 서쪽으로 1백20리에 강산剛山이 있다.

칠목柒木이라는 나무가 많으며 저부瑹玞라는 옥이 많다.

강수剛水가 그 산에서 발원하여 북쪽으로 흘러 위수渭水로 들어간다.

그 산에는 신최神㺊라는 괴물이 많다. 그 형상은 사람 얼굴에 짐승의 몸으로 발과 손이 하나씩이며 그 음성은 마치 시나 노래를 읊조리는 소리와 같다.

又西百二十里, 曰剛山.

多柒木, 多瑹玞之玉.

剛水出焉, 北流注于渭.

是多神㺊, 其狀人面獸身, 一足一手,

其音如欽.

신최(神㺊)

【柒】漆과 같음. 옻나무. 옻즙은 약용과 塗料로 사용함. 汪紱은 "柒, 卽漆字" 라 함.

【瑹玞】'저부'라 불리는 옥. 瑹는 《集韻》에 反切로 '抽居切'(처/저)과 '通都切' (토/도) 두 음이 있음. 여기서는 잠정적으로 '저부'로 읽음. 이 옥은 구체적 으로 어떤 형태인지 알 수 없음. 郭璞은 "瑹玞, 玉名, 所未詳也"라 함. 郝懿行은 "《說文》引孔子曰:「美哉! 瑹璠. 遠而望之, 奐若也; 近而視之, 瑟若也. 一則

理勝, 一則孚勝」此經瑈珵, 古字所無, 或卽瑈璠之字, 當由聲轉. 若系理孚之文,
又爲形變也. 古書多假借, 疑此二義似爲近之"라 함.

【神槐】 도깨비, 魑魅의 일종. 郭璞은 "槐, 亦魑魅之類也. 音耻回反. 或作魅"
라 하여 음은 '최'로 읽음.

【欽】 吟과 같음. 시나 문장, 노래를 읊조릴 때 내는 소리. 郭璞은 "欽, 亦吟
字假音"이라 함.

신최(神槐)

118(2-4-14) 강산剛山의 꼬리

다시 서쪽으로 2백 리를 가면 강산剛山의 꼬리에 이르게 된다.
낙수洛水가 그 산에서 발원하여 북쪽으로 흘러 하수河水로 들어간다.
그 물에는 만만蠻蠻이 많으며 그 만만의 형상은 쥐의 몸에 자라의 머리
모습이다. 그의 음성은 마치 개가 짖는 소리와 같다.

又西二百里, 至剛山之尾.
洛水出焉, 而北流注于河.
其中多蠻蠻, 其狀鼠身而鼈首, 其音如吠犬.

【蠻蠻】水生 동물. 구체적으로는 알 수 없음. 그러나 〈西次三經〉崇吾山
(082)에 "有鳥焉, 其狀如鳧, 而一翼一目, 相得乃飛, 名曰蠻蠻, 見則天下大水"
라 하여 比翼鳥를 가리킴. 郝懿行은 "蠻蠻之獸, 與比翼鳥同名, 疑卽玃也.
玃·蠻聲相近.《說文》云:「猵或作」, 獺屬.」《文選》羽獵賦注引郭氏《三蒼解詁》
曰:「猵似狐, 靑色, 居水中, 食魚.」라 함. 그러나 여기서는 수달(水獺)이 아닌가
함. 郭璞《圖讚》에 "其音如吟, 一脚人面. 鼠身鼈頭, 厥號曰蠻. 目如馬耳, 食
厭妖變"라 함.

만만(蠻蠻)

119(2-4-15) 영제산英鞮山

다시 서쪽으로 3백50리에 영제산英鞮山이 있다.

그 산 위에는 칠목漆木이 많으며 그 산 아래에는 금과 옥이 많다. 그곳의 새와 짐승은 모두가 흰색이다.

완수浣水가 그 산에서 발원하여 북쪽으로 흘러 능양陵羊이라는 못으로 들어간다.

이 물에는 염유어冉遺魚가 많으며 그는 물고기 몸에 뱀의 머리를 가지고 있으며 다리가 여섯, 그의 눈은 마이馬耳와 같다. 이를 먹으면 사람으로 하여금 가위에 눌리지 않게 하며 흉사凶事를 막을 수 있다.

염유어(冉遺魚)

又西三百五十里, 曰英鞮之山.

上多漆木, 下多金玉, 鳥獸盡白.

浣水出焉, 而北流注于陵羊之澤.

是多冉遺之魚, 魚身蛇首六足, 其目

如馬耳, 食之使人不眯, 可以禦凶.

염유어(冉遺魚)

【冉遺之魚】冉夷魚. 郝懿行은 "《太平御覽》(939)引此經作'無遺之魚', 疑卽'蒲夷之魚'也. 見〈北次三經〉碣石山下(212), 蒲·無聲相近, 夷·遺聲同"이라 하여

'蒲夷之魚'가 아닌가 하였음. 혹 '蒲夷魚'가 바로 이 물고기가 아닌가 함.
212 참조.

【不眯】'眯'는 '미'로 읽음. 잠을 자다가 가위에 눌리지 않도록 함. 혹은 惡夢,
厭夢(魘夢)을 꾸지 않음. '眯'는 '厭(魘)'과 같은 뜻임. 郝懿行은 "《說文》云:
「眯, 艸入目中也.」"라 함. 그러나 袁珂는 "按: 此固眯之一義, 然以此釋此經
之眯, 則有未當. 夫「草入目中」乃偶然小事, 勿用服藥; 卽今服藥, 亦何能
「使人不眯」乎?《莊子》天運篇云: 「彼不得夢, 必且數眯焉.」釋文引司馬彪云:
「眯, 厭也.」厭, 俗作魘, 卽厭夢之義, 此經文'眯'之正解也, 與下文「可以禦凶」
之義亦合. 〈西次三經〉翼望之山(103)鵸䳜, 「服之使人不厭.」郭注云: 「不厭
夢也.」《山經》凡言'不眯', 均當作此解"라 함.

120(2-4-16) 중곡산中曲山

다시 서쪽으로 3백 리에 중곡산中曲山이 있다.

그 산 남쪽에는 옥이 많으며 그 북쪽에는 웅황雄黃과 백옥, 금이 많다.

그곳에 짐승이 있으니 그 형상은 마치 말과 같으나 흰 몸에 검은 꼬리를 가지고 있으며 뿔이 하나에 호랑이 어금니와 발톱을 가지고 있다. 그가 내는 소리는 마치 북을 두드리는 소리와 같으며 그 이름을 박駮이라 한다. 이 동물은 호랑이와 표범을 잡아먹으며 가히 전쟁을 막을 수 있다.

그곳에 나무가 있으니 그 형상은 당목棠木과 같으며 둥근 잎에 붉은 열매가 맺힌다. 그 열매는 크기가 목과木瓜만 하며 이름을 회목櫰木이라 한다. 이를 먹으면 힘이 세어진다.

又西三百里, 曰中曲之山.

其陽多玉, 其陰多雄黃·白玉及金.

有獸焉, 其狀如馬而白身黑尾, 一角, 虎牙爪, 音如鼓音, 其名曰駮, 是食虎豹, 可以禦兵.

有木焉, 其狀如棠, 而員葉赤實, 實大如木瓜, 名曰櫰木, 食之多力.

박(駮)

【音如鼓音】王念孫, 畢沅, 郝懿行은 모두 "音如鼓"이어야 한다고 교정하였음.

【駮】'박'으로 읽음. 郭璞은 "《爾雅》說駮, 不道有角及虎爪. 駮亦在畏獸畫中"이라 함. 한편 《爾雅》 釋獸에는 "駮如馬, 倨牙, 食虎豹"라 하였으며, 〈海外北經〉(549)에도 "有獸焉, 其名曰駮, 狀如白馬, 鋸牙, 食虎豹"라 하여 대략 같음. 곽박 《圖讚》에 "駮惟馬類, 實畜之英. 騰髦驤首, 噓天雷鳴. 氣無馮凌, 呑虎辟兵"이라 함.

【可以禦兵】郭璞은 "養之, 辟兵刃也"라 함.

【棠】당목, 아가위나무. 棠梨樹.

【木瓜】모과. 혹은 파파야가 아닌가 함.

【櫰木】모과와 비슷한 홰나무의 일종. 곽박 《圖讚》에 "櫰之爲木, 厥形似樓. 若能長服, 拔樹排山. 力則有之, 壽則宜然"이라 함.

박(駮)

121(2-4-17) 규산邽山

다시 서쪽으로 2백60리에 규산邽山이 있다.

그 산 위에 짐승이 있으니 그 형상은 소와 같으며 고슴도치 털을 하고 있다. 그 이름을 궁기窮奇라 하고 그가 내는 소리는 호구獋狗가 내는 소리와 같으며 사람을 잡아먹는다.

몽수濛水가 그 산에서 발원하여 남쪽으로 흘러 양수洋水로 들어간다. 그 물에는 황패黃貝와 나어蠃魚가 많다. 나어는 물고기 몸에 새의 날개를 가지고 있으며 그가 내는 소리는 원앙새와 같다. 그가 나타나면 그 읍에 큰 홍수가 난다.

나어(蠃魚)

又西二百六十里, 曰邽山.

其上有獸焉, 其狀如牛, 蝟毛, 名曰窮奇, 音如獋狗, 是食人.

濛水出焉, 南流注于洋水, 其中多黃貝·蠃魚, 魚身而鳥翼,

音如鴛鴦, 見則其邑大水.

【邽山】 郭璞은 "邽, 音圭"라 함.
【窮奇】 郭璞은 "或云似虎, 蝟毛有翼"이라 함. 이 '窮奇'는 〈海內北經〉(614)에 "窮奇狀如虎, 有翼, 食人從首始, 所食被髮. 在蜪犬北. 一曰從足"이라 함.
【黃貝】 貝는 일종의 甲殼類. 올챙이처럼 생겼으나 머리와 꼬리만 있다 함. 郭璞은 "貝, 甲蟲, 肉如科斗, 但有頭尾耳"라 함.
【蠃魚】 郭璞은 "蠃, 音螺"라 하였고, 郝懿行은 "蠃, 《玉篇》·《廣韻》竝作蠃, 《玉篇》云:「魚有翼, 見則大水.」"라 함.

122(2-4-18) 조서동혈산鳥鼠同穴山

다시 서쪽으로 2백20리에 조서동혈산鳥鼠同穴山이 있다.

그 산 위에는 백호白虎와 백옥白玉이 많다.

위수渭水가 그 산에서 발원하여 동쪽으로 흘러 하수河水로 들어간다.
그 물에는 소어鰠魚가 많으며 그 소어의 형상은
마치 전어鱣魚와 같으며 그가 움직이면 그 읍에
큰 전란이 일어난다.

소어(鰠魚)

함수濫水가 그 산 서쪽에서 발원하여 서쪽
으로 흘러 한수漢水로 들어간다. 그 물에는 여빈
어絮魤이라는 물고기가 많으며 그 물고기의 형상은
마치 요銚를 엎어놓은 것과 같으며 새의 머리에 물고기 날개와 물고기
꼬리를 하고 있다. 그가 내는 소리는 마치 경석磬石을 두드릴 때 나는
소리와 같다. 이 물고기는 주옥珠玉을 만들어낸다.

여빈어(絮魤魚)

又西二百二十里, 曰鳥鼠同穴之山.

其上多白虎·白玉.

渭水出焉, 而東流注于河. 其中多鰠魚,
其狀如鱣魚, 動則其邑有大兵.

濫水出于其西, 西流注于漢水. 多絮魤之魚, 其狀如覆銚,
鳥首而魚翼魚尾, 音如磬石之聲, 是生珠玉.

【鳥鼠同穴之山】 郭璞은 "今在隴西首陽縣西南, 有鳥鼠同穴, 鳥名鵌, 鼠名鼵, 鼵如人家鼠而短尾, 鵌似燕而黃色, 穿地數尺, 鼠在內, 鳥在外而共處. 孔氏 《尙書傳》曰: 共爲雌雄; 張氏《地理志》云: 不爲牝牡也"라 함. 한편 《洛陽伽藍記》(5) 聞義里에 "初發京師, 西行四十日, 至赤嶺, 卽國之西疆也, 皇魏關防, 正在於此. 赤嶺者, 不生草木, 因以爲名. 其山有鳥鼠同穴. 異種 共類, 鳥雄鼠雌, 共爲陰陽, 卽所謂鳥鼠同穴"

조서동혈(鳥鼠同穴)

이라 하였고, 王芑蓀의 《禹貢錐指》(17)에는 "鼠之穴地, 其常也. 西北風土高寒, 其穴加深, 而有三四尺, 皆無足怪. 蓋此鳥不能爲巢, 故借鼠穴以寄焉. 鼠在內, 鳥在外, 猶之鵲巢鳩居而已. ⋯⋯鳺自牝牡而生鳺, 鵨自雌雄而生鵌, 皆事理之 可推者. 若使鳥鼠共爲牝牡, 則鵌鳺之外, 必又別成一物. 而今無之, 則不相牝牡 之說爲長"이라 함. 한편 郭璞의 《圖讚》에는 "鵨鼵二蟲, 殊類同歸. 聚不以方, 或走或飛. 不然之然, 難以理推"라 함.

【鰠魚】 郭璞은 "鰠, 音騷"라 함. 곽박 《圖讚》에 "物以 感應, 亦有數動. 壯士挺劒, 氣激白虹. 鰠魚潛淵, 出則 邑悚"이라 함.

【鱣魚】 郭璞은 "鱣魚, 大魚也. 口在頷下, 體有連甲也. 或作鮎鯉"라 함. 지금 중국 江南지역에서는 黃魚라 부름.

소어(鰠魚)

【濫水】 郭璞은 "濫, 音檻"이라 하여 '함'으로 읽음.

【絮魮】 郭璞은 "如毗兩音"이라 하여 '여빈'으로 읽음. 곽박 《圖讚》에 "形如 覆銚, 包玉含珠. 有而不積, 泄以尾閭. 闇與道會, 可謂奇魚"라 함.

【覆銚】 '覆'은 反轉의 뜻. '銚'는 자루가 있어 음식 등을 데울 수 있는 溫器. 郝懿行은 《說文》云: 「銚, 溫器.」라 함.

【磬石】 編磬을 만들 수 있는 돌. 郭璞은 "可以爲樂石"이라 함.

123(2-4-19) 엄자산崦嵫山

서남쪽으로 3백60리에 엄자산崦嵫山이 있다.

그 산 위에는 단목丹木이 많으며 그 나무의 잎은 마치 곡수穀樹의 잎과 같으며, 그 열매는 참외만 한 크기이다. 붉은 꽃받침에 검은 결을 가지고 있으며 이를 먹으면 황달병을 치료할 수 있고 화재를 막을 수 있다. 그 산 남쪽에는 거북이 많고 그 산 북쪽에는 옥이 많다.

초수苕水가 그 산에서 발원하여 서쪽으로 흘러 바다에 이른다. 그 물에는 지려砥礪가 많다.

그 산에 짐승이 있으니 그 형상은 말의 몸에 새의 날개, 사람 얼굴에 뱀의 꼬리를 하고 있다. 이름을 숙호孰湖라 한다.

그 곳에 새가 있으니 그 형상은 효조鴞鳥와 같으나 사람의 얼굴에 긴꼬리원숭이의 몸에 개꼬리를 하고 있다. 그 새의 이름은 그 새가 내는 울음소리를 따서 지어졌다. 이 새가 나타나면 그 읍에 큰 가뭄이 든다.

인면효(人面鴞)

西南三百六十里, 曰崦嵫之山.

其上多丹木, 其葉如穀, 其實大如瓜, 赤符而黑理, 食之已癉, 可以禦火. 其陽多龜, 其陰多玉.

苕水出焉, 而西流注于海, 其中多砥礪.

有獸焉, 其狀馬身而鳥翼, 人面蛇尾, 名曰孰湖.

有鳥焉, 其狀如鴞而人面, 蜼身犬尾, 其名自號也, 見則
其邑大旱.

【崦嵫之山】지금의 甘肅 天水市 남쪽에 있으며 고대 전설에 '해가 지면 이 산
으로 들어가는 것'이라 믿었음. 郭璞은 "日沒所入山也, 見《離騷》"라 함.
《離騷》에는 "望崦嵫而勿迫"이라 하였고 王逸의 주에 "崦嵫, 日所入山也. 下有
蒙水, 水中有虞淵"이라 함.

【丹木】郭璞 《圖讚》에 "爰有丹木, 生彼泑盤. 厥實如瓜, 其味甘酸. 蠲痾辟火,
用奇桂蘭"이라 함.

【穀】構와 같음. 構樹. 나무 이름. 그 열매가 곡식 낟알 같아 穀樹라 한다 함.
'穀'과 '構'는 고대 同聲이었으며 雙聲互訓으로 쓴 것. 그러나 郭璞 注에는 "穀,
楮也, 皮作紙. 璨曰:「穀亦名構, 名穀者, 以其實如穀也.」"라 함. 한편 郝懿行은
"陶宏景注《本草經》云:「穀卽今構樹也. 穀構同聲, 故穀亦名構.」"라 함.

【赤符】畢沅은 "符, 借爲柎也"라 함. '柎'는 '꽃받침'을 뜻함.

【苕水】郭璞은 "苕, 或作若"이라 함.

【砥礪】숫돌을 만들 수 있는 돌. 질이 미세한 돌을 '砥'라 하며, 거친 돌을
'礪'라 한다 함. 郭璞은 "磨石也, 精爲砥, 粗爲礪"라 함.

【孰湖】郭璞 《圖讚》에 "窮奇如牛, 蝟毛自表. 濛水
之羸, 匪魚伊鳥. 孰湖之獸, 見人則抱"라 함.

【鴞】鴟鴞, 鵂鶹(부엉이), 貓頭鷹 따위의 새매, 부엉이,
올빼미, 무수리, 징경이, 솔개 따위의 맹금류 조류를
통칭하여 일컫는 말이라 함.

【蜼】긴꼬리원숭이. 長尾猴.

숙호(孰湖)

【其名自號也】郭璞은 "或作設, 設亦呼耳. 疑此脫誤"라 하였으며, 郝懿行은
"郭注「設亦呼耳」, 設無呼義, 是知設蓋詨字之譌也. 郭云「疑此脫誤」者, 旣云
「其名自號」, 而經無其名, 故知是脫"이라 함.

124(2-4-20) 서쪽 네 번째 경유하는 산들

무릇 서쪽으로 네 번째 경유하게 되는 산계는 음산陰山으로부터 엄자산 崦嵫山까지 모두 19개의 산에 3천6백80리이다.

그곳 산신에게 제사를 올리는 예는 모두가 흰 꿩 한 마리로써 기도를 하며 그때 사용하는 서미糈米는 도미稻米로써 하고 흰 왕골로 자리를 만들어 마련한다.

凡西次四經自陰山以下, 至于崦嵫之山, 凡十九山, 三千 六百八十里.

其神祠禮, 皆用一白雞祈. 糈以稻米, 白菅爲席.

【其神祠禮】 신의 모습에 대한 설명이 없이 바로 제사의 방법을 말한 것으로 보아 袁珂는 이 구절에 탈락이 있는 것으로 여겼음.

【菅】 왕골, 등골 등. 자리를 짜는데 사용함. 郭璞은 "菅, 茅屬也, 音間"이라 함.

125(2-4-21) 서쪽 산들

이상 서쪽의 산들을 경유하게 되는 것으로써 모두 77개의 산에, 1만 7517리의 거리이다.

右西經之山, 凡七十七山, 一萬七千五百一十七里.

【右西經之山】 郝懿行은 "山下脫'志'字"라 하여 "右西經之山志"여야 한다고 보았음. 그러나 '志'자는 뒷사람이 임의로 더 부가한 글자임. 〈南次三經〉 (043)의 주를 볼 것.

卷三 北山經

〈虢山周邊〉明 蔣應鎬 圖本

3-1. 北次一經

〈求如山一帶〉明 蔣應鎬 圖本

126(3-1-1) 단호산單狐山

북쪽으로 경유하게 되는 산계의 시작은 단호산單狐山이다.
그 산에는 궤목机木이 많으며 그 산 위에는 화초華草가 많다.
봉수漨水가 그 산에서 발원하여 서쪽으로 흘러 유수㳠水로 들어간다.
그 물에는 자석茈石과 문석文石이 많다.

北山經之首, 曰單狐之山.
多机木, 其上多華草.
漨水出焉, 而西流注于㳠水, 其中多茈石·文石.

【單狐】郝懿行은 "《玉篇》·《廣韻》垃作'崋狐山'"이라 함.
【机木】檵樹. 오리나무의 일종. 落葉喬木으로 목질이 단단하며 성장속도가
  빨라 재목으로 이용한다 함. 郭璞은 "机木似楡, 可燒以糞稻田, 出蜀中, 音飢"
  라 하여 '기/궤'로 읽음. 한편 楊愼은 "卽今之檵也"라 하여 오리나무로 보았음.
【華草】구체적으로 어떠한 花卉인지 알 수 없음.
【漨水】郭璞은 "音逢"이라 함.
【茈石】본문 '茈'는 '茈'의 오자. 紫石. 자줏빛이 나는 돌. '茈'는 '紫'의 假借字.
  郝懿行은 "疑茈當爲茈, 茈, 古字假借爲紫也"라 함.

127(3-1-2) 구여산求如山

다시 북쪽으로 2백50리에 구여산求如山이 있다.

그 산 위에는 구리가 많으며 그 산 아래에는 옥이 많다. 풀과 나무는 없다.

활수滑水가 그 산에서 발원하여 서쪽으로 흘러 제비수諸毗之水로 들어간다. 그 물에는 활어滑魚가 많으며 그 형상은 마치 선어鱓魚와 같으며 등이 붉다. 그 소리는 마치 오梧와 같으며 이를 먹으면 피부의 사마귀를 없앨 수 있다.

활어(滑魚)

그 물에는 수마水馬가 많다. 그 형상은 마치 말과 같으며 무늬 있는 팔에 쇠꼬리를 하고 있다. 그가 내는 소리는 사람을 부를 때 내는 소리와 같다.

又北二百五十里, 曰求如之山.

其上多銅, 其下多玉, 無草木.

滑水出焉, 而西流注于諸毗之水. 其中多滑魚, 其狀如鱓, 赤背. 其音如梧, 食之已疣.

其中多水馬, 其狀如馬, 文臂牛尾, 其音如呼.

【諸毗之水】郭璞은 "水出諸毗山也"라 하였으며, 〈西次三經〉(088)에 "槐江之山, 北望諸毗"가 바로 이 물임.

【鱔】鱓魚. 속칭 黃鱔魚, 드렁허리라 함. 郭璞은 "鱔魚似蛇, 音善"이라 함.

【梧】'唔'의 가차자. 글을 읽을 때는 소리. 그러나 郭璞은 "如人相枝梧聲, 音吾子之吾"라 하였으며 郝懿行은 "義當如據梧之梧.《莊子》齊物論篇釋 文引司馬彪云:「梧, 琴也.」崔譔云:「琴瑟也.」"라 하여 거문고 소리라고도 함.

【疣】사마귀. 피부병의 일종으로 피부에 혹이 생기는 것.

【水馬】郭璞《圖讚》에 "馬實龍精, 爰出水類. 渥洼之駿, 是靈是瑞. 昔在夏后, 亦有何駟!"라 함.

【文臂】비(臂)는 사람의 경우 팔. 동물의 경우 앞다리를 말함. 文臂는 앞다리에 무늬가 있음을 뜻함. 郭璞은 "臂, 前脚也"라 함.《太平御覽》에는 "而文臂"라 하여 앞 문장과 이어지는 '而'자가 더 들어 있음.

【如呼】사람을 부를 때나 소리를 지를 때 내는 소리와 같음. 郭璞은 "如人 叫呼"라 하였고, 郝懿行은 "呼, 謂馬叱吒也"라 하여 말을 몰 때 지르는 소리라 하였음.

수마(水馬)

128(3-1-3) 대산帶山

다시 북쪽으로 3백 리에 대산帶山이 있다.

그 산 위에는 옥이 많이 나며 그 산 아래에는 청벽靑碧이 많다.

그곳에 짐승이 있으니 그 형상은 말과 같으며 뿔 하나가 갈라져 있다.
이름을 환소驩疏라 하며 화재를 피할 수 있다.

그곳에 새가 있으니 그 형상은 마치 까마귀와
같으며 다섯 가지 채색에 붉은 무늬를 하고 있다.
이름을 의여鴟鴂라 한다. 이 새는 암수가 한 몸이다.
이 새를 먹으면 옹저병癰疽病에 걸리지 않는다.

환소(驩疏)

팽수彭水가 그 산에서 발원하여 서쪽으로 흘러 비호수(芘湖水, 茈湖水)로
들어간다. 그 물에는 유어(儵魚, 鯈魚)가 많으며 그 형상은 마치 닭과 같으며
붉은 털에, 꼬리가 셋, 발이 여섯, 머리가 넷이다. 그가 내는 소리는 마치
까치가 우는 소리 같으며 이를 먹으면 근심을 없앨 수 있다.

又北三百里, 曰帶山.

其上多玉, 其下多靑碧.

有獸焉, 其狀如馬, 一角有錯, 其名曰
驩疏, 可以辟火.

有鳥焉, 其狀如烏, 五采而赤文, 名曰
鴟鴂, 是自爲牝牡, 食之不疽.

의여(鴟鴂)

彭水出焉, 而西流注于芘湖之水, 其中多儵魚, 其狀如雞而赤毛, 三尾六足四首, 其音如鵲, 食之可以已憂.

【青碧】푸른색을 띤 璧玉. 郭璞은 "碧, 亦玉類也"라 하였고 《說文》에는 "碧, 石之靑美者"라 함.

【錯】磨刀石. 칼 따위를 가는 숫돌. 그러나 여기서는 표면이 거칠게 되어 있음을 말함. 郭璞은 "言角有甲錯也. 或作厝"이라 하였으나 郝懿行은 "依字正當爲厝. 《說文》云:「厝, 礪石也.」引《詩》「他山之石, 可以爲厝」, 今《詩》通作厝"라 함.

【朧疏】郭璞은 "音歡"이라 함.

【鵌鵂】'의여'로 읽음. 郭璞은 "猗餘兩音"이라 함. 이 새는 〈西次三經〉 翼望山(103)에 "有鳥焉, 其狀如烏, 三首六尾而善笑, 名曰鵌鵂, 服之使人不厭, 又可以禦凶"이라 함.

의여(鵌鵂)

【疽】癰疽. 암의 일종. 종양이 생겨 제대로 낫지 않는 병. 郭璞은 "無痛疽病也"라 함.

【芘湖】茈湖. 물 이름. '芘'는 '茈'의 오자. 《太平御覽》(937)에는 '茈湖'로 되어 있음.

【儵魚】鯈魚의 오기. 郭璞은 "儵, 音由"라 하여 '유어'로 읽도록 되어 있으나 이는 숙(儵)자와 조(鯈, 음유)는 다른 글자이며 이 글자를 구분하지 않고 잘못 기재한 것으로 보임. 《太平御覽》(937)에는 유어(鯈魚)로 되어 있음. 郝懿行은 "儵與鯈同, 《玉篇》作鮋"라 하여 鯈자의 오기가 아닌가 하였음. 郭璞 《圖讚》에 "涸和損平, 莫慘於憂. 詩詠萱草, 帶山則儵. 墾焉遺恔, 聊以盤遊"라 함.

유어(儵魚, 鯈魚)

【四首】王念孫, 郝懿行 등은 모두 '四目'의 오기로 보았음. 郝懿行은 "今圖正作四目"이라 함.

129(3-1-4) 초명산譙明山

다시 북쪽으로 4백 리에 초명산譙明山이 있다.

초수譙水가 그 산에서 발원하여 서쪽으로 흘러 하수河水로 들어간다.
그 물에는 하라어何羅魚가 많으며 그 물고기는
하나의 머리에 열 개의 몸을 가지고 있다. 그가
내는 소리는 마치 개가 짖는 것과 같으며 이를
먹으면 옹저병癰疽病을 그치게 할 수 있다.

하라어(何羅魚)

그곳에 짐승이 있으니 그 형상은 마치 훤貆과 같으며 붉은 털이 있다.
그가 내는 소리는 마치 유류榴榴와 같으며 이름을 맹괴孟槐라 한다. 가히
흉사를 막을 수 있다.

이 산은 풀과 나무는 없으며 청웅황靑雄黃이 많다.

又北四百里, 曰譙明之山.

譙水出焉, 西流注于河. 其中多何羅之魚,
一首而十身, 其音如吠犬, 食之已癰.

有獸焉, 其狀如貆而赤豪, 其音如榴榴,
名曰孟槐, 可以禦凶.

是山也, 無草木, 多青雄黃.

하라어(何羅魚)

【何羅之魚】 吳任臣의 〈廣注〉에는 《異魚圖贊》을 인용하여 "何羅之魚, 十身
一首, 化而爲鳥, 其名休舊. 竊糈于春(春), 傷隙在臼. 夜飛曳音, 聞春(雷)疾走"

라 함. 260의 '䖪魚' 역시 이와 같은 형상임. 곽박 《圖讚》에 "厭火之獸, 厥名
朧疏. 有鳥自化, 號曰鴢鴢. 一頭十身, 何羅之魚"라 함.

【吠犬】《初學記》(30)에는 "犬吠"로 되어 있음.

【已癙】癙腫을 그치게 함.

【狟而赤豪】'狟'은 '狟'과 같으며 豪豬. '豪'는 '毫'와 같으며 굵은 털. 억센 털.
郭璞은 "狟, 豪豬也. 音丸"이라 함. 狟豬白豪는 〈西山經〉 竹山(051)에 나와
있음.

【榴榴】일설에 '貓貓'라 함. 고양이의 울음소리. 郭璞은
"榴榴, 或作貓貓"라 함.

【孟槐】곽박 《圖讚》에 "孟槐似狟, 其豪則赤. 列象胃獸,
凶邪是辟. 氣之相騰, 莫見其迹"이라 함.

맹괴(孟槐)

【靑雄黃】吳任臣의 〈山海經廣注〉에 "蘇頌云:「階州山中, 雄黃有靑黑色而堅者,
名曰薰黃.」 靑雄黃意卽此也"라 하였음. 그러나 袁珂는 '靑'과 '雄黃'은 서로
다른 두 가지 물건으로 '靑'은 '石靑'을 가리키는 것으로 보았음. 郭璞도
"或曰空靑·曾靑之屬"이라 함. 한편 郭璞은 "一作多靑碧"이라 함.

130(3-1-5) 탁광산涿光山

다시 북쪽으로 3백50리에 탁광산涿光山이 있다.

효수膮水가 그 산에서 발원하여 서쪽으로 흘러 하수河水로 들어간다.

그 물에는 습습어鰼鰼魚가 많으며 그 형상은 마치 까치와 같으나 열 개의 날개를 가지고 있다. 비늘은 모두가 깃의 끝에 달려 있다. 그가 내는 소리는 마치 까치 소리와 같으며 화재를 막을 수 있고 이를 먹으면 단병癉病에 걸리지 않는다.

습습어(鰼鰼魚)

그 산 위에는 소나무와 잣나무가 많으며 그 산 아래에는 종수樷樹와 강수橿樹가 많다. 그곳의 짐승으로는 영양麢羊이 많으며, 그곳의 새로는 번조蕃鳥가 많다.

又北三百五十里, 曰涿光之山.

膮水出焉, 而西流注于河.

其中多鰼鰼之魚, 其狀如鵲而十翼, 鱗皆在羽端. 其音如鵲, 可以禦火, 食之不癉.

其上多松柏, 其下多樷檀, 其獸多麢羊, 其鳥多蕃.

【鰼鰼之魚】郭璞은 "鰼, 音袴褶之褶"이라 함. 곽박《圖讚》에 "鼓翮一揮, 十翼翩翻. 厥鳴如鵲, 鱗在羽端. 是謂怪魚, 食之辟燔"이라 함.

【蕃】구체적으로 알 수 없음. 郭璞은 "未詳, 或云卽鴢, 音煩"이라 함.

131(3-1-6) 괵산虢山

다시 북쪽으로 3백80리에 괵산虢山이 있다.

그 산 위에는 칠수漆樹가 많고 그 아래에는 동수桐樹와 거수椐樹가 많다. 그리고 그 산의 남쪽에는 옥이 많으며 북쪽에는 철이 많다.

이수伊水가 그 산에서 발원하여 서쪽으로 흘러 하수河水로 들어간다.

그곳의 짐승은 탁타橐駝가 많고 그곳의 새로는 우조寓鳥가 많다. 그 우조는 쥐처럼 생겼으며 새의 날개가 있다. 그 울음소리는 양이 우는 소리와 같으며 전쟁을 막을 수 있다.

又北三百八十里, 曰虢山.

其上多漆, 其下多桐椐, 其陽多玉, 其陰多鐵.

伊水出焉, 西流注于河.

其獸多橐駝, 其鳥多寓, 狀如鼠而鳥翼, 其音如羊, 可以禦兵.

탁타(橐駝)

【虢山】 괵(虢)은 호(虢)의 오기. '虢山'이라고도 함. 郝懿行은 《初學記》及《太平御覽》引此經竝作虢山, 《爾雅》疏作虢山, 虢卽號字異文也"라 함.

【桐椐】 郭璞은 "桐, 梧桐也; 椐, 樻木, 腫節中杖. 椐音袪"라 함.

【橐駝】駱駝. 등에 주머니 같은 혹이 있어 붙여진 이름으로 雙聲連綿語의
동물 이름. 郭璞은 "有肉鞍, 善行流沙中, 日行三百里, 其負千斤, 知水泉所在也"
라 함. 곽박《圖讚》에 "駝惟奇蓄, 肉鞍是被. 迅騖流沙, 顯功絕地. 潛識泉源,
微乎其智"라 함.

【寓】寓鳥. 즉 굴 속 바위에 붙어 매달려 사는 새. 박쥐
(蝙蝠)의 일종. 郝懿行은 "《方言》云:「寓, 寄也.」此經
寓鳥, 蓋蝙蝠之類"라 함.

우조(寓鳥)

132(3-1-7) 괵산虢山의 꼬리

다시 북쪽으로 4백 리를 가면 괵산虢山의 꼬리부분에 이른다.
그 산에는 옥이 많으며 돌은 없다.
어수魚水가 그 산에서 발원하여 서쪽으로 흘러 하수河水로 들어간다.
그 물에는 문패文貝가 많다.

又北四百里, 至于虢山之尾.

其上多玉而無石.

魚水出焉, 西流注于河, 其中多文貝.

【虢山】역시 '虢'은 호(貔)의 오기. 虢山. 앞 장 참조.
【文貝】무늬가 있는 조개. 貝는 일종의 甲殼類. 올챙이처럼 생겼으나 머리와
　꼬리만 있다 함. 郭璞은 "貝, 甲蟲, 肉如科斗, 但有頭尾耳"라 함.

133(3-1-8) 단훈산丹熏山

다시 북쪽으로 2백 리에 단훈산丹熏山이 있다.

그 산 위에는 저수樗樹와 백수栢樹가 많다. 그곳의 풀로는 부추와 염교가 많고 단확丹雘이 많다.

훈수熏水가 그 산에서 발원하여 서쪽으로 흘러 당수棠水로 들어간다.

그 산에 짐승이 있으니 그 형상은 마치 쥐와 같으며 토끼 머리에 미록의 몸을 하고 있다. 그 소리는 마치 호견獋犬이 우는 소리와 같다. 그는 꼬리로써 날며 이름을 이서耳鼠라 한다. 이를 먹으면 채병腜病이 생기지 않는다. 그리고 온갖 독을 막아낼 수 있다.

이서(耳鼠)

又北二百里, 曰丹熏之山.

其上多樗柏, 其草多韭䪥, 多丹雘.

熏水出焉, 而西流注于棠水.

有獸焉, 其狀如鼠, 而菟首麋身, 其音如獋犬, 以其尾飛,

名曰耳鼠, 食之不腜, 又可以禦百毒.

【韭䪥】'䪥'는 '薤'자와 같음. 염교라 부르는 백합과 식물. 多年生草本植物로 그 鱗莖을 식용으로 쓸 수 있음.

【菟首糜身】兎(菟)자와 같음. 《初學記》(29)에는 ‘兎頭糜耳’로 되어 있으며, 《太平御覽》과 《白帖》에는 ‘鹿耳’로 되어 있음.

【尾飛】郭璞은 “或作髯飛”라 함. 그러나 郝懿行은 “疑卽《爾雅》鼯鼠夷由也. 耳·鼯·夷竝聲之通轉, 其形肉翅連尾足, 故曰尾飛”라 함.

【耳鼠】郭璞《圖讚》에 “蹠實以足, 排虛以羽. 翹尾翻飛, 奇哉耳鼠. 厥皮惟良, 百毒是禦”라 함.

【脈】배가 팽창하는 질환. 탄수화물만 섭취하고 단백질이 모자랄 때 생기는 ‘짜구’라는 병. 郭璞은 “脈, 大腹也. 見《埤蒼》. 音采”라 함.

134(3-1-0) 석자산石者山

다시 북쪽으로 2백80리에 석자산石者山이 있다.

그 산 위에는 풀과 나무가 자라지 않으며 요옥瑤玉과 벽옥碧玉이 많다.

자수泚水가 그 산에서 발원하여 서쪽으로 흘러 하수河水로 들어간다.

그곳에 짐승이 있으니 그 형상은 마치 표범과 같으며 이마에 무늬가 있고 몸은 흰색이다. 이름을 맹극孟極이라 하며 이 짐승은 엎드려 몸을 잘 감추며, 그 울음은 자신의 이름을 부르는 소리를 낸다.

又北二百八十里, 曰石者之山.

其上無草木, 多瑤碧.

泚水出焉, 西流注于河.

有獸焉, 其狀如豹, 而文題白身, 名曰
孟極, 是善伏, 其鳴自呼.

맹극(孟極)

【文題】郭璞은 "題, 額也"라 함. '額'은 '額'과 같음. 이마.
【善伏】王崇慶은 "善伏, 言善藏也. 或伏臥之伏"이라 함.

135(3-1-10) 변춘산邊春山

다시 서쪽으로 1백10리에 변춘산邊春山이 있다.

그 산에는 파, 아욱, 부추와 복숭아, 오얏이 많다.

강수杠水가 그 산에서 발원하여 서쪽으로 흘러 유택泑澤으로 들어간다.

그곳에 짐승이 있으니 그 형상은 마치 긴꼬리원숭이와 같으며 몸에 무늬가 있다. 잘 웃으며 사람을 보면 잠든 체한다. 이름을 유알(幽鴳, 幽頞)이라 하며, 그 울음은 자신의 이름을 부르는 소리를 낸다.

又北百一十里, 曰邊春之山.

多蔥·葵·韭·桃·李.

杠水出焉, 而西流注于泑澤.

有獸焉, 其狀如禺而文身, 善笑,

見人則臥, 名曰幽鴳, 其鳴自呼.

유알(幽鴳, 幽頞)

【邊春之山】 용산(春山), 혹은 鍾山이라고 함. 郭璞은 "或作春山"이라 하였으며, 郝懿行은 "穆天子傳有春山, 卽鍾山也, 已見〈西山經〉(086)"이라 함.

【蔥】 '葱'과 같음. 파. 郭璞은 "蔥, 山蔥, 名茖, 大葉"이라 함.

【桃】 郭璞은 "山桃, 櫨桃, 子小, 不解核也"라 함.

【泑澤】〈西次三經〉 不周之山(084)에 "東望泑澤, 河水所潛也"라 함.

【文身】《太平御覽》(913)에는 '文背'로 되어 있음.

【臥】郭璞은 "言佯眠也"라 함.

【幽𪄀】'유알'로 읽음. '𪄀'은 '頞'(알)의 오기로 봄. 郭璞은 "或作嬔嬆, 𪄀音遏"
이라 함. 袁珂는 "按, 經文幽𪄀,《御覽》(913)作幽頞, 引〈圖讚〉亦作幽頞, 據郭音,
作幽頞是也"라 함. 郭璞《圖讚》에 "幽頞似猴, 俾愚作智. 觸物則笑, 見人佯睡.
好用小慧, 終是嬰繫"라 함.

136(3-1-11) 만련산蔓聯山

다시 북쪽으로 2백 리에 만련산蔓聯山이 있다.

그 산에는 풀과 나무가 자라지 않는다.

그곳에 짐승이 있으니 그 형상은 마치 긴꼬리 원숭이와 같으며 갈기가 있고 쇠꼬리에 무늬가 있는 팔, 그리고 말발굽이 있다. 사람을 보면 부르기도 한다. 이름을 족자足訾라 한다. 그의 울음은 자신의 이름을 부르는 소리를 낸다.

족자(足訾)

그곳에 새가 있으니 무리지어 살고 있으며 친구와 함께 난다. 그 털은 장끼와 같으며 그 새 이름을 교鵁라 한다. 울음은 자신의 이름을 부르는 소리를 내며, 이것을 먹으면 풍병風病을 그치게 한다.

又北二百里, 曰蔓聯之山.

其上無草木.

有獸焉, 其狀如禺而有鬣, 牛尾·文臂·馬蹏. 見人則呼, 名曰足訾, 其鳴自呼.

有鳥焉, 群居而朋飛, 其毛如雌雉, 名曰鵁, 其鳴自呼, 食之已風.

【馬蹏】‘蹏’는 ‘蹄’의 本字. 발굽.

【見人則呼】王念孫은 "《御覽》獸卄五, 呼作笑"라 함.

【足訾】郭璞 《圖讚》에 "鼠而傅翼, 厥聲如羊. 孟極似豹, 或倚無良. 見人則呼, 號曰足訾"라 함.

【鵁】郭璞은 "鵁音交. 或作渴也"라 하였고, 郝懿行은 "《玉篇》鵁云:「白鵁鳥 羣飛, 尾如雌雞.」疑經文毛當爲尾字之譌"라 함. 郭璞 《圖讚》에 "毛如雌雉, 朋翔羣下. 飛則籠曰, 集則蔽野. 肉驗鍼石, 不勞補寫"라 함.

【風】風痹病. 風濕性의 關節炎.

교(鵁)

137(3-1-12) 단장산單張山

다시 북쪽으로 1백80리에 단장산單張山이 있다.

그 산에는 풀과 나무가 자라지 않는다.

그곳에 짐승이 있으니 그 형상은 표범과 같으며 긴 꼬리가 있고, 사람 머리에 소의 귀와 눈이 하나로서, 이름을 제건諸犍이라 한다. 노하여 울부짖는 소리를 잘 내며, 걸을 때는 그 꼬리를 물고 평소에는 그 꼬리를 서려놓는다.

제건(諸犍)

그곳에 새가 있으니 그 형상은 꿩과 같으며 무늬 있는 머리에 흰 날개, 노란 다리를 가지고 있다. 이름을 백야白鵺라 하며 이를 먹으면 목에 메인 고통을 그치게 할 수 있고, 이로써 백치병白痴病을 고칠 수 있다.

역수櫟水가 그 산에서 발원하여 남쪽으로 흘러 강수杠水로 들어간다.

又北百八十里, 曰單張之山.

其上無草木.

有獸焉, 其狀如豹而長尾, 人首而牛耳, 一目, 名曰諸犍, 善吒, 行則銜其尾, 居則蟠其尾.

有鳥焉, 其狀如雉, 而文首·白翼· 黃足, 名曰白鵺, 食之已嗌痛, 可以已癡.

櫟水出焉, 而南流注于杠水.

제건(諸犍)

【諸犍】郭璞은 "犍, 音犍牛之犍"이라 함. 그러나 동일한 글자(犍)를 동일한 글자(犍)로 음을 주석한 것으로 보아 원래 이 글자가 아니었을 가능성이 있음. 곽박《圖讚》에 "諸犍善吒, 行則銜尾. 白鵺  竦斯, 厥狀如雉. 見人則跳, 頭文如繡"라 함.

【善吒】'吒'은 노하여 질책하며 소리를 지르는 것.

【蟠其尾】그 꼬리를 둥글게 서려 있음.

【白鵺】郭璞은 "鵺, 音野"라 하였고, 郝懿行은 "白鵺, 卽白鷤"이라 함.

백야(白鵺)

【嗌痛】목구멍의 통증. 咽喉痛. 혹 목이 메어 음식을 넘기지 못하는 것. 郭璞은 "嗌, 咽也.《穀梁傳》曰:「嗌不容粒」今人呼咽爲嗌, 音隘"라 하여 '애'로 읽도록 하였으나 袁珂는 음을 '익'(益)으로 읽어야 한다고 하였음.

【瘈】체(瘈)는 '癡', '痴'와 같음. 白癡의 병. 郭璞은 "瘈, 癡病也"라 함.

138(3-1-13) 관제산灌題山

다시 북쪽으로 3백20리에 관제산灌題山이 있다.

그 산에는 저수樗樹와 자수柘樹가 많으며 그 산 아래에는 유사流沙가 많고 지석砥石이 많다.

그곳에 짐승이 있으니 그 형상은 마치 소와 같으며 흰 꼬리를 가지고 있다. 그 울음소리는 부르짖는 소리와 같으며 이름을 나보那父라 한다.

나보(那父)

그곳에 새가 있으니 그 형상은 마치 장끼와 같으며 사람 얼굴을 하고 있다. 사람을 보면 좋아서 펄쩍 뛰어오른다. 그 이름을 송사竦斯라 하며, 그 우는 소리는 자신의 이름을 부르는 소리를 낸다.

장한수匠韓水가 그 산에서 발원하여 서쪽으로 흘러 유택沕澤으로 들어가며, 그 물에는 자석磁石이 많다.

又北三百二十里, 曰灌題之山.

其上多樗柘, 其下多流沙, 多砥.

有獸焉, 其狀如牛而白尾, 其音如訓, 名曰那父.

有鳥焉, 其狀如雌雉而人面, 見人則躍, 名曰竦斯, 其鳴自呼也.

匠韓之水出焉, 而西流注于沕澤, 其中多磁石.

【訋】'叫'자와 같음. 사람을 부를 때 내는 소리. 郭璞은 "如人呼喚, 訋音叫"라 함.

【樗柘】가죽나무와 산뽕나무.

【砥】숫돌을 만들 수 있는 돌. 질이 미세한 돌을 '砥'라 하며, 거친 돌을 '礪'라 한다 함. 郭璞은 "磨石也, 精爲砥, 粗爲礪"라 함.

【竦斯】'慄斯'와 같음. 郝懿行은 "《楚辭》卜居云:「將呢訾慄斯.」王逸注云:「承顔色也.」呢訾卽足訾, 其音同; 慄斯卽竦斯, 聲之轉"이라 함. 袁珂는 "按: 上文足訾「見人則呼」, 此竦斯「見人則躍」, 正王逸注所云「承顔色」之狀, 郝說可信"이라 함.

송사(竦斯)

【磁石】쇠붙이가 달라붙는 자석. 郭璞은 "可以取鐵.《管子》曰:「山上有磁石者, 下必有銅.」音慈"라 함. 곽박《圖讚》에 "磁石吸鐵, 瑇瑁取芥. 氣有潛感, 數亦冥會. 物之相投, 出乎意外"라 함.

139(3-1-14) 반후산潘侯山

다시 북쪽으로 2백 리에 반후산潘侯山이 있다.

그 산 위에는 소나무와 잣나무가 많으며 그 산 아래에는 진수榛樹와 고수楛樹가 많다. 그리고 그 산 남쪽에는 옥이 많고 북쪽에는 철이 많다.

그곳에 짐승이 있으니 그 형상은 소와 같고 네 다리의 관절에 털이 나 있으며 이름을 모우旄牛라 한다.

변수邊水가 그 산에서 발원하여 남쪽으로 흘러 역택櫟澤의 못으로 들어 간다.

又北二百里, 曰潘侯之山.

其上多松柏, 其下多榛楛, 其陽多玉, 其陰多鐵.

有獸焉, 其狀如牛, 而四節生毛, 名曰旄牛.

邊水出焉, 而南流注于櫟澤.

【旄牛】牦牛, 犛牛 등과 같음. 야크의 일종. 지금 雲南과 티베트 등지에 있으며 검은색에 털이 배 아래와 다리에 길게 늘어져 있음. 郭璞은 "今旄牛背膝及胡尾皆有長毛"라 함. 〈西山經〉 翠山(061) 참조.

140(3-1-15) 소함산小咸山

다시 북쪽으로 2백30리에 소함산小咸山이 있다.
풀과 나무가 자라지 않으며 겨울이나 여름이나 눈이 쌓여 있다.

又北二百三十里, 曰小咸之山.
無草木, 冬夏有雪.

【冬夏有雪】萬年雪이 덮여 있음을 말함.

141(3-1-16) 대함산大咸山

북쪽으로 2백80리에 대함산大咸山이 있다.

풀과 나무가 자라지 않으며 그 아래에는 옥이 많다.

이 산은 네 귀퉁이가 모가 나 있으며 그 산을 오를 수가 없다.

뱀이 있으니 그 이름을 장사長蛇라 하며 그 몸에 난 털은 마치 돼지의 억센 털과 같고 그가 내는 소리는 사람이 밤길을 가면서 나무를 두드릴 때 내는 소리와 같다.

北二百八十里, 曰大咸之山.

無草木, 其下多玉.

是山也, 四方, 不可以上.

有蛇名曰長蛇, 其毛如彘豪, 其音

如鼓柝.

장사(長蛇)

【有蛇名曰長蛇, 其毛如彘豪】郭璞은 "說者云長百尋. 今蝮蛇色似艾綬文, 文間有毛如豬鬐, 此其類也. 常山亦有長蛇, 與此形不同"이라 하였으며, 《淮南子》 本經訓에 "羿斷修蛇于洞庭"이라 하여 이와 같은 예임. 한편 長蛇에 대해 곽박 《圖讚》에는 "長蛇百尋, 厥鬣如彘. 飛羣走類, 靡不吞噬. 極物之惡, 盡毒之厲"라 함.

【鼓柝】사람이 밤길을 가면서 나무로 두드려 위험을 덜고자 할 때 내는 소리. 郭璞은 "如人行夜, 敲木柝聲, 音託"이라 함.

142(3-1-17) 돈홍산敦薨山

다시 북쪽으로 3백20리에 돈홍산敦薨山이 있다.

그 산 위에는 종수椶樹와 남수枏樹가 많고 아래에는 자초茈草가 많다.

돈홍수敦薨水가 그 산에서 발원하여 서쪽으로 흘러 유택泑澤으로 들어
간다.

이 물은 곤륜산昆侖山의 동북쪽 귀퉁이에서 발원하는 것으로 실제
하수河水의 근원이다. 그 물에는 적해赤鮭가 많고 그곳의 짐승은 외뿔소,
모우旄牛가 많으며 그곳의 새는 주로 시구鳲鳩가 많다.

又北三百二十里, 曰敦薨之山.

其上椶枏, 其下多茈草.

敦薨之水出焉, 而西流注于泑澤.

出于昆侖之東北隅, 實惟河原. 其中多赤鮭, 其獸多兕·

旄牛, 其鳥多鳲鳩.

【枏】'枏'은 '柟', '楠'자의 異體字, 楠樹. 郭璞은 "枏, 大木, 葉似桑, 今作楠, 音南"
  이라 함.
【茈草】紫草. '茈'는 '紫'와 같음. 보랏빛을 말함. 吳任臣〈廣注〉에는 '紫草'로
  되어 있음. 郝懿行은 "古字通以'茈'爲'紫'"라 함. 지칫과에 속하는 다년생 초본
  식물로 뿌리는 약재로 사용함.

【昆侖】'崑崙'으로도 표기하며 중국 신화 속에 가장 많이 등장하는 상상 속의 산 이름. 실제 중국 대륙 서쪽의 끝 히말라야, 힌두쿠시, 카라코룸의 3대 산맥의 하나인 카라코룸 산맥이 主山을 疊韻連綿語 '昆侖·崑崙'(Kūnlún)으로 비슷하게 音譯하여 표기하였다고도 함. 본 《山海經》에는 '昆侖山', '昆侖丘', '昆侖虛' 등으로 표기되어 있음.

【赤鮭】'적규'로 읽음. '鮭'는 본음은 '해'이며 복어의 일종. 郭璞은 "今名鯸鮐 爲鮭魚. 音圭"라 함.

【兕】흔히 '犀兕'를 병렬하여 제시함으로써 야생의 거친 물소를 뜻하는 것으로 봄. 일설에 '犀'는 돼지처럼 생겼으며, '兕'는 암컷 犀라고도 함. 그러나 이 책에서는 둘을 별개의 동물로 보아 兕는 외뿔소를 가리키는 것으로 여겼음.

【旄牛】牦牛, 犛牛 등과 같음. 야크의 일종. 지금 雲南과 티베트 등지에 있으며 검은색에 털이 배 아래와 다리에 길게 늘어져 있음. 그러나 여기서의 旄牛에 대해서는 郭璞은 "或作檏牛. 檏牛見《離騷》·《天問》. 所未詳"이라 하여 다른 소로 보고 있음. 이에 대해 袁珂는 "按: 《楚辭》天問云: 「恒秉季德, 焉得夫 檏牛?」王逸注: 「檏, 大也.」 當卽此檏牛矣. 然天問檏牛又卽服牛, 有「服牛乘馬, 引重致遠」之義, 及亥恒失之得之之由, 此郭云「所未詳」也"이라 함. 곽박 《圖讚》에 "牛充兵機, 兼之者旄. 冠于旌鼓, 爲軍之標. 匪肉致災, 亦毛之招"라 함.

【鳲鳩】'尸鳩'와는 다른 동물인 듯함. 비둘기. 그러나 일설에는 뻐꾸기(布穀鳥, 撥穀鳥)라고도 함. 郝懿行은 "鳲, 當爲尸"라 함.

143(3-1-18) 소함산少咸山

다시 북쪽으로 2백 리에 소함산少咸山이 있다.

풀과 나무가 자라지 않으며 청벽靑碧이 많다.

그곳에 짐승이 있으니 그 형상은 마치 소와 같으며 붉은 몸에 사람 얼굴, 그리고 말의 발을 하고 있다. 그 이름을 알유窫窳라 하며 그가 내는 소리는 마치 어린아이 울음소리와 같다. 이는 사람을 잡아먹는다.

돈수敦水가 그 산에서 발원하여 동쪽으로 흘러 안문수鴈門水로 들어가며 그 물에는 패패䰷䰷라는 물고기가 많다. 그 고기를 먹으면 독이 있어 사람이 죽게 된다.

又北二百里, 曰少咸之山.

無草木, 多靑碧.

有獸焉, 其狀如牛, 而赤身·人面·

馬足, 名曰窫窳, 其音如嬰兒, 是食人.

敦水出焉, 東流注于鴈門之水, 其中

多䰷䰷之魚, 食之殺人.

알유(窫窳)

【靑碧】푸른색을 띤 璧玉. 郭璞은 "碧, 亦玉類也"라 하였고 《說文》에는 "碧, 石之靑美者"라 함.

【窫窳】본래는 蛇身人面의 天神 이름. 그러나 피살된 뒤 다시 살아나 龍首의 모습에 사람을 잡아먹는 怪物로 바뀌었다 함. 雙聲連綿語로 이름이 지어짐. 郭璞은 "《爾雅》云:「窫窳似貙, 虎爪.」與此錯. 軋臾二音"이라 하였으며, 郝懿行은 "〈海內南經〉(580)云:「窫窳龍首, 居弱水中.」〈海內西經〉(604)云: 「窫窳蛇身人面」又與此及《爾雅》不同"이라 하여 窫窳는 그 형상이 여러 가지임을 알 수 있음. 郭璞은 "窫窳, 本蛇身人面, 爲貳負臣所殺, 復化爲成此物也"라 하였고, 袁珂는 "按: 貳負臣殺窫窳事見〈海內西經〉(587, 604)"이라 함. 곽박 《圖讚》에는 "窫窳諸懷, 是則害人. 鯥之爲狀, 羊鱗黑文. 肥遺之蛇, 一頭兩身"이라 함.

【鴈門之水】郭璞은 "水出鴈門山間"이라 함.

【鮨鮨】江豚. 강에서 나는 민물 복어의 일종. 郭璞은 "音沛, 未詳, 或作鮒"라 하였고, 畢沅은 "卽鯸魚也, 一名江豚"이라 함.

144(3-1-19) 악법산嶽法山

다시 북쪽으로 2백 리에 악법산嶽法山이 있다.

회택수瀤澤水가 그 산에서 발원하여 동북쪽으로 흘러 태택泰澤의 못으로 들어간다. 그 물에는 조어鱳魚가 많으며 그 형상은 마치 잉어와 같으나 닭의 발을 하고 있다. 이를 먹으면 피부의 사마귀가 없어진다.

그곳에 짐승이 있으니 그 형상은 마치 개와 같으나 사람의 얼굴을 하고 있다. 물건을 잘 던지며 사람을 만나면 웃는다. 그 이름을 산휘山貋라 하며 그의 행동은 바람과 같다. 그 동물이 나타나면 천하에 큰 바람이 분다.

조어(鱳魚)

又北二百里, 曰嶽法之山.

瀤澤之水出焉, 而東北流注于泰澤. 其中多鱳魚, 其狀如鯉而雞足, 食之已疣.

有獸焉, 其狀如犬而人面, 善投, 見人則笑, 其名山貋, 其行如風, 見則天下大風.

조어(鱳魚)

【瀤澤之水】郭璞은 "瀤, 音懷"라 함.

【鯀魚】郭璞은 "鯀, 音藻"라 하여 '조어'로 읽도록 하였으며, 郝懿行은 "《太平御覽》(939)引此經〈圖讚〉云:「鯀之爲狀, 半鳥半鱗」是也"라 함.

【山獋】郭璞은 "獋, 音暉"라 하여 '산휘'로 읽도록 하였음. 袁珂는 "按: 山獋, 蓋卽擧父·梟陽之類也. 擧父已見〈西次三經〉崇吾之山(082); 梟陽見〈海內南經〉梟陽國(573). 又按: 此經文法句例, 山獋上應有'曰'字, 汪紱本正有'曰'字"라 함. 곽박 《圖讚》에는 "山獋之獸, 見人歡謔. 厥性善投, 行如矢激. 是惟氣精, 出則風作"이라 함.

산휘(山獋)

145(3-1-20) 북악산北嶽山

다시 북쪽으로 2백 리에 북악산北嶽山이 있다.

탱자나무와 가시나무, 그리고 목질이 딱딱한 나무가 많다.

그곳에 짐승이 있으니 그 형상은 소와 같으며 네 개의 뿔에, 사람의 눈, 돼지 귀를 가지고 있으며 이름을 제회諸懷라 한다. 그가 내는 소리는 마치 기러기 울음소리 같으며 사람을 잡아먹는다.

제회(諸懷)

제회수諸懷水가 그 산에서 발원하여 서쪽으로 흘러 효수䁀水로 들어간다. 그 물에는 예어鮨魚가 많으며 물고기 몸에 개의 머리를 하고 있다. 그가 내는 소리는 어린아이 울음소리 같으며 이를 먹으면 광풍병狂瘋病을 그치게 한다.

又北二百里, 曰北嶽之山.

多枳棘剛木.

有獸焉, 其狀如牛, 而四角·人目·彘耳, 其名曰諸懷, 其音如鳴鴈, 是食人.

諸懷之水出焉, 而西流注于䁀水, 其中多鮨魚, 魚身而犬首, 其音如嬰兒, 食之已狂.

예어(鮨魚)

【二百里】 吳寬의 〈抄本〉에는 '一百里'로 되어 있음.

【剛木】 박달나무나 탱자나무 따위의 수목. 郭璞은 "檀柘之屬"이라 함.

【鮨魚】 '예어'로 읽음. 郭璞은 "鮨, 音詣. 今海中有虎鹿魚及海狶, 體皆如魚而
頭似虎鹿豬, 此其類也"라 함. 한편 郝懿行은 "推尋郭義, 此經鮨魚蓋魚身魚
尾而狗頭, 極似今海狗, 本草家謂之骨(膃)肭獸是也"라 함.

제회(諸懷)

예어(鮨魚)

146(3-1-21) 혼석산渾夕山

다시 북쪽으로 1백80리에 혼석산渾夕山이 있다.

풀과 나무가 자라지 않으며 구리와 옥이 많다.

효수䲝水가 그 산에서 발원하여 서북쪽으로 흘러 바다로 들어간다.

뱀이 있으니 머리 하나에 몸이 둘로써 이름을 비유肥遺라 한다. 이 뱀이
나타나면 그 나라에 큰 가뭄이 든다.

又北百八十里, 曰渾夕之山.

無草木, 多銅玉.

䲝水出焉, 而西北流注于海.

有蛇, 一首兩身, 名曰肥遺, 見則其國
大旱.

비유(肥遺)

【肥遺】'肥蠕'로도 표기하며 郭璞은 "《管子》曰:「涸水之精, 名曰蟡, 一頭而
兩身, 其狀如蛇, 長八尺, 以其名呼之, 可使取龜魚.」亦此類"라 함.《博物志》
(3)에 "華山有蛇名肥遺, 六足四翼, 見則天下大旱"이라 하였으며,《述異記》
(下)에는 "蛇一首兩身者, 名曰肥遺, 西華山中有也. 見則大旱"이라 함. 한편
본 책 〈西山經〉(046) 太華之山에 "有蛇焉, 名曰肥蠕, 六足四翼, 見則天下
大旱"이라 함.

147(3-1-22) 북단산北單山

다시 북쪽으로 50리에 북단산北單山이 있다.
풀과 나무가 자라지 않으며 파와 부추가 많다.

又北五十里, 曰北單之山.
無草木, 多蔥韭.

【蔥韭】'蔥'은 '葱'과 같음. 파. 郭璞은 "蔥, 山蔥, 名茖, 大葉"이라 함. '韭'는
부추.

148(3-1-23) 비차산罷差山

다시 북쪽으로 1백 리에 비차산罷差山이 있다.
풀과 나무가 없으며 말이 많다.

又北百里, 曰罷差之山.

無草木, 多馬.

【多馬】郭璞은 "野馬也, 似馬以小"라 하였고, 郝懿行은 《穆天子傳》云: 「野馬
走五百里.」 郭注云: 「野馬, 亦馬而小」 《爾雅》釋畜云: 「野馬. 郭注云如馬而小,
出塞外.」라 함.

149(3-1-24) 북선산北鮮山

다시 북쪽으로 1백80리에 북선산北鮮山이 있다.

그곳에는 말이 많다.

선수鮮水가 그 산에서 발원하여 서북쪽으로 흘러 도오수涂吾水로 들어
간다.

又北百八十里, 曰北鮮之山.

是多馬.

鮮水出焉, 而西北流注于涂吾之水.

【多馬】郭璞은 "漢元狩二年(B.C.121년), 馬出涂吾水中也"라 함.

150(3-1-25) 제산隄山

다시 북쪽으로 1백70리에 제산隄山이 있다.

말이 많다.

그곳에 짐승이 있으니 그 형상은 표범과 같으며
무늬가 있는 머리를 가지고 있다. 이름을 요狕
라 한다.

요(狕)

제수隄水가 그 산에서 발원하여 동쪽으로 흘러 태택泰澤의 못으로
들어간다. 그 물에는 용구龍龜가 많다.

又北百七十里, 曰隄山.

多馬.

有獸焉, 其狀如豹而文首, 名曰狕.

隄水出焉, 而東流注于泰澤, 其中多

용구(龍龜)

龍龜.

【隄山】郭璞은 "隄, 或作陡, 古字耳"라 함.

【狕】郭璞은 "音幺"라 함. 郝懿行은 《玉篇》云:「狕, 獸名.」이라 함.

【龍龜】郝懿行은 "龍·龜二物也. 或是一物, 疑卽吉弔也, 龍種龜身, 故曰龍龜"
라 함.

151(3-1-26) 북쪽을 경유하는 산들

무릇 북쪽으로 경유하는 산계의 시작은 단호산單狐山으로부터 제산
隄山까지 모두 25개 산이며 5천4백90리이다.

그곳의 신은 모두가 사람 얼굴에 뱀의 몸을 하고 있다.

그 신들에게 제사를 올릴 때의 예는 장끼 한 마리와
돼지 한 마리를 땅에 묻고, 길옥吉玉은 한 개의 규옥
珪玉을 사용하여 이를 묻어주며 서미糈米는 사용하지
않는다.

그 산의 북쪽에 사는 사람들은 모두가 생식을 하며
불에 익힌 음식은 먹지 않는다.

인면사신(人面蛇身)

凡北山經之首, 自單狐之山至于隄山, 凡二十五山,
五千四百九十里.

其神皆人面蛇身.

其祠之, 毛用一雄雞彘瘞, 吉玉用一珪, 瘞而不糈.

其山北人, 皆生食不火之物.

【瘞而不糈】郭璞은 "言祭不用米, 皆瘞其所用牲玉"이라 함.
【生食不火之物】郭璞은 "或作「皆生食而不火」."라 함.

3-2. 北次二經

〈梁渠山周邊〉明 蔣應鎬 圖本

152(3-2-1) 관잠산管涔山

북쪽으로 경유하게 되는 두 번째 산계의 시작은 하수河水의 동쪽이며
그 머리가 분수汾水를 베개처럼 베고 있는 산으로 그 이름을 관잠산管涔山
이라 한다.

그 산 위에는 나무는 없고 풀은 많다. 그리고 산 아래에는 옥이 많다.
분수가 그 산에서 발원하여 서쪽으로 흘러 하수로 들어간다.

北次二經之首, 在河之東, 其首枕汾, 其名曰管涔之山.

其上無木而多草, 其下多玉.

汾水出焉, 而西流注于河.

【北次二經之首】王崇慶은 "北次二經之首, 下當遺'山'字"라 하여 "북차이경지
수산"이어야 한다고 보았음. 그러나 袁珂는 도리어 "北次二山之首"여야 한
다고 보아 "按: 王所見甚是, 否則下文「在河之東, 其首枕汾」, 則不辭矣. 諸家
皆漏釋. 然所遺'山'字, 當在之'首'上, 本作「北次二山之首」, 迨改'山'字之'經'字,
始成此不辭之語. 此亦爲《山海經》之'經'本當爲'經歷'之'經'確證之一也"라 함.
【枕汾】분수를 베개처럼 베고 있음. 郭璞은 "臨汾水上也, 音塡"이라 함.
【管涔】郭璞은 "涔, 音岑"이라 함.

153(3-2-2) 소양산少陽山

다시 서쪽으로 2백50리에 소양산少陽山이 있다.

그 산 위에는 옥이 많으며 아래에는 적은赤銀이 많다.

산수酸水가 그 산에서 발원하여 동남쪽으로 흘러 분수汾水로 들어가며 그 물에는 아름다운 자토赭土가 많다.

又西二百五十里, 曰少陽之山. 其上多玉, 其下多赤銀.
酸水出焉, 而東南流注于汾水, 其中多美赭.

【西二百五十里】 '西'자는 '北'자여야 함. 〈宋本〉, 吳寬〈抄本〉, 〈藏經本〉 등은 모두 '北'자로 되어 있고 郝懿行 역시 '北'자로 교정하였음.

【赤銀】 純銀을 말함. 郭璞은 "銀之精也"라 함.

【美赭】 아름다운 赭土. 赭土는 붉고 고운 흙.

154(3-2-3) 현옹산縣雍山

다시 북쪽으로 50리에 현옹산縣雍山이 있다.

그 위에는 옥이 많으며 그 아래에는 구리와 은이 많다. 그곳의 짐승으로는 주로 산당나귀와 미록麋鹿이 많고, 그곳의 새로는 주로 백적白翟과 백육白鶴이 많다.

진수晉水가 그 산에서 발원하여 동남쪽으로 흘러 분수汾水로 들어간다. 그 물에는 제어鮆魚가 많으며 그 형상은 마치 유어(儵魚, 鯈魚)와 같으나 붉은 비늘을 가지고 있다. 그가 내는 소리는 사람이 남을 꾸짖을 때 내는 소리와 같다. 이를 먹으면 교만하지 않게 된다.

又北五十里, 曰縣雍之山.

其上多玉, 其下銅銀, 其獸多閭麋, 其鳥多白翟·白鶴.

晉水出焉, 而東南流注于汾水. 其中多鮆魚, 其狀如儵而赤鱗, 其音如叱, 食之不驕.

【閭】산당나귀. 산노새. '閭'는 '臚'의 가차자. 羭, 山臚. 郭璞은 "閭卽羭也, 似臚而岐蹄, 角如麏羊, 一名山臚. 《周書》曰:「北唐以閭.」"라 함.

【白翟】'翟'은 꼬리가 긴 꿩의 일종. 郭璞은 "翟, 似雉而大, 長尾. 或作鴉; 鴉, 雕屬也"라 함. 《文選》東京賦 薛綜의 주에 이 문장을 인용하면서 '翟'은 '鶴'이라 하였고, '五采'는 '五色'이라 하였음.

【白鶴】'백육'으로 읽음. 白翰(057)과 같음. 흰색 꿩. 白雉. 고대 상서로운 새로 여겼음. 郭璞은 "卽白鵫也. 音, 于六反"이라 함.

【鮆魚】 곽박 《圖讚》에 "陽鑒動日, 土蛇致宵. 微哉鮆魚, 食則不驕. 物在所感, 其用無標"라 함.

【儵】 '鯈'의 誤記. 郭璞은 "儵, 音由"라 하여 '유어'로 읽도록 되어 있으나 이는 숙(儵)자와 조(鯈, 음유)는 다른 글자이며 이 글자를 구분하지 않고 잘못 기재한 것으로 보임. 《太平御覽》(937)에는 유어(鯈魚)로 되어 있음. 郝懿行은 "儵與鯈同, 《玉篇》作鯈"라 하여 鯈자의 오기가 아닌가 하였음. 鯈魚는 小白魚라고도 함. 郭璞은 "小魚曰鯈"라 함.

【赤麟】 '麟'은 '鱗'의 오기이거나 通假한 것. 袁珂는 "麟·鱗同聲"이라 함.

【叱】 남을 꾸짖을 때 소리치는 것. 宋本과 何焯〈校本〉에는 모두 '吒'으로 되어 있음.

【不驕】 교만하게 굴지 않음. 그러나 일부 판본에는 '不騷'로 되어 있음. 郭璞은 "驕, 或作騷, 騷臭也"라 하였고, 郝懿行은 "騷臭, 皆卽蘊羝之疾, 俗名狐騷也"라 하여 '騷臭', '蘊羝', '狐騷'라는 불리는 질환으로 보았음.

155(3-2-4) 호기산狐岐山

다시 북쪽으로 2백 리에 호기산狐岐山이 있다.
풀과 나무가 자라지 않으며 청벽靑碧이 많다.
승수勝水가 그 산에서 발원하여 동북쪽으로 흘러 분수汾水로 들어간다.
그 물에는 창옥蒼玉이 많다.

又北二百里, 曰狐岐之山.

無草木, 多靑碧.

勝水出焉, 而東北流注于汾水, 其中多蒼玉.

【靑碧】푸른색을 띤 璧玉. 郭璞은 "碧, 亦玉類也"라 하였고 《說文》에는 "碧,
石之靑美者"라 함.
【蒼玉】파란색을 띤 옥의 일종.

156(3-2-5) 백사산白沙山

다시 북쪽으로 3백50리에 백사산白沙山이 있다.

너비와 둘레가 3백 리이며 모두가 모래로써 풀이나 나무도 없고, 새나 짐승도 살지 않는다.

유수鮪水가 그 산에서 발원하여 땅에 잠긴 채 아래로 흐른다. 이곳에는 백옥이 많다.

又北三百五十里, 曰白沙山.

廣員三百里, 盡沙也, 無草木鳥獸.

鮪水出于其上, 潛于其下, 是多白玉.

【廣員】너비와 둘레. '員'은 '圓'과 같음.

【鮪水出于其上, 潛于其下】郭璞은 "出山之頂, 停其底也"라 함.

157(3-2-6) 이시산爾是山

다시 북쪽으로 4백 리에 이시산爾是山이 있다.
풀과 나무가 자라지 않으며 물도 없다.

又北四百里, 曰爾是之山.
無草木, 無水.

158(3-2-7) 광산狂山

다시 북쪽으로 3백80리에 광산狂山이 있다.
풀이나 나무가 자라지 않는다.
이 산에는 겨울이고 여름이고 눈이 쌓여 있다.
광수狂水가 그 산에서 발원하여 서쪽으로 흘러 부수浮水로 들어가며
그 물에는 아름다운 옥이 많다.

又北三百八十里, 曰狂山.

無草木.

是山也, 冬夏有雪.

狂水出焉, 而西流注于浮水, 其中多美玉.

【冬夏有雪】 만년설이 덮여 있음을 말함.

159(3-2-8) 제여산諸餘山

다시 북쪽으로 3백80리에 제여산諸餘山이 있다.
그 산 위에는 구리와 옥이 많으며 산 아래에는 소나무와 잣나무가 많다.
제여수諸餘水가 그 산에서 발원하여 동쪽으로 흘러 모수㴲水로 들어간다.

又北三百八十里, 曰諸餘之山.

其上多銅玉, 其下多松柏.

諸餘之水出焉, 而東流注于㴲水.

160(3-2-9) 돈두산敦頭山

다시 북쪽으로 3백50리에 돈두산敦頭山이 있다.

그 산 위에는 금과 옥이 많으며 풀과 나무는 없다.

모수㳠水가 그 산에서 발원하여 동쪽으로 흘러 인택印澤이라는 못으로
들어간다. 그곳에는 발마駃馬가 많으며 그는 쇠꼬리에 흰 몸이며 뿔이
하나이다. 그 울음소리는 사람이 남을 부를 때 내는 소리와 같다.

又北三百五十里, 曰敦頭之山.

其上多金玉, 無草木.

㳠水出焉, 而東流注于印澤, 其中多
駃馬, 牛尾而白身, 一角, 其音如呼.

발마(駃馬)

【印澤】 '邛澤'이 아닌가 함. 162에 '邛澤'과 같은 못으로 보고 있음. 王念孫과
　　郝懿行은 모두 '邛澤'으로 보았으며 〈汪紱本〉과 〈畢沅本〉에는 '邛澤'으로
　　되어 있음.
【駃馬】 郭璞은 "駃, 音勃"이라 함.

161(3-2-10) 구오산鉤吾山

다시 북쪽으로 3백50리에 구오산鉤吾山이 있다.

그 산 위에는 옥이 많으며 아래에는 구리가 많이 난다.

그곳에 짐승이 있으니 그 형상은 마치 양의 몸에 사람의 얼굴 모습이며 그의 눈은 겨드랑이 아래에 달려 있다. 이름을 포효狍鴞라 하며 사람을 잡아먹는다.

又北三百五十里, 曰鉤吾之山.

其上多玉, 其下多銅.

有獸焉, 其狀如羊身人面, 其目在腋下, 虎齒人爪, 其音如嬰兒, 名曰狍鴞, 是食人.

포효(狍鴞)

【其狀如羊身人面, 其目在腋下】《文選》陳琳〈爲袁紹討豫州檄〉주에 '其狀如' 세 글자가 없고, '目'자는 '口'자로 되어 있음. 郝懿行은〈道藏本〉을 근거로 '如'자를 제거하였음.

【名曰狍鴞】郭璞은 "爲物貪惏, 食人未盡, 還害其身, 像在〈夏鼎〉·《左傳》所爲饕餮是也. 狍音咆"라 함. 곽박《圖讚》에 "狍鴞貪惏, 其目在腋. 食人未盡, 還自齕割. 圖形妙鼎, 是謂不若"이라 함.

162(3-2-11) 북효산北䖦山

다시 북쪽으로 3백 리에 북효산北䖦山이 있다.

그 산에는 돌이 없으며 그 산 남쪽에는 벽옥碧玉이 많고 그 산 북쪽에는 옥이 많이 난다.

그곳에 짐승이 있으니 형상은 마치 호랑이 같으며 흰 몸에 개의 머리, 그리고 말의 꼬리에 돼지의 갈기를 하고 있다. 이름을 독곡獨㹢이라 한다.

독곡(獨㹢)

그곳에 새가 있으니 그 형상은 까마귀와 같으며 사람 얼굴을 하고 있다. 이름을 반모鷧䳍라 하며 밤에는 날아다니고 낮에는 숨어 지낸다. 이를 먹으면 더위를 먹지 않는다.

잠수涔水가 그 산에서 발원하여 동쪽으로 흘러 공택邛澤의 못으로 들어간다.

又北三百里, 曰北䖦之山.

無石, 其陽多碧, 其陰多玉.

有獸焉, 其狀如虎, 而白身犬首, 馬尾 彘鬣, 名曰獨㹢.

반모(鷧䳍)

有鳥焉, 其狀如烏, 人面, 名曰鷧䳍, 宵飛 而晝伏, 食之已暍.

涔水出焉, 而東流注于邛澤.

【獨狢】郭璞은 "狢, 音谷"이라 함. 첩운연면어의 獸名. 곽박 《圖讚》에 "有獸
如豹, 厥交惟縟. 閶善躍嶮, 騂馬一角. 虎狀馬尾, 號曰獨狢"이라 함.

【鷩鵑】郭璞은 "般冒兩音"이라 하여 '반모'로 읽음. 곽박 《圖讚》에 "禦暍之鳥,
厥名鷩鵑. 昏明是互, 晝隱夜覿. 物貴應用, 安事鸞鵠"이라 함.

【宵飛而晝伏】郭璞은 "鵂鶹之屬"이라 함.

【暍】더위를 먹는 것. 日射病. 郭璞은 "暍, 中熱也. 音渴"이라 하였고, 汪紱은
"今鵂鶹亦可治熱及頭風"이라 함.

【邛澤】印澤(160)과 같은 못. 앞의 기록은 '邛'자와 '印'자가 비슷하여 착오를
일으킨 것. 아울러 〈大荒西經〉(773)의 '黎印下地' 역시 '黎邛下地'의 오기임.

반모(鷩鵑)

163(3-2-12) 양거산梁渠山

다시 북쪽으로 3백50리에 양거산梁渠山이 있다.
풀과 나무가 자라지 않으며 금과 옥이 많다.
수수脩水가 이 산에서 발원하여 동쪽으로
흘러 안문수鴈門水로 들어간다. 그곳의 짐승은
주로 거기居曁가 많으며 그 짐승의 모습은 마치
고슴도치와 같으며 붉은 털을 가지고 있고 그가
내는 소리는 마치 돼지 울음과 같다.

거기(居曁)

그곳에 새가 있으니 그 형상은 마치 과보夸父와 같으며 날개가 넷, 눈이
하나이며 개꼬리를 하고 있다. 이름을 효鴢라 하며 그가 내는 소리는 마치
까치 소리와 같다. 이를 먹으면 복통이 그치며 설사를 멈추게 할 수 있다.

又北三百五十里, 曰梁渠之山.

無草木, 多金玉.

脩水出焉, 而東流注于鴈門, 其獸
多居曁, 其狀如彙而赤毛, 其音如豚.

有鳥焉, 其狀如夸父, 四翼·一目·
犬尾, 名曰鴢, 其音如鵲, 食之已腹痛,
可以止衕.

효(鴢)

【鴈門】郭璞은 물 이름(水名)이라 함.

【居暨】쌍성연면어의 獸名. 곽박 《圖讚》에 "居暨豚鳴, 如彙赤毛. 四翼一目, 其名曰鼩. 三桑無枝, 厥樹唯高"라 함.

【其狀如彙而赤毛】'彙'는 고슴도치의 일종. 刺蝟(刺猬). '彙'는 '蝟'의 本字라 함. 郭璞은 "彙似鼠, 赤毛如刺猬也"라 하였으나 郝懿行은 "此注赤字·猬字竝衍. 又彙, 《玉篇》·《廣韻》竝作蝟; 赤毛, 《廣韻》作赤尾"라 함.

【夸父】郭璞은 "或作擧父"라 하였으며 '擧父'는 〈西次三經〉 崇吾山(082)의 주를 볼 것.

【衕】郭璞은 "治洞下也, 音洞"이라 하였고, 郝懿行은 "《玉篇》云: 「衕下也.」 義與郭同"이라 함. '衕'(동)은 복통과 설사.

효(鴞)

164(3-2-13) 고관산姑灌山

다시 북쪽으로 4백 리에 고관산姑灌山이 있다.
풀이나 나무가 자라지 않는다.
이 산은 겨울이나 여름이나 눈이 쌓여 있다.

又北四百里, 曰姑灌之山.

無草木.

是山也, 冬夏有雪.

【冬夏有雪】 萬年雪이 덮여 있음을 말함.

165(3-2-14) 호관산湖灌山

다시 북쪽으로 3백80리에 호관산湖灌山이 있다.

그 산 남쪽에는 옥이 많이 나고 그 산 북쪽에는 벽옥碧玉이 많이 나며 말을 많이 친다.

호관수湖灌水가 그 산에서 발원하여 동쪽으로 흘러 바다로 들어간다. 그 물에는 선어鮰魚가 많다.

그 산에 나무가 있으니 그 잎은 마치 버드나무 잎과 같으며 붉은 무늿결이 있다.

又北三百八十里, 曰湖灌之山.

其陽多玉, 其陰多碧, 多馬.

湖灌之水出焉, 而東流注于海, 其中多鮰.

有木焉, 其葉如柳而赤理.

【鮰】鱓魚, 鱔魚. 드렁허리. 黃鱔魚. 郭璞은 "亦鱓魚字"라 하였음. 袁珂는 "按: 鮰, 音善, 鱓魚卽鱔魚也"라 함.

166(3-2-15) 원산洹山

다시 북쪽으로 물을 따라 5백 리를 가고 유사流沙 3백 리를 지나면
원산洹山에 이른다.

그 산 위에는 금과 옥이 많다.

삼상三桑이 그곳에 자라고 있다. 그 나무는 모두 가지가 없고, 그 높이는
백 길이나 된다. 온갖 과일나무가 자라고 있으며 그 아래에는 괴상한
뱀이 많다.

又北水行五百里, 流沙三百里, 至于洹山.

其上多金玉.

三桑生之, 其樹皆無枝, 其高百仞. 百果樹生之. 其下多
怪蛇.

【三桑】이 나무는 〈海外北經〉(545), 〈大荒北經〉(795)에도 나와 있음.

167(3-2-16) 돈제산敦題山

다시 북쪽으로 3백 리에 돈제산敦題山이 있다.
풀과 나무가 자라지 않으며 금과 옥이 많다.
이 산은 북해北海까지 그 산자락이 뻗어 웅크리고 있다.

又北三百里, 曰敦題之山.

無草木, 多金玉.

是錞于北海.

【錞】'蹲'과 같음. 웅크리고 있음. 자리를 차지하고 있음을 뜻함. 〈西次三經〉
(062)에 郭璞은 "錞, 猶隄錞也; 音章閨反"이라 하여 '준'으로 읽도록 되어
있으며 제방을 뜻하는 것으로 보았음. 그러나 汪紱은 "錞, 猶蹲也"라 하여
달리 해석하고 있음.

168(3·2·17) 북쪽을 경유하는 산들

무릇 북쪽을 경유하게 되는 산의 첫머리는 관잠산管涔山으로부터 돈제산敦題山까지 모두 17개의 산이며 5천6백90리이다.

그곳 산신은 모두가 뱀의 몸에 사람의 얼굴을 하고 있다.

그 산신에게 제사를 올릴 때에는 장끼 한 마리와 돼지 한 마리를 땅에 묻으며 벽옥璧玉과 규옥珪玉 하나씩을 사용하여 이를 던지며 서미糈米는 쓰지 않는다.

凡北次二經之首, 自管涔之山至于敦題之山. 凡十七山, 五千六百九十里.

其神皆蛇身人面.

其祠, 毛用一雄雞彘瘞, 用一璧一珪, 投而不糈.

【凡十七山】 실제 16개 산임. 郝懿行은 "今才十六山"이라 함. 郝懿行은 "〈東經〉有此山, 此經已上無之. 檢此篇〈北次二經〉之首, 自管涔之山至于敦題之山, 凡十七山, 今才得十六山, 疑經正脫此一山也"라 하여 17개 산이라 하였으나 실제 16개 산이며 바로 空桑山 이름이 누락된 것이라 하였음.

【毛用一雄雞彘瘞】 郭璞은 "薶之"라 함. '薶'는 '埋'와 같은 글자이며 뜻은 예(瘞)와 같음. '묻다'의 뜻. "毛物은 수탉 한 마리와 돼지 한 마리로써 하되 이를 땅에 묻다"의 뜻.

【用一璧一珪】 郭璞은 "摘玉于山中以禮神, 不薶之也"라 함. 袁珂는 이 구절 앞에 '嬰'자가 있어야 한다고 보았음.

【投而不糈】 袁珂는 "按: 經文不糈, 謂不以精米祠神也"라 함.

3-3. 北次三經

〈天池山附近〉明 蔣應鎬 圖本

169(3-3-1) 태항산太行山

북쪽의 세 번째 경유하는 산계의 시작은 태항산太行山이다.

그 첫머리는 귀산歸山이라 하며 그 산 위에는 금과 옥이 많고 그 아래에는 벽옥碧玉이 있다.

그곳에 짐승이 있으니 그 형상은 영양羚羊과 같으며 뿔이 넷, 말의 꼬리에 며느리 발굽이 있다. 그 이름을 혼驒이라 하며 빙빙 돌기를 잘한다. 그 울음은 자신의 이름을 부르는 소리를 낸다.

혼(驒)

그곳에 새가 있으니 그 형상은 마치 까치와 같고 흰 몸에 붉은 꼬리, 발이 여섯이며 그 이름을 분鶹이라 한다. 이 새는 놀라기를 잘하며 그 울음은 자신의 이름을 부르는 소리를 낸다.

北次三經之首, 曰太行之山.

其首曰歸山, 其上有金玉, 其下有碧.

有獸焉, 其狀如麢羊而四角, 馬尾而有距, 其名曰驒, 善還, 其鳴自訆.

有鳥焉, 其狀如鵲, 白身·赤尾·六足, 其名曰鶹, 是善驚, 其鳴自詨.

혼(驒)

【其下有碧】《藝文類聚》(7)에는 '下有碧玉'으로 되어 있음.

【麢羊】'羚羊'과 같음. 劉昭 주의 《郡國志》에는 '麋'로 되어 있음.

【距】닭 등의 조류 다리 뒤쪽으로 난 작은 발톱. 며느리발톱이라 부름. 郝懿行은 "距, 鷄距也"라 함.

【騨】곽박 《圖讚》에 "騨獸四角, 馬尾有距. 涉歷歸山, 騰嶮躍岨. 厥貌惟奇, 如是旋舞"라 함.

【善還】'還'은 '선(旋)'으로 읽으며 '盤旋'의 뜻. 빙빙 돌며 춤을 추기를 잘함.

【其鳴自訆】다른 본에는 '其名自叫'로 되어 있으며 책 전체 '名'과 '鳴'은 混淆되어 있음. '訆'는 '叫'와 같으며 吳任臣 〈廣注〉에는 '叫'로 되어 있음.

【白身】《廣韻》에는 "白身三目"으로 되어 있음.

【鵍】郭璞은 "鵍, 音犇"이라 함. 곽박 《圖讚》에 "有鳥善驚, 名曰鵍鵍. 象蛇似雉, 自生子孫. 鮯父魚首, 厥體如豚"이라 함.

분(鵍)

【自訆】'訆'(효)는 '呼', 叫, 號 등과 같음. 자신의 이름을 부르는 소리로 울음소리를 냄. 郭璞은 "今吳人謂呼爲訆. 音呼交反"라 하였으나 袁珂는 "按: 訆卽叫也, 音亦同叫"라 함.

170(3-3-2) 용후산龍侯山

다시 동북쪽으로 2백 리에 용후산龍侯山이 있다.
풀과 나무가 자라지 않으며 금과 옥이 많다.
결결수決決水가 그 산에서 발원하여 동쪽으로
흘러 하수河水로 들어간다. 그 물에는 인어人魚가
많다. 그 형상은 마치 제어鯑魚와 같으며 발이
넷이다. 그의 울음소리는 마치 어린아이 우는
소리와 같다. 이를 먹으면 백치의 질환에 걸리지
않는다.

인어(人魚)

又東北二百里, 曰龍侯之山.

無草木, 多金玉.

決決之水出焉, 而東流注于河. 其中
多人魚, 其狀如鯑魚, 四足. 其音如嬰兒,
食之無癡疾.

인어(人魚)

【決決之水】 '決水'의 오기. 郝懿行은 "《太平御覽》(938)引此經決水, '決'字不作
重文"이라 하였고 王念孫도 이에 의견을 같이 하였음.
【鯑魚】 鯢魚. 도롱뇽. 혹은 鮎魚(메기)라고도 함. 郭璞은 "鯑見〈中山經〉(350).
或曰人魚, 卽鯢也. 似鮎而四足, 聲如小兒啼, 今亦呼鮎爲鯑, 音啼"라 함. 한편

郝懿行은 "按: 〈中次七經〉少室山休水多鰷魚(350), 卽郭注所云「見〈中山經〉者. 又《山海經》所記人魚凡數十見, 此卽其一也"라 하여 '人魚'라 표기된 것이 바로 이 鰷魚이며 수십 곳에 그 이름이 나타난다 하였음.

【癡疾】'癡'는 '痴'와 같음. 郝懿行은 "《說文》云: 「痴, 不慧也.」〈中山經〉云: 「鰷魚食者無蠱疾.」(350) 與此異"라 함. 이에 대해 袁珂는 "按: 此謂人魚食者 無痴疾, 非鰷魚也"라 함.

171(3-3-3) 마성산馬成山

다시 동북쪽으로 2백 리에 마성산馬成山이 있다.

그 산 위에는 문석文石이 많으며 그 산 북쪽에는 금과 옥이 많다.

그곳에 짐승이 있으니 그 형상은 흰 개와 같으며 검은 머리를 하고 있다. 사람을 만나면 날아간다. 그 이름을 천마天馬라 한다. 그 울음은 자신의 이름을 부르는 소리를 낸다.

그곳에 새가 있으니 그 형상은 까마귀와 같으며 머리가 희고 몸은 푸른색, 발은 노란색이다. 이 새는 이름을 굴거鶌鶋라 하며 그 울음소리는 자신의 이름을 부르는 소리를 낸다. 이를 먹으면 배고픔을 모르며 혼망昏忘의 병을 없앨 수 있다.

又東北二百里, 曰馬成之山.

其上多文石, 其陰多金玉.

有獸焉, 其狀如白犬而黑頭, 見人則飛,

其名曰天馬, 其鳴自訆.

有鳥焉, 其狀如烏, 首白而身青·足黃,

是名曰鶌鶋, 其鳴自詨, 食之不饑, 可以已寓.

천마(天馬)

【見人則飛】郭璞은 "言肉翅飛行自在"라 함.

【天馬】곽박 《圖讚》에 "龍馮雲遊, 騰蛇假霧. 未若天馬, 自然凌翥. 有理懸運, 天機潛御"라 함.

【鶌鶋】 郭璞은 "屈居二音"이라 함. 雙聲連綿語의 조류
이름. 곽박 《圖讚》에 "鶌居如鳥, 青身黃足. 食之不飢,
可以辟穀. 內厥惟珍, 配彼丹木"이라 함.

【已寅】 郭璞은 "未詳, 或曰寅猶誤也"라 하였고, 郝懿行　　　　굴거(鶌鶋)
은 "寅・誤蓋以聲近爲義, 疑昏忘之病也"라 함. 그러나 '寅'는 대체로 '寄生'의
뜻을 가지고 있으며, 이를 '疣'의 가차자로 보아 피부에 기생하는 '疣', 贅疣
(사마귀 따위)가 아닌가 함.

172(3-3-4) 함산咸山

다시 동북쪽으로 70리에 함산咸山이 있다.

그 산 위에는 옥이 있으며 그 아래에는 구리가 많다. 이 산에는 소나무와 잣나무가 많으며 풀은 거의 자초茈草가 많다.

조간수條菅水가 이 산에서 발원하여 서남쪽으로 흘러 장택長澤이라는 못으로 들어간다. 그 물에는 기산器酸이 많으며 3년에 한 번씩 만들어진다. 이를 먹으면 독창毒瘡이 없어진다.

又東北七十里, 曰咸山.

其上有玉, 其下多銅, 是多松柏, 草多茈草.

條菅之水出焉, 而西南流注于長澤. 其中多器酸, 三歲一成, 食之已癘.

【茈草】紫草. '茈'는 '紫'와 같음. 보랏빛을 말함. 吳任臣〈廣注〉에는 '紫草'로 되어 있음. 郝懿行은 "古字通以'茈'爲'紫'"라 함. 지칫과에 속하는 다년생 초본 식물로 뿌리는 약재로 사용함.

【條菅之水】'조간수.' 袁珂는 '菅'은 '간'(姦)으로 읽어야 한다고 보았음

【其中多器酸, 三歲一成】郭璞은 "所未詳也"라 하였고 王崇慶은 "器酸, 或物之可食而酸者, 如解州鹽池出鹽之類. 蓋澤水止而不流, 積久爲酸, 故曰三年一成"이라 하여 물이 흐르지 않고 오랫동안 신맛을 띠고 있는 물체로써 가히 먹을 수 있는 것이라 보았음.

【癘】惡疾. 惡瘡.

173(3-3-5) 천지산天池山

다시 동북쪽으로 2백 리에 천지산天池山이 있다.

그 산 위에는 풀과 나무가 자라지 않으며 문석文石이 많다.

그곳에 짐승이 있으니 그 형상은 마치 토끼와 같으며 쥐의 머리를 하고 있다. 그 짐승은 등으로 날아다니며 그 이름을 비서飛鼠라 한다.

면수澠水가 그 산에서 발원하여 땅 속 아래로 흘러간다. 그 물에는 노란 악토黃堊가 많다.

又東北二百里, 曰天池之山.

其上無草木, 多文石.

有獸焉, 其狀如兔而鼠首, 以其背飛,

其名曰飛鼠.

澠水出焉, 潛于其下, 其中多黃堊.

비서(飛鼠)

【以其背飛】郭璞은 "用其背上毛飛, 飛則仰也"라 함.

【飛鼠】날다람쥐. 곽박 《圖讚》에 "或以尾翔, 或以髥凌. 飛鼠鼓翰, 倏然背騰. 用無常所, 惟神是馮"이라 함.

【黃堊】郭璞은 "堊, 土也"라 함. 석회석이 자연 분해되어 곱게 흙으로 변한 것. 生石灰를 말함. 석회석을 가열하여 분해시킨 것을 燒石灰라 함.

174(3-3-6) 양산陽山

다시 동쪽으로 3백 리에 양산陽山이 있다.

그 산 위에는 옥이 많으며 그 아래에는 금과 구리가 많다.

그곳에 짐승이 있으니 그 짐승의 형상은 마치 소와 같으며 붉은 꼬리가 있다. 목에는 육질의 혹이 나 있고 그 모습은 마치 구구句瞿와 같다. 이름을 영호領胡라 하며 그 울음 소리에 의해 이름이 지어진 것이다. 그것을 먹으면 광풍병狂瘋病을 그치게 한다.

영호(領胡)

그곳에 새가 있으니 그 모습은 마치 장끼와 같으며 다섯 가지 무늬가 다채롭다. 이 새는 암수 한 몸으로 이름을 상사象蛇라 하며, 그 울음은 자신의 이름을 부르는 소리를 낸다.

유수留水가 그 산에서 발원하여 남쪽으로 흘러 하수河水로 들어간다. 그 물에는 함보鮯父라는 물고기가 있으며 그 형상은 마치 붕어와 같으나 물고기 머리에 돼지 몸을 하고 있다. 이를 먹으면 구토가 그친다.

又東三百里, 曰陽山.

其上多玉, 其下多金銅.

有獸焉, 其狀如牛而赤尾, 其頸臀, 其狀如句瞿, 其名曰
領胡, 其鳴自詨, 食之已狂.

有鳥焉, 其狀如雌雉, 而五采以文.
是自爲牝牡, 名曰象蛇, 其鳴自詨.

留水出焉, 而南流注于河, 其中有䱤
父之魚, 其狀如鮒魚, 魚首而彘身, 食之
已嘔.

상사(象蛇)

【頸腎】郭璞은 "言頸上有肉腎"라 함. 칠면조 따위처럼 목덜미에 늘어져
달리는 일종의 肉質 肉瘤病. 물혹.

【句瞿】곡식을 되는 말(斗)과 비슷한 도량 기구. 郭璞은 "句瞿, 斗也, 音劬"라
함. 郝懿行은《廣雅》云:「腎, 堅也.」以句瞿爲斗, 所未詳.《元和郡縣志》云:
「東海康縣多牛, 項上有骨, 大如覆斗, 日行三百里. 卽爾雅所謂犦牛.」疑此
是也"라 함.

【䱤父】'함보'로 읽음. 郭璞은 "音陷"이라 함. 곽박《圖讚》에 '象蛇'와 함께
"有鳥善驚, 名曰鶹鶹. 象蛇似雉, 自生子孫. 䱤父魚首, 厥體如豚"이라 함.

【鮒魚】붕어. 鯽魚.

함보(䱤父)

175(3-3-7) 비문산賁聞山

다시 동쪽으로 3백50리에 비문산賁聞山이 있다.

그 산 위에는 창옥蒼玉이 많으며 산 아래에는 노란 악토黃堊가 많고
열석涅石이 많다.

又東三百五十里, 曰賁聞之山.

其上多蒼玉, 其下多黃堊, 多涅石.

【涅石】礬石. 물을 들일 수 있는 검은색 염료. 郝懿行은 "卽礬石也.《淮南》
俶眞訓云:「以涅染緇.」高誘注云:「涅, 礬石也.」《本草經》云:「礬石, 一名
羽涅.」《別錄》云: 一名羽澤.」"이라 함.

176(3-3-8) 왕옥산王屋山

다시 북쪽으로 1백 리에 왕옥산王屋山이 있다.

이 산에는 돌이 많다.

연수瀙水가 이 산에서 발원하여 서북쪽으로 태택泰澤의 못으로 흘러 들어간다.

又北百里, 曰王屋之山.

是多石.

瀙水出焉, 而西北流注于泰澤.

【王屋之山】袁珂는 "按: 在今山西省陽城縣西南. 經首太行山, 則起自河南省
  濟源縣, 北入山西省境, 與王屋山遙相對.《列子》謂之「太形」. 云「太形·王屋
  二山, 方七百里, 高萬仞, 本在冀州之南, 河陽之北. 天帝感愚公移山之誠, 命夸
  蛾氏二子, 負二山, 一厝朔東, 一厝雍南, 自此移之」云云, 則二山在神話傳說中
  原本一地也"라 함. 즉《列子》湯問篇에 실려 있는 '愚公移山'과 관련 있는
  산 이름임.
【瀙水】'연수'로 읽음. 郭璞은 "瀙, 音輦"이라 함.

177(3-3-9) 교산敎山

다시 동북쪽으로 3백 리에 교산敎山이 있다.

그 산 위에는 옥이 많고 돌은 없다.

교수敎水가 그 산에서 발원하여 서쪽으로 흘러 하수河水로 들어간다. 이 물은 겨울에는 말라 물이 없고 여름에만 흐른다. 실제 마른 냇물인 셈이다.

그 물 일대에 두 산이 있다. 이 산들은 너비와 둘레가 3백 보이며 그 이름은 발환산發丸山이다. 그 산에는 금과 옥이 난다.

又東北三百里, 曰敎山.

其上多玉而無石.

敎水出焉, 西流注于河, 是水冬乾而夏流, 實惟乾河.

其中有兩山. 是山也, 廣員三百步, 其名曰發丸之山. 其上有金玉.

【乾河】 마른 내. 마른 강. 강이나 내의 흔적만 있고 갈수기에는 물이 흐르지 않음.

【發丸之山】 袁珂는 "按: 意謂二山居水中, 形似神人所發彈丸, 故以爲名"이라 함.

178(3-3-10) 경산景山

다시 남쪽으로 3백 리에 경산景山이 있다.

이 산은 남쪽으로 염판鹽販의 못을 바라보고 북쪽으로는 소택少澤을 바라보고 있다. 그 산 위에는 풀과 서예藷藇가 많다. 그 풀은 거의가 진초秦椒이다. 그 북쪽에는 자토赭土가 많고 그 남쪽에는 옥이 많다.

그곳에 새가 있으니 그 형상은 마치 뱀과 같으며 네 개의 날개에 눈이 여섯, 발이 셋이다. 이름을 산여酸與라 하며, 이 새가 나타나면 그 읍에 공포에 놀랄 일이 발생한다.

又南三百里, 曰景山.

南望鹽販之澤, 北望少澤. 其上多草·
藷藇, 其草多秦椒. 其陰多赭, 其陽多玉.

有鳥焉, 其狀如蛇, 而四翼·六目·三足,
名曰酸與, 其鳴自詨, 見則其邑有恐.

산여(酸與)

【鹽販之澤】郭璞은 "卽鹽池也, 今在河東猗氏縣. 或無'販'字"라 함. 袁珂는
《水經注》涑水及《太平御覽》(865)引此注上竝有'解縣'二字, 則正沈括《夢溪筆談》
所爲'解州鹽澤, 滷色正赤, 俚俗謂之蚩尤血'者"라 함.
【藷藇】'서예'로 읽음. 본음은 '저서.' 山藥. 약초의 일종. 郭璞은 "根似羊蹄,
可食, 曙豫二音. 今江南單呼爲藷, 音儲, 語有輕重耳"라 하였으나 郝懿行은

《廣雅》云:「藷藇, 署預也.」《本草》云:「薯蕷, 一名山芋.」皆卽今之山藥也. 此言草藷藇, 別於木藷藇也"라 함.

【秦椒】 원래 榛椒는 개암나무와 山椒나무. 여기서는 풀이름으로 씨앗이 고추씨 같으며 잎이 가늘다 함. 郭璞은 "子似椒而細葉, 草也"라 하여 草本 植物로 보았음.

【酸與】 郭璞 《圖讚》에 "景山有鳥, 稟形殊類. 厥狀如蛇, 脚二翼四. 見則邑恐, 食之不醉"라 함.

【見則其邑有恐】 郭璞은 "或曰食之不醉"라 함.

산어(酸與)

179(3-3-11) 맹문산孟門山

다시 동남쪽으로 3백20리에 맹문산孟門山이 있다.

그 산 위에는 창옥蒼玉이 많으며 금이 많다. 그 산 아래에는 황악黃堊과
열석涅石이 많다.

又東南三百二十里, 曰孟門之山.

其上多蒼玉, 多金, 其下多黃堊, 多涅石.

【孟門之山】郭璞은 "《尸子》曰: 「龍門未辟, 呂梁未鑿, 河出于孟門之上, 大溢
逆流, 無有丘陵高阜, 滅之, 名曰洪水」《穆天子傳》曰: 「不升孟門, 九河之隥.」"
이라 하였고, 袁珂는 "按: 山今在山西省吉縣與陝西省宜川縣之間, 與龍門山
遙對"라 함.

【涅石】礬石. 물을 들일 수 있는 검은색 염료. 郝懿行은 "卽礬石也.《淮南》
傲眞訓云: 「以涅染緇」高誘注云: 「涅, 礬石也.」《本草經》云: 「礬石, 一名羽涅」
《別錄》云: 一名羽澤.」"이라 함.

180(3-3-12) 평산平山

다시 동남쪽으로 3백20리에 평산平山이 있다.
평수平水가 그 산 위에서 발원하여 땅에 잠긴 채 아래로 흐르며 물에는
아름다운 옥이 많이 난다.

又東南三百二十里, 曰平山.
平水出于其上, 潛于其下, 是多美玉.

181(3-3-13) 경산京山

다시 동쪽으로 2백 리에 경산京山이 있다.

아름다운 옥이 있고 칠목漆木이 많으며 대나무가 많다. 그 산 남쪽에 적동赤銅이 나며 그 북쪽에는 현소玄礵가 많다.

고수高水가 그 산에서 발원하여 남쪽으로 흘러 하수河水로 들어간다.

又東二百里, 曰京山.

有美玉, 多漆木, 多竹, 其陽有赤銅, 其陰有玄礵.

高水出焉, 南流注于河.

【二百里】何焯〈校注本〉에는 '三百里'로 되어 있음.

【赤銅】純銅.

【玄礵】검은색의 磨刀石. 郭璞은 "黑砥石也.《尸子》曰:「加玄黃砥」明色非一也. 礵, 音竹筱之筱"라 하여 '소'로 읽음.

182(3-3-14) 훼미산虫尾山

다시 동쪽으로 2백 리에 훼미산虫尾山이 있다.

그 산 위에는 금과 옥이 많으며 그 산 아래에는 대나무가 많으며 청벽 靑碧도 많다.

단수丹水가 그 산에서 발원하여 남쪽으로 흘러 하수河水로 들어간다.

박수薄水가 그 산에서 발원하여 동남쪽으로 흘러 황택黃澤으로 들어간다.

又東二百里, 曰虫尾之山.

其上多金玉, 其下多竹, 多靑碧.

丹水出焉, 南流注于河.

薄水出焉, 而東南流注于黃澤.

【二百里】 역시 何焯〈校注本〉에는 '三百里'로 되어 있음.

【靑碧】 푸른색을 띤 璧玉. 郭璞은 "碧, 亦玉類也"라 하였고 《說文》에는 "碧, 石之靑美者"라 함.

183(3-3-15) 팽비산彭毗山

다시 동쪽으로 3백 리에 팽비산彭毗山이 있다.

그 산 위에는 풀과 나무가 없으며 금과 옥이 많고 그 산 아래에는
물이 많다.

조림수蚤林水가 그 산에서 발원하여 동남쪽으로 흘러 하수河水로 들어
간다.

비수肥水가 그 산에서 발원하여 남쪽으로 흘러 상수牀水로 들어가며,
그 물에는 비유肥遺라는 뱀이 많다.

又東三百里, 曰彭毗之山.

其上無草木, 多金玉, 其下多水.

蚤林之水出焉, 東南流注于河.

肥水出焉, 而南流注于牀水, 其中多肥遺之蛇.

【彭毗之山】 '彭'자는 '鼓'자 오기가 아닌가 함. 何焯〈校注本〉, 黃丕烈, 周叔弢
〈校注本〉에는 모두 '鼓毗之山'으로 되어 있음.

【肥遺】 '肥蟥'로도 표기하며 郭璞은 "《管子》曰:「涸水之精, 名曰蟡, 一頭而
兩身, 其狀如蛇, 長八尺, 以其名呼之, 可使取龜魚.」 亦此類"라 함. 《博物志》
(3)에 "華山有蛇名肥遺, 六足四翼, 見則天下大旱"이라 하였으며, 《述異記》
(下)에는 "蛇一首兩身者, 名曰肥遺, 西華山中有也. 見則大旱"이라 함. 한편
본 책 〈西山經〉(046) 太華之山에 "有蛇焉, 名曰肥蟥, 六足四翼, 見則天下
大旱"이라 함.

184(3-3-16) 소후산小侯山

다시 동쪽으로 1백80리에 소후산小侯山이 있다.

명장수明漳水가 그 산에서 발원하여 남쪽으로 흘러 황택黃澤으로 들어간다.

그곳에 새가 있으니 그 형상은 마치 까마귀와 같으며 흰 무늬가 있다. 이름을 고습鴣鶛이라 한다. 이를 먹으면 곁눈질로 보아야 하는 병이 걸리지 않는다.

又東百八十里, 曰小侯之山.

明漳之水出焉, 南流注于黃澤.

有鳥焉, 其狀如烏而白文, 名曰鴣鶛, 食之不瘨.

【鴣鶛】 郭璞은 "姑習二音"이라 하여 '고습'으로 읽음. 곽박 《圖讚》에 "鴣鶛之鳥, 食之不瞧. 爰有黃鳥, 其鳴自叫. 婦人是服, 矯情易操"라 함.

【不瘨】 '瘨'은 '瞬'의 假借字. 郭璞은 "不瞧目也, 或作瞚, 音醮"라 하여 '초'로 읽음. 곁눈질로 보아야 하는 질환. 혹 눈에 검은 그림자가 오가는 질환, 눈에 어지러운 花蚊이 피는 병, 또는 눈을 깜박이는 병 등이라 함.

185(3-3-17) 태두산泰頭山

다시 동쪽으로 3백70리에 태두산泰頭山이 있다.
공수共水가 그 산에서 발원하여 남쪽으로 흘러 호타滹池로 들어간다.
그 산 위에는 금과 옥이 많으며 산 아래에는 죽전竹箭이 많다.

又東三百七十里, 曰泰頭之山.
共水出焉, 南流注于虖池.
其上多金玉, 其下多竹箭.

【共水】郭璞은 "共, 音恭"이라 함.
【虖池】郭璞은 "呼佗二音, 下同"이라 하여 '호타'로 읽도록 하여 '池'는 '沱'자의
　　오기로 여겼으며 '虖沱(滹沱)'를 대신하여 쓴 말로 보았음.
【竹箭】箭竹. 郭璞은 "箭, 篠也"라 하였으며 篠는 小竹을 가리킴. 당시 어순을
　　바꾸어 물건 이름을 정하는 소수민족 언어 환경을 보여주는 것이라고도 함.

186(3-3-18) 헌원산軒轅山

다시 동북쪽으로 2백 리에 헌원산軒轅山이 있다.

그 산 위에는 구리가 많으며 산 아래에는 대나무가 많다.

그곳에 새가 있으니 그 형상은 마치 올빼미와 같으며 머리가 희다. 그 이름을 황조黃鳥라 하며, 그 울음은 자신의 이름을 부르는 소리를 낸다. 이를 먹으면 질투를 느끼지 않게 된다.

又東北二百里, 曰軒轅之山.

其上多銅, 其下多竹.

有鳥焉, 其狀如梟而白首, 其名曰黃鳥, 其鳴自詨, 食之不妒.

【黃鳥】郝懿行은 "《周書》王會篇云:「方揚以黃鳥.」《爾雅》云:「皇, 黃鳥.」蓋皆此經黃鳥也"라 하였으나, 袁珂는 "郝說非是, 郝所說黃鳥乃鳳皇屬之黃鳥, 移注于〈大荒南經〉'巫山黃鳥'節則是矣. 于此經'狀如梟而白首'之黃鳥, 則非也"라 함.

187(3-3-19) 알려산謁戾山

다시 북쪽으로 2백 리에 알려산謁戾山이 있다.

그 산 위에는 소나무와 잣나무가 많으며 금과 옥이 난다.

심수沁水가 그 산에서 발원하여 남쪽으로 흘러 하수河水로 들어간다.

그 동쪽에 수풀이 있으니 그 이름을 단림丹林이라 한다.

단림수丹林水가 거기에서 발원하여 남쪽으로 흘러 하수로 들어간다.

영후수嬰侯水가 역시 그곳에서 발원하여 북쪽으로 흘러 사수氾水로 들어간다.

又北二百里, 曰謁戾之山.

其上多松柏, 有金玉.

沁水出焉, 南流注于河.

其東有林焉, 名曰丹林.

丹林之水出焉, 南流注于河.

嬰侯之水出焉, 北流注于氾水.

【氾水】범수(汎水)와는 다른 물. 사수(祀水)와 같은 물로 봄. 郝懿行은 "《水經》
汾水注引此經作:「嬰侯之水出于其陰, 北流注于祀水」云. 水出祀山, 其水殊源,
其合注於嬰侯之水, 亂流逕中都縣南. 俗又謂之中都水, 據《水經注》祀水, 當爲
祀水. 又云出於其陰, 亦與今本異"라 함.

188(3-3-20) 저여산沮洳山

동쪽으로 3백 리에 저여산沮洳山이 있다.
풀도 나무도 없으며 금과 옥이 난다.
기수濝水가 그 산에서 발원하여 남쪽으로 흘러 하수河水로 들어간다.

東三百里, 曰沮洳之山.
無草木, 有金玉,
濝水出焉, 南流注于河.

【濝水】郭璞은 "濝, 音其"라 함.

189(3-3-21) 신균산神囷山

다시 북쪽으로 3백 리에 신균산神囷山이 있다.

그 산 위에는 문석文石이 있으며 산 아래에는 백사白蛇가 있고 비충飛蟲이 있다.

황수黃水가 그 산에서 발원하여 동쪽으로 흘러 환수洹水로 들어간다.

부수滏水가 그 산에서 발원하여 동쪽으로 흘러 구수歐水로 들어간다.

又北三百里, 曰神囷之山.

其上有文石, 其下有白蛇, 有飛蟲.

黃水出焉, 而東流注于洹.

滏水出焉, 而東流注于歐水.

【神囷之山】郭璞은 "囷, 音如倉囷之囷"이라 하였으나 郝懿行은 "囷, 卽倉囷之囷, 郭氏復音如之, 知經文必不作囷.《廣韻》引作'神箘', 疑是也"라 하여 '神箘'의 오기가 아닌가 하였음.

【飛蟲】郝懿行은《史記》周本紀云:「蜚鴻滿野.」索隱引高誘曰:「蜚鴻, 蟻蠓也, 言飛蟲蔽日滿野, 故爲災」又《後漢書》南蠻傳云:「鹽神旦卽化爲蟲, 與諸蟲羣飛, 掩蔽日光.」亦此類也"라 함.

【洹】郭璞은 '洹, 音丸'이라 하여 '환'으로 읽도록 하였음.

190(3-3-22) 발구산發鳩山

다시 북쪽으로 2백 리에 발구산發鳩山이 있다.

그 산 위에는 자목柘木이 많다.

그곳에 새가 있으니 그 형상은 마치 까마귀와 같으며 무늬 있는 머리에 흰 부리, 붉은 다리를 하고 있으며 이름을 정위精衛라 한다. 그 울음은 자신의 이름을 부르는 소리를 낸다.

이는 염제炎帝의 막내딸로서 이름이 여와女娃이다. 여와가 동해東海에서 놀다가 물에 빠져 죽어 집으로 돌아오지 못하고 그 혼이 정위精衛가 되어 항상 서산西山의 나무와 돌을 물어 동해를 메우고 있다.

장수漳水가 그 산에서 발원하여 동쪽으로 흘러 하수河水로 들어간다.

又北二百里, 曰發鳩之山.

其上多柘木.

有鳥焉, 其狀如烏, 文首·白喙·赤足, 名曰精衛, 其鳴自詨.

是炎帝之少女, 名曰女娃. 女娃遊于東海, 溺而不返, 故爲精衛, 常銜西山之木石, 以堙于東海.

漳水出焉, 東流注于河.

【發鳩之山】郭璞은 "今在上黨郡長子縣西"라 하였고, 袁珂는 "按: 長子縣今屬山西省, 發鳩山亦名發苞山·鹿谷山, 爲太行山分支"라 함.

【文首·白喙·赤足】郝懿行은 "《廣韻》引此經作‘白首赤喙’"라 함.

【精衛】곽박 《圖讚》에 "炎帝之女, 化爲精衛. 沈所東海, 靈爽西邁. 乃銜木石, 以堙波海"라 함. 한편 《博物志》(3) 精衛에 "有鳥如烏, 文首, 白喙, 赤足, 名曰精衛. 昔赤帝之女名女娃, 往游於東海, 溺死而不返, 其神化爲精衛. 故精衛常取西山之木石, 以塡東海"하였고, 《太平廣記》(463)에는 "有鳥如烏, 文首·白喙·赤足, 名曰精衛, 昔赤帝之女名女娃, 往遊於東海, 溺死而不返, 其神化爲精衛. 故精衛常取西山之木石, 以塡東海"라 하였으며, 《太平御覽》(925)에는 "《山海經》曰: 炎帝之女名娃, 游于東海, 溺而不反, 是爲精衛, 常取西山之木石, 以堙東海"라 함. 그리고 《述異記》에는 "昔炎帝女溺死東海中, 化爲精衛, 其鳴自呼, 每銜西山木石, 以塡東海, 怨溺死故也. 海畔俗說, 精衛無雄, 耦海燕而生, 生雌狀如精衛, 生雄狀如海鷗. 今東海畔精衛誓水處, 猶存, 溺於此川, 誓不飮其水, 一名誓鳥, 一名宛禽. 又名志鳥, 俗呼爲帝女雀"라 하였으며 左思의 〈吳都賦〉에는 "精衛銜石而遇繳, 丈緡夜飛而觸綸"이라 함.

【炎帝之少女, 名曰女娃】郭璞은 "炎帝, 神農也. 娃, 惡佳反, 語或曰作階"라 함.

【堙】메워버림. 물이 흐르지 못하도록 물길이나 골짜기 등을 메움. ‘塡’ ‘塞’과 같음. 郭璞은 "堙, 塞也. 音因"이라 하였고, 袁珂는 "按:《述異記》云:「昔炎帝女溺死東海中, 化爲精衛. 偶海燕而生子, 生雌狀如精衛, 生雄如海燕」云云, 則是此一神話之流傳演變也"라 함.

정위(精衛)

191(3-3-23) 소산少山

다시 동북쪽으로 1백20리에 소산少山이 있다.

그 산 위에는 금과 옥이 있으며 산 아래에는 구리가 난다.

청장수清漳水가 그 산에서 발원하여 동쪽으로 흘러 탁장수濁漳水로 들어간다.

又東北百二十里, 日少山.

其上有金玉, 其下有銅.

清漳之水出焉, 東流于濁漳之水.

【東流于濁漳之水】 "東流注于濁漳之水"가 되어야 함. '注'자가 탈락된 것으로 보임.

192(3-3-24) 석산錫山

다시 동북쪽으로 2백 리에 석산錫山이 있다.
그 산 위에는 옥이 많으며 산 아래에는 지석砥石이 있다.
우수수牛首水가 그 산에서 발원하여 동쪽으로 흘러 부수滏水로 들어간다.

又東北二百里, 曰錫山.
其上多玉, 其下有砥.
牛首之水出焉, 而東流注于滏水.

【錫山】 郝懿行은 "《地理志》·《水經注》並作堵山. 或古有二名. 《太平寰宇記》云:
「磁州武安縣有錫山.」 引此經山在今河南武安縣"이라 함.
【砥】 숫돌을 만들 수 있는 돌. 질이 미세한 돌을 '砥'라 하며, 거친 돌을 '礪'라
한다 함. 郭璞은 "磨石也, 精爲砥, 粗爲礪"라 함.
【牛首水】 郝懿行은 "《地理志》云:「趙國邯鄲堵山, 牛首水所出.」《水經》濁漳
水注引:「水出邯鄲縣西堵山. 漢景帝時攻趙圍邯鄲」 引牛首拘水灌城"이라 함.

193(3-3-25) 경산景山

다시 북쪽으로 2백 리에 경산景山이 있다.

아름다운 옥이 난다.

경수景水가 그 산에서 발원하여 동남쪽으로 흘러 해택海澤으로 들어간다.

又北二百里, 曰景山.

有美玉.

景水出焉, 東南流注于海澤.

【景山】 郝懿行은 "高誘注《淮南》地形訓云:「景山在邯鄲西南.」"이라 함.

【海澤】 郝懿行은 "高誘注《淮南》地形訓云:「西北方曰海澤.」"이라 함.

194(3-3-26) 제수산題首山

다시 북쪽으로 백 리에 제수산題首山이 있다.
그곳에는 옥이 나며 돌이 많고 물은 없다.

又北百里, 日題首之山.
有玉焉, 多石, 無水.

195(3-3-27) 수산繡山

다시 북쪽으로 백 리에 수산繡山이 있다.

그 산 위에는 옥과 청벽靑碧이 나며 산 아래에는 나무 중에 순목栒木이 많고 풀로는 작약芍藥과 궁궁芎藭이 많다.

위수洧水가 그 산에서 발원하여 동쪽으로 흘러 하수河水로 들어간다. 그 물에는 메기와 맹꽁이가 있다.

又北百里, 曰繡山.

其上有玉·靑碧, 其木多栒, 其草多芍藥·芎藭.

洧水出焉, 而東流注于河. 其中有鱯·黽.

【靑碧】푸른색을 띤 璧玉. 郭璞은 "碧, 亦玉類也"라 하였고 《說文》에는 "碧, 石之靑美者"라 함.

【栒】가름대나무라 함. 郭璞은 "木中枚也, 音旬"이라 하였으며, 袁珂는 "按: 枚, 榦也, 可爲枚"라 함.

【芍藥·芎藭】郭璞은 "芍藥, 一名辛夷, 亦香草屬"이라 함. 芎藭은 川芎, 江籬 등으로도 불리며 다년생 초본식물. 뿌리를 약으로 사용함. 調經, 止痛, 活血 등의 작용을 함. 郭璞은 "芎藭, 一名江離"라 하였으며 袁珂는 川芎이라 함. 〈西次四經〉 號山(112)을 볼 것.

【洧水】'위수'로 읽음. 袁珂는 "洧, 音委."

【鱯】'화'로 읽으며 큰 메기(鮎). 郭璞은 "鱯似鮎而大, 白色也"라 함.

【黽】민(黽)은 맹꽁이. 郭璞은 "鼀黽似蝦蟆, 小而靑. 或曰: 鱨·黽一物名耳"라 하였으며, 袁珂는 "按: 郭注鼀黽, 郝懿行以爲當爲耿黽之譌;《爾雅》釋魚: 「在水者黽.」郭注云:「耿黽也, 似靑蛙大腹, 一名土鴨.」卽郭此注之鼀黽也, 黽音敏"이라 함.

196(3·3·28) 송산松山

다시 북쪽으로 1백20리에 송산松山이 있다.
양수陽水가 그 산에서 발원하여 동북쪽으로 흘러 하수河水로 들어간다.

又北百二十里, 曰松山.
陽水出焉, 東北流注于河.

【松山】郝懿行은 "畢氏云:「疑卽今山西襄垣縣好松山.」"이라 함.
【陽水】郝懿行은 "畢氏云:「上黨屯留有陽水, 原由三想山, 東流合平臺水, 東南
入絳水.」"라 함.

197(3-3-29) 돈여산敦與山

다시 북쪽으로 1백20리에 돈여산敦與山이 있다.

그 산 위에는 풀과 나무가 없으며 금과 옥이 있다.

삭수漆水가 그 산 남쪽에서 발원하여 동쪽으로 흘러 태륙수泰陸水로 들어간다.

저수泜水가 그 산 북쪽에서 발원하여 동쪽으로 흘러 팽수彭水와 합류한다.

괴수槐水가 그 산에서 발원하여 동쪽으로 흘러 저택泜澤이 못으로 들어간다.

又北百二十里, 曰敦與之山.

其上無草木, 有金玉.

漆水出于其陽, 而東流注于泰陸之水.

泜水出于其陰, 而東流注于彭水.

槐水出焉, 而東流注于泜澤.

【敦與山】 郝懿行은 "山在今直隸臨城縣西南"이라 함.
【漆水】 袁珂는 "漆, 音索"이라 하여 '삭수', 혹 '색수'로 읽음.
【泜水】 袁珂는 "泜, 音底"라 하여 '저수'로 읽음.

198(3-3-30) 자산柘山

다시 북쪽으로 1백70리에 자산柘山이 있다.
그 산 남쪽에는 금과 옥이 있으며 북쪽에는 철이 난다.
역취수歷聚水가 그 산에서 발원하여 북쪽으로 흘러 유수洧水로 들어간다.

又北百七十里, 曰柘山.
其陽有金玉, 其陰有鐵.
歷聚之水出焉, 而北流注于洧水.

199(3-3-31) 유룡산維龍山

다시 북쪽으로 3백 리에 유룡산維龍山이 있다.

그 산 위에는 벽옥碧玉이 있으며, 산 남쪽에는 금이 나고, 산 북쪽에는 철이 난다.

비수肥水가 그 산에서 발원하여 동쪽으로 흘러 고택皐澤으로 들어가며 그 물에는 뇌석礨石이 많다.

창철수敞鐵水가 그 산에서 발원하여 북쪽으로 흘러 대택大澤으로 들어간다.

又北三百里, 曰維龍之山.

其上有碧玉, 其陽有金, 其陰有鐵.

肥水出焉, 而東流注于皐澤, 其中多礨石.

敞鐵之水出焉, 而北流注于大澤.

【礨石】 큰 돌이나 바위. 그러나 일설에는 암석의 명칭이라 함. 郭璞은 "未詳也. 礨, 音雷. 或作壘, 大石貌. 或作石名"이라 하였으며 汪紱은 "言肥水中多磈礨大石也"라 함.

200(3-3-32) 백마산白馬山

다시 북쪽으로 1백80리에 백마산白馬山이 있다.

그 산 남쪽에는 돌과 옥이 많으며 북쪽에는 철이 많고 적동赤銅이 많이 난다.

목마수木馬水가 그 산에서 발원하여 동쪽으로 흘러 호타수虖沱水로 들어간다.

又北百八十里, 曰白馬之山.

其陽多石玉, 其陰多鐵, 多赤銅.

木馬之水出焉, 而東北流注于虖沱.

【虖沱】郭璞은 "呼佗二音"이라 하였고, 袁珂는 "經文虖沱, 〈宋本〉作'虖池', 卽上文泰頭之山虖池是也. 郭注竝云'呼佗二音'"이라 함. 泰頭山(185)에 '虖池'가 있으며 그 주를 참조할 것.

201(3-3-33) 공상산空桑山

다시 북쪽으로 2백 리에 공상산空桑山이 있다.

그 산에는 풀과 나무가 없으며 겨울이나 여름이나 눈이 쌓여 있다.

공상수空桑水가 그 산에서 발원하여 동쪽으로 흘러 호타수虖沱水로
들어간다.

又北二百里, 曰空桑之山.

無草木, 冬夏有雪.

空桑之水出焉, 東流注于虖沱.

【空桑之山】郭璞은 "上已有此山(231), 疑同名也"라 하였으나 이 앞에는 이 산
이름이 보이지 않아, 郝懿行은 "〈東經〉有此山, 此經已上無之. 檢此篇〈北次
二經〉之首, 自管涔之山至于敦題之山, 凡十七山, 今才得十六山, 疑經正脫此
一山也"라 하여 17개 산이라 하였으나 실제 16개 산이며 바로 이 산 이름이
누락된 것이라 하였음.

【虖沱】앞장 참조.

202(3-3-34) 태희산泰戯山

다시 북쪽으로 3백 리에 태희산泰戯山이 있다.

풀과 나무는 없으며 금과 옥이 많다.

그곳에 짐승이 있으니 그 형상은 양과 같으며 뿔이 하나에 눈도 하나이며 눈은 귀 뒤에 나 있다. 그 이름을 동동辣辣이라 하며, 그 울음은 자신의 이름을 부르는 소리를 낸다.

호타수滹沱水가 그 산에서 발원하여 동쪽으로 흘러 누수漊水로 들어간다.

역녀수液女水가 그 산 남쪽에서 발원하여 남쪽으로 흘러 심수沁水로 들어간다.

又北三百里, 曰泰戯之山.

無草木, 多金玉.

有獸焉, 其狀如羊, 一角一目, 目在耳後,

其名曰辣辣, 其鳴自訂.

滹沱之水出焉, 而東流注于漊水.

液女之水出于其陽, 南流注于沁水.

동동(辣辣)

【辣辣】郭璞은 "音屋棟之棟"이라 함. 곽박 《圖讚》에 "辣辣似羊, 眼在耳後. 竅生尾上, 號曰羆九. 幽都之山, 大蛇牛呴"라 함.

【滹沱】〈宋本〉에는 '滹池'로 되어 있음. 앞장 참조.

【㳫水】 '㶟水'와 같음. 郭璞은 "㳫, 音婁"라 하였고, 袁珂는 "按: 經文㳫, 吳寬 〈抄本〉作婁"라 함.

【液女之水】 郭璞은 "液音悅懌之懌"이라 하여 '역수'로 읽도록 되어 있음.

203(3-3-35) 석산石山

다시 북쪽으로 3백 리에 석산石山이 있다.

좋은 품질의 금과 옥이 많다.

확확수濩濩水가 그 산에서 발원하여 동쪽으로 흘러 호타수滹沱水로 들어간다.

선우수鮮于水가 그 산에서 발원하여 남쪽으로 흘러 호타수로 들어간다.

又北三百里, 曰石山.

多藏金玉.

濩濩之水出焉, 而東流注于滹沱.

鮮于之水出焉, 而南流注于滹沱.

【多藏金玉】郝懿行은 "藏, 古字作臧, 善也. 〈西次三經〉(088)槐江之山多藏黃金玉, 義與此同"이라 하여 "좋은 품질의 금과 옥이 많다"라는 뜻.

【濩濩之水】郭璞은 "音, 尺蠖之蠖"이라 하여 '확확지수'로 읽도록 되어 있음.

【滹沱】袁珂는 "按: 經文二滹沱, 〈宋本〉均作'滹池'. 吳任臣本同, 又吳任臣本 南上有西字"라 하여, '滹池'이며 맨 끝 문장은 吳任臣 〈廣注〉본에는 "而西 南流注于滹池"로 되어 있음.

204(3-3-36) 동융산童戎山

다시 북쪽으로 2백 리에 동융산童戎山이 있다.
고도수皐涂水가 그 산에서 발원하여 동쪽으로 흘러 누액수漊液水로
들어간다.

又北二百里, 曰童戎之山.
皐涂之水出焉, 而東流注于漊液水.

205(3-3-37) 고시산高是山

다시 북쪽으로 3백 리에 고시산高是山이 있다.

자수滋水가 그 산에서 발원하여 남쪽으로 흘러 호타수虖沱水로 들어간다.

그 산의 나무로는 종수樱樹가 많고 풀로는 조초條草가 많다.

구수滱水가 그 산에서 발원하여 동쪽으로 흘러 하수河水로 들어간다.

又北三百里, 曰高是之山.

滋水出焉, 而南流注于虖沱. 其木多樱, 其草多條.

滱水出焉, 東流注于河.

【虖沱】'虖池'라고도 함. 앞장 참조.

【滱水】郭璞은 "滱, 音寇"라 함.

206(3-3-38) 육산陸山

다시 북쪽으로 3백 리에 육산陸山이 있다.
아름다운 옥이 많다.
강수䣊水가 그 산에서 발원하여 동쪽으로 흘러 하수河水로 들어간다.

又北三百里, 曰陸山.
多美玉.
䣊水出焉, 而東流注于河.

【䣊水】 담수(郯水)라고도 함. 郭璞은 "或作郯水"라 함.

207(3-3-39) 기산沂山

다시 북쪽으로 2백 리에 기산沂山이 있다.
반수般水가 그 산에서 발원하여 동쪽으로 흘러 하수河水로 들어간다.

又北二百里, 曰沂山.
般水出焉, 而東流注于河.

【沂山】郭璞은 "沂, 音祈"라 함.
【般水】郭璞은 "般, 音盤"이라 함.

208(3-3-40) 연산燕山

북쪽으로 1백2십 리에 연산燕山이 있다.
영석嬰石이 많다.
연수燕水가 그 산에서 발원하여 동쪽으로 흘러 하수河水로 들어간다.

北百二十里, 曰燕山.
多嬰石.
燕水出焉, 東流注于河.

【嬰石】옥과 같은 꽃무늬가 있는 암석. 燕石이라고도 함. 郭璞은 "言石似玉
有符彩嬰帶, 所謂燕石者"라 하였고, 郝懿行은 "嬰疑燕聲之轉, 未必取嬰帶
爲義"라 함.

209(3-3-41) 요산饒山

다시 북쪽으로 산길을 5백 리, 물길을 5백 리를 가면 요산饒山에 이른다. 이 산에는 풀과 나무는 없으며 요옥瑤玉과 벽옥碧玉이 많다. 그곳의 짐승은 주로 탁타橐駝가 많으며, 그곳의 새로는 주로 유조鶹鳥가 많다.

역괵수歷虢水가 그 산에서 발원하여 동쪽으로 흘러 하수河水로 들어 간다. 그 물에는 사어師魚가 있으며 이를 먹으면 독이 있어 사람이 목숨을 잃는다.

又北山行五百里, 水行五百里, 至于饒山.

是無草木, 多瑤碧, 其獸多橐駝, 其鳥多鶹.

歷虢之水出焉, 而東流注于河. 其中有師魚, 食之殺人.

【橐駝】雙聲連綿語의 동물 이름. 駱駝와 같음. 袁珂는 "按: 卽駱駝, 已見上文 〈北山經〉虢山(131)"이라 함. 그곳의 주에 郭璞은 "有肉鞍, 善行流沙中, 日行 三百里, 其負千斤, 知水泉所在也"라 함.

【鶹】郭璞은 "未詳, 或曰, 鶹, 儵鶹也"라 함. 부엉이, 수리부엉이. 맹금류의 조류.

【師魚】鯢魚(도롱뇽)와 비슷한 人魚. 郭璞은 "未詳, 師, 或作鮞"라 하였고, 郝懿行은 "師,《玉篇》作鰤, 非也. 郭云或作鮞者, 師·鮞聲之轉, 鮞卽人魚也, 已見上文.《酉陽雜俎》云:「峽中人食鯢魚, 縛樹上, 鞭至白汁出如構汁, 方可食, 不爾有毒也.」正與此經合"이라 함.

210(3-3-42) 건산乾山

다시 북쪽으로 4백 리에 건산乾山이 있다.

풀과 나무는 없으며 그 산 남쪽에는 금과 옥이 있고 북쪽에는 철이 있으며 물은 없다.

그곳에 짐승이 있으니 그 형상은 마치 소와 같으며 다리가 셋이다. 그 이름을 원獂이라 하며, 그 울음은 자신의 이름을 부르는 소리를 낸다.

又北四百里, 曰乾山.

無草木, 其陽有金玉, 其陰有鐵而無水.

有獸焉, 其狀如牛而三足, 其名曰獂, 其鳴自詨.

원(獂)

【乾山】 汪紱은 "據此, 則乾當音干"이라 하여 '간산'으로 읽어야 한다고 하였음. 그러나 한국 한자음은 '마르다'의 뜻도 '건'으로 읽어 '건산'으로 하였음.
【獂】 郝懿行은 "獂, 當爲獂, 見《說文》"이라 하였으며, 畢沅의 〈校本〉에도 '獂'으로 되어 있음.

211(3-3-43) 윤산倫山

다시 북쪽으로 5백 리에 윤산倫山이 있다.

윤수倫水가 그 산에서 발원하여 동쪽으로 흘러 하수河水로 들어간다.

그곳에 짐승이 있으니 그 형상은 미록麋鹿과 같으며 그의 항문은 꼬리 끝에 붙어 있다. 그 이름을 비羆라 한다.

又北五百里, 曰倫山.

倫水出焉, 而東流注于河.

有獸焉, 其狀如麋, 其川在尾上, 其名曰羆.

비(羆)

【其川在尾上】'川'의 '州'자의 오기로 봄. 郭璞은 "川, 竅也"라 하였으나, 畢沅은 "《爾雅》云: 「白州驠.」 郭云: '州, 竅.' 則川當爲州"라 하였고, 袁珂는 "按: 經文川, 王念孫・孫星衍竝校作州, 準此, 則郭注川亦當爲州"라 함. '州'는 '竅'와 같으며 肛門을 뜻하던 당시 언어.

【羆】'羆九'에서 '九'자가 탈락된 것. 郝懿行은 "藏經本作羆九, 郭氏《圖讚》亦作羆九, 疑經文'羆'下有'九'字, 今本脫去之"라 하여 '羆九'여야 한다고 보았음. 王念孫과 孫星衍 역시 '羆九'로 교정하였음. 곽박《圖讚》에 "辣辣似羊, 眼在耳後. 竅生尾上, 號曰羆九. 幽都之山, 大蛇牛吼"라 함.

212(3-3-44) 갈석산碣石山

다시 북쪽으로 5백 리에 갈석산碣石山이 있다.

승수繩水가 그 산에서 발원하여 동쪽으로 흘러 하수河水로 들어간다.
그 물에는 포이蒲夷라는 물고기가 많다.

그 산 위에는 옥이 나고 산 아래에는 청벽青碧이 많다.

又北五百里, 曰碣石之山.

繩水出焉, 而東流注于河. 其中多蒲夷之魚.

其上有玉, 其下多青碧.

【蒲夷之魚】蒲夷魚는 '冉夷魚'가 아닌가 함. 郭璞은 "未詳"이라 하였고, 袁珂는
"按: 蒲夷魚, 郝懿行云疑則冉夷魚, 已見〈西次四經〉英鞮之山(119)"이라 함.
【青碧】푸른색을 띤 璧玉. 郭璞은 "碧, 亦玉類也"라 하였고《說文》에는 "碧,
石之青美者"라 함.

213(3-3-45) 안문산鴈門山

다시 북쪽으로 물길 따라 5백 리를 가면 안문산鴈門山에 이른다.
그곳에는 풀과 나무가 자라지 않는다.

又北水行五百里, 至于鴈門之山.
無草木.

【鴈門】'雁門'으로도 표기하며 袁珂는 "按: 〈海內西經〉云:「鴈門山, 鴈出其閒,
在高柳北.」(588) 卽此山也"라 함.

214(3-3-46) 제도산帝都山

다시 북쪽으로 물길을 따라 4백 리를 가면 태택泰澤에 이른다.

그 중간에 산이 있으니 제도산帝都山이라 한다. 너비와 둘레가 백 리에 이르며 풀과 나무는 없고 금과 옥이 있다.

又北水行四百里, 至于泰澤.

其中有山焉, 曰帝都之山. 廣員百里, 無草木, 有金玉.

【泰澤】郝懿行은 "泰澤, 卽大澤也. 大澤方百里, 羣鳥所生及所解, 在鴈門山北. 見海內西經(588)"이라 함.

【帝都山】郝懿行은 "疑卽委羽之山也. 崇巘參雲日月虧蔽, 在鴈門北, 見《淮南》 地形訓"이라 함.

215(3-3-47) 순우모봉산錞于母逢山

다시 북쪽으로 5백 리에 순우모봉산錞于母逢山이 있다.

이 산은 북쪽으로는 계호산雞號山을 바라보고 있다. 그곳의 바람은
마치 돌개바람처럼 아주 세다. 서쪽으로는 유도산幽都山을 바라보고 있다.

욕수浴水가 그 산에서 발원한다. 그 산에는 대사大蛇가 있으며 붉은
몸에 흰 몸이다. 그 뱀이 내는 소리는 마치 소의 울음과 같으며 이 뱀이
나타나면 그 읍에 큰 가뭄이 든다.

又北五百里, 曰錞于母逢之山.

北望雞號之山. 其風如飆. 西望幽都之山.

浴水出焉. 是有大蛇, 赤首白身, 其音如牛,

見則其邑大旱.

대사(大蛇)

【雞號之山】郝懿行은 "《說文》·《玉篇》引此經竝作惟號之山"이라 하여 '惟號山'
　으로 보았음.

【飆】急風. 혹은 飄風. 회오리바람. 돌개바람. 郭璞은 "飆, 急風貌也. 音戾,
　或云飄風也"라 함.

【幽都之山】袁珂는 "按: 幽都之山在北海乃, 其上有玄鳥·玄蛇·玄豹·玄虎等物,
　見〈海內經〉(857)"이라 함. 幽都山(857)을 볼 것.

【浴水】郭璞은 "浴水, 卽黑水也"라 함.

【大蛇】곽박《圖讚》에 "辣辣似羊, 眼在耳後. 竅生尾上, 號曰羆九. 幽都之山,
　大蛇牛呴"라 함.

216(3-3-48) 북쪽으로 경유하는 산들

무릇 북쪽으로 경유하는 세 번째 산계의 처음은 태항산太行山으로부터 무봉산無逢山까지 모두 46개 산이며, 1만 2천3백50리이다.

그곳의 신들은 형상이 모두 말의 몸에 사람의 얼굴을 하고 있는 자가 입신卄神이다.

이들에게 제사를 올릴 때에는 모두가 하나의 조채藻茝를 사용하며 이를 묻어준다.

그리고 십사신十四神은 그 형상이 돼지 몸에 옥을 이고 있다. 이들에게 제사를 올릴 때에는 모두가 옥으로써 하며 그 사용한 옥은 묻지 않는다.

체신팔족십사신(彘身八足十四神)

그리고 십신十神은 그 모습이 모두가 돼지 몸에 다리가 여덟, 뱀의 꼬리를 하고 있다. 이들에게 제사를 올릴 때에는 모두가 하나의 벽옥璧玉을 사용하며 땅에 묻어준다.

무릇 44분의 신은 모두가 도미稌米를 서미糈米로 사용하여 제사를 올리며 이들은 모두 불에 익힌 음식은 사용하지 않는다.

凡北次三經之首, 自太行之山以至于無逢之山,
凡四十六山, 萬二千三百五十里.

其神狀皆馬身而人面者卄神.

其祠之, 皆用一藻茝瘞之.

其十四神狀皆彘身而載玉. 其祠之, 皆玉, 不瘞.

其十神狀皆彘身而八足蛇尾, 其祠之, 皆用一璧瘞之.

大凡四十四神, 皆用稌糈米祠之, 此皆不火食.

【藻茝】'藻珪'의 오기. 채색의 무늬를 가졌으며 마름풀 문양을 가진 珪玉.
臺灣〈三民本〉에는 '藻珪'로 되어 있음. 郭璞은 "藻, 聚藻, 茝, 香草, 蘭之類,
音昌大反"이라 하였으나 袁珂는 "按: 經文藻茝, 江紹原《中國古代旅行之研究》
第一章謂疑是'藻珪'之誤, 其說近是, 可供參考, 古祠神皆以玉瘞, 未聞以聚藻
香草瘞者"라 함.

【載玉】'載'는 '戴'와 같음. 머리에 이고 있음. 머리에 수식으로 꽂고 있음.
郝懿行은 "載亦戴也, 古字通"이라 함.

【不瘞】郭璞은 "不薶所用玉也"라 함.

【此皆不火食】郝懿行은 "皆生食不火之物"이라 함.

마신인면입신(馬身人面廿神)

217(3-3-49) 북쪽으로 경유하는 산에 대한 기록

이상은 북쪽으로 경유하는 산에 대한 기록이며 모두 87개의 산, 2만 3천2백30리이다.

右北經之山志, 凡八十七山. 二萬三千二百三十里.

卷四 東山經

〈女烝山一帶〉明 蔣應鎬 圖本

4-1. 東次一經

〈樅蠡山周邊群山〉明 蔣應鎬 圖本

218(4-1-1) 속주산楸蟲山

동쪽으로 경유하게 되는 산계의 시작은 속주산楸蟲山이다.

이 산은 북쪽으로 건매산乾昧山에 임해 있다.

식수食水가 그 산에서 발원하여 동북쪽으로 바다로 들어간다. 그 물에는 용용鱅鱅이라는 물고기가 많다. 그 형상은 마치 이우犁牛 같으며 그가 내는 소리는 마치 돼지 울음소리와 같다.

東山經之首, 曰楸蟲之山.

北臨乾昧.

食水出焉, 而東北流注于海. 其中多
鱅鱅之魚, 其狀如犁牛, 其音如彘鳴.

용용어(鱅鱅魚)

【楸蟲】郭璞은 "速株二音"이라 하여 '속주'로 읽음.

【乾昧】郭璞은 "亦山名也. 昧音妹"라 함.

【鱅鱅魚】곽박《圖讚》에 "魚號鱅鱅, 如牛虎鮫. 狌狌之狀, 似狗六脚. 螢鼠如雞, 見則旱涸"라 함.

【犁牛】호랑이 무늬의 雜色의 털을 가진 소. 郭璞은 "牛似虎文者"라 함.

【其音如彘鳴】袁珂는 "按：《太平御覽》(939)引此經止作'其音如彘', 無'鳴'字"라 함.

219(4-1-2) 뇌산䃌山

다시 남쪽으로 3백 리에 뇌산䃌山이 있다.

그 산 위에는 옥이 나고 산 아래에는 금이 난다.

호수湖水가 그 산에서 발원하여 동쪽으로 흘러 식수食水로 들어간다.
그 물에는 올챙이가 많다.

又南三百里, 曰䃌山.

其上有玉, 其下有金.

湖水出焉, 東流注于食水, 其中多活師.

【䃌山】郭璞은 "䃌, 音誄"라 하여 '뢰산(뇌산)'으로 읽음. 원음은 '류.'

【活師】올챙이. 郭璞은 "科斗也.《爾雅》謂之活東"이라 함. 郝懿行은 "蝦蟆叫
而生子, 其聲聒聒, 謂之聒子. 活師·聒子, 聲相近; 科斗·活東, 亦音相轉也"
라 함. '科斗'는 '蝌蚪'로도 표기함.

220(4-1-3) 순상산 枸狀山

다시 남쪽으로 3백 리에 순상산 枸狀山이 있다.

그 산 위에는 금과 옥이 많으며 산 아래에는 청벽석 靑碧石이 많다.

그곳에 짐승이 있으니 그 형상은 마치 개와 같으며 발이 여섯이다. 그 이름을 종종 從從이라 하며 그가 짖는 소리는 자신의 이름을 부르는 소리를 낸다.

종종(從從)

그곳에 새가 있으니 그 형상은 마치 닭과 같으나 쥐 털을 하고 있다. 그 이름을 자서 蚩鼠라 하며 이 새가 나타나면 그 읍에 큰 가뭄이 든다.

지수 汎水가 그 산에서 발원하여 북쪽으로 흘러 호수 湖水로 들어간다. 그 물에는 잠어 箴魚가 많은데 그 형상은 마치 유어(儵魚, 鯈魚)와 같으며, 그 부리는 마치 바늘과 같다. 이를 먹으면 역질 疫疾에 걸리지 않는다.

又南三百里, 曰枸狀之山.

其上多金玉, 其下多靑碧石.

有獸焉, 其狀如犬, 六足, 其名曰從從, 其鳴自詨.

有鳥焉, 其狀如雞而鼠毛. 其名曰蚩鼠, 見則其邑大旱.

汎水出焉, 而北流注于湖水, 其中多箴魚, 其狀如儵, 其喙如箴, 食之無疫疾.

【靑碧石】푸른색을 띤 璧玉 巖石. 郭璞은 "碧, 亦玉類也"라 하였고 《說文》에는 "碧, 石之靑美者"라 함.

【從從】'從'은 '㺜'으로도 표기하며 郭璞 《圖讚》에 "魚號鯥鯥, 如牛虎鮫. 㺜㺜之狀, 似狗六脚. 蚩鼠 如雞, 見則旱涸"이라 함.

종종(從從)

【其狀如雞而鼠毛】郝懿行은 "毛, 《說文》作尾"라 하였 으며, 袁珂는 "按: 作尾是, 今圖正作如雞而鼠尾狀" 이라 함.

【蚩鼠】郭璞은 "音呑"라 하여 '자서'로 읽음. 종종의 곽박 《圖讚》를 볼 것.

【汜水】郭璞은 "音枳"라 하여 '지수'로 읽음.

【儵魚】鯈魚의 오기. 郭璞은 "儵, 音由"라 하여 '유어'로 읽도록 되어 있으나 이는 숙(儵)자와 조(鯈, 유)는 다른 글자이며 이 글자를 구분하지 않고 잘못 기재한 것으로 보임. 《太平御覽》(937)에는 유어(鯈魚)로 되어 있음. 郝懿行은 "儵與鯈同, 《玉篇》作鯈"라 하여 鯈자의 오기가 아닌가 하였음. 鯈魚는 小白魚.

【箴魚】郭璞은 "出東海, 今江東水中亦有之"라 함.

【箴】바늘. '鍼', '針'과 같음.

자서(蚩鼠)

221(4-1-4) 발제산勃쓸山

남쪽을 3백 리에 발제산勃쓸山이 있다.
풀과 나무가 자라지 않으며 물이 없다.

南三百里, 曰勃쓸之山.
無草木, 無水.

【勃쓸】汪紱은 "쓸, 古齊者"라 함.

222(4-1-5) 번조산番條山

다시 남쪽으로 3백 리에 번조산番條山이 있다.
풀과 나무가 자라지 않으며 모래가 많다.
감수滅水가 그 산에서 발원하여 북쪽으로 흘러 바다로 들어간다.
그 물에는 감어鰔魚가 많다.

又南三百里, 曰番條之山.

無草木, 多沙.

滅水出焉, 北流注于海, 其中多鰔魚.

【滅水】郭璞은 "音同減損之減"이라 하였고, 郝懿行은 "減卽減損之字, 何須用音?
知經文必不作減, 未審何字之誤"라 함.
【鰔魚】자가사리. 일명 黃頰魚라고도 함. 郭璞은 "一名黃頰. 鰔, 音感"이라 함.

223(4-1-6) 고아산姑兒山

다시 남쪽으로 4백 리에 고아산姑兒山이 있다.

그 산 위에는 칠수漆樹가 많으며 산 아래에는 상수桑樹와 자수柘樹가
많다.

고아수姑兒水가 그 산에서 발원하여 북쪽으로 흘러 바다로 들어간다.
그 물에는 감어鱤魚가 많다.

又南四百里, 曰姑兒之山.

其上多漆, 其下多桑柘.

姑兒之水出焉, 北流注于海, 其中多鱤魚.

【桑柘】 桑은 누에를 기를 수 있는 뽕나무. 자(柘)는 야생으로 산에 자란 산
뽕나무.
【鱤魚】 자가사리라는 물고기. 앞장 참조.

224(4-1-7) 고씨산高氏山

다시 남쪽으로 4백 리에 고씨산高氏山이 있다.

그 산 위에는 옥이 많으며 산 아래에는 잠석箴石이 많다.

제승수諸繩水가 그 산에서 발원하여 동쪽으로 흘러 못으로 들어간다.
그 물에는 금과 옥이 많다.

又南四百里, 曰高氏之山.

其上多玉, 其下多箴石.

諸繩之水出焉, 東流注于澤, 其中多金玉.

【箴石】郭璞은 "可以爲砥針治痛腫者"라 하였고, 郝懿行은 "砥當爲砭字之譌.
《南史》王僧孺傳引此注作「可以爲砭針」, 是也"라 하여 砭針(砭鍼), 즉 의료용
石鍼으로 쓸 수 있는 암석을 말함.

225(4-1-8) 악산嶽山

다시 남쪽으로 3백 리에 악산嶽山이 있다.

그 산 위에는 상수桑樹가 많으며 산 아래에는 저수樗樹가 많다.

낙수濼水가 그 산에서 발원하여 동쪽으로 흘러 못으로 들어간다. 그 물에는 금과 옥이 많다.

又南三百里, 曰嶽山.

其上多桑, 其下多樗.

濼水出焉, 東流注于澤, 其中多金玉.

【濼水】郭璞은 "濼, 音洛"이라 하여 '락수(낙수)'로 읽음.

226(4-1-9) 시산犲山

다시 남쪽으로 3백 리에 시산犲山이 있다.

그 산 위에는 풀과 나무가 자라지 않으며 산 아래에는 물이 많다. 그 물에는 감서堪羽라는 물고기가 많다.

그곳에 짐승이 있으니 그 형상은 마치 과보夸父와 같으며 돼지털이 나 있다. 그가 내는 소리는 마치 사람을 부를 때 내는 소리와 같다. 이 동물이 나타나면 천하에 큰 물난리가 난다.

又南三百里, 曰犲山.

其上無草木, 其下多水, 其中多堪羽之魚.

有獸焉, 其狀如夸父而彘毛, 其音如呼, 見則天下大水.

【犲】 郝懿行은 "犲, 卽豺別字"라 함.

【堪羽之魚】 구체적으로 어떤 물고기인지 알 수 없음. 郭璞은 "未詳, 羽, 音序"라 '감서어'로 읽음. 곽박《圖讚》에 "堪羽輴輴, 殊氣同占. 見則洪水, 天下昏墊. 豈伊妄降, 亦應牒讖"이라 함.

【夸父】 郝懿行은 "夸父, 卽擧父也. 已見〈西山經〉崇吾之山(082)·〈北山經〉梁渠之山(183)"이라 함.

227(4-1-10) 독산獨山

다시 남쪽으로 3백 리에 독산獨山이 있다.

그 산 위에는 금과 옥이 많으며 산 아래에는 아름다운 돌이 많다.

말도수末塗水가 그 산에서 발원하여 동남쪽으로 흘러 면수汅水로 들어간다. 그 물에는 조용儵蠩이 많으며 그 형상은 마치 황사黃蛇와 같고 물고기 날개가 달려 있다. 그가 출입할 때에는 빛을 낸다. 이것이 나타나면 그 읍에 큰 가뭄이 든다.

又南三百里, 曰獨山.

其上多金玉, 其下多美石.

末塗之水出焉, 而東南流注于汅, 其中

多儵蠩, 其狀如黃蛇, 魚翼, 出入有光,

見則其邑大旱.

조용(儵蠩)

【儵蠩】郭璞은 "條容二音"이라 하여 '조용'으로 읽음. 곽박《圖讚》에 "儵蠩
蛇狀, 振翼灑光. 憑波騰逝, 出入江湘. 見則歲旱, 是維火祥"이라 함.

228(4-1-11) 태산泰山

다시 남쪽으로 3백 리에 태산泰山이 있다.

그 산 위에는 옥이 많으며 산 아래에는 금이 많다.

그곳에 짐승이 있으니 그 형상은 마치 돼지와 같으며 몸에 구슬을 가지고 있다. 이름을 통통狪狪이라 하며, 그 울음은 자신의 이름을 부르는 소리를 낸다.

환수環水가 그 산에서 발원하여 동쪽으로 흘러 강수江水로 들어간다. 그 물에는 수옥水玉이 많다.

통통(狪狪)

又南三百里, 曰泰山.

其上多玉, 其下多金.

有獸焉, 其狀如豚而有珠, 名曰狪狪, 其鳴自訓.

環水出焉, 東流注于江, 其中多水玉.

【泰山】 郭璞은 "卽東嶽岱宗也. 今在泰山奉高縣西北, 從山下至頂四十八里, 三百步也"라 하여 지금의 山東 泰安市의 泰山으로 보았음.

【其上多玉】 袁珂는 "按:《史記》秦始皇本紀正義引此經'玉'作'石'"이라 함.

【狪狪】 袁珂는 "按: 狪音通"이라 하여 '통통'으로 읽음. 곽박《圖讚》에는 "蚌則含殊, 獸胡不可. 狪狪如豚, 被褐懷禍. 患難無由, 招之自我"라 함.

【東流注于江】 郭璞은 "江, 一作海"라 하였으며, 袁珂는 "按: 經文江, 王念孫・畢沅・郝懿行俱校作汝, 以作汝爲是"라 하여 '汝水'로 보았음.

229(4-1-12) 죽산竹山

다시 남쪽으로 3백 리에 죽산竹山이 있다.

그 산은 강수江水까지 산자락이 이어져 있으며 풀과 나무는 없고 요옥
瑤玉과 벽옥碧玉이 많다.

격수激水가 그 산에서 발원하여 동남쪽으로 흘러 취단수娶檀水로 들어
간다. 그 물에는 자리茈蠃가 많다.

又南三百里, 曰竹山.

錞于江, 無草木, 多瑤碧.

激水出焉, 而東南流注于娶檀之水, 其中多茈蠃.

【錞于江】郭璞은 "江, 一作涯"라 하였으나 袁珂는 "按: 經文錞于江, 郝懿行云:
「江亦當作汝.」"이라 함.

【茈蠃】'茈蠃'의 오기. 郝懿行은 "蠃, 當作蠃字之譌. 茈蠃, 紫色蠃也"라 함. 袁珂는
"按: 吳任臣·何焯·畢沅校同, 汪紱本字正蠃"라 함. '茈蠃'는 '紫蠃'와 같음.
보랏빛을 띤 소라. '茈'는 '紫'의 가차자.

230(4-1-13) 동쪽으로 경유하는 산들

무릇 동쪽으로 경유하게 되는 산맥의 첫 시작은 속주산樕蠡山으로부터 죽산竹山에 이르기까지 모두 12개의 산에 3천6백 리이다.

그곳 신들의 형상은 모두가 사람 몸에 용의 머리를 하고 있다.

이들에게 제사를 올릴 때에는 한 마리의 개를 모물毛物로 삼아 기도를 하고, 물고기를 바치며 빈다.

凡東山經之首, 自樕蠡之山以至于竹山,

凡十二山, 三千六百里.

其神狀皆人身龍首.

祠, 毛用一犬祈, 聅用魚.

인신용수(人身龍首)

【毛】 毛物. 제사용에 쓰이는 털이나 깃을 가진 가축들. 소양, 돼지, 닭 등을 말함.

【聅】 '이'로 읽으며 '衈'와 같은 글자임. 피를 발라 제사를 지냄을 말함. 郭璞은 "以血塗祭爲聅也. 《公羊傳》云:「蓋叩其鼻以聅社.」 音釣餌之餌"라 함. 袁珂는 "按: 經文及注文之聅, 汪紱本・畢沅本均作'衈'. 郝懿行亦校作'衈', 謂衈者釁也, 將刉割牲以釁, 先滅耳旁毛薦之, 又謂郭引《公羊傳》及《穀梁傳》之誤"라 함.

4-2. 東次二經

〈葛山一帶〉明 蔣應鎬 圖本

231(4-2-1) 공상산空桑山

동쪽으로 두 번째 경유하게 되는 산계의 시작은 공상산空桑山이다.

그 산은 북쪽으로는 식수食水에 임해 있고 동쪽으로는 저오沮吳를 바라보고 있으며, 남쪽으로는 사릉沙陵을, 서쪽으로는 민택湣澤을 바라보고 있다.

그곳에 짐승이 있으니 그 형상은 마치 소와 같으며 호랑이 무늬를 하고 있다. 그가 내는 소리는 마치 흠欽과 같으며 그 이름은 영령軨軨이라고 한다. 그 울음은 자신의 이름을 부르는 소리를 내며, 이 짐승이 나타나면 천하에 큰 물난리가 난다.

東次二經之首, 曰空桑之山.

北臨食水, 東望沮吳, 南望沙陵, 西望湣澤.

有獸焉, 其狀如牛而虎文, 其音如欽, 其名

曰軨軨, 其鳴自訓, 見則天下大水.

영령(軨軨)

【空桑之山】窮桑과 같음. 郭璞은 "此山出琴瑟材, 見《周禮》也"라 하였으며 袁珂는 "按: 郭注《周禮》者, 乃《春秋》大師樂文.《淮南子》本經篇云:「舜之時, 共工振滔洪水, 以薄空桑.」高誘注云:「空桑, 地名, 在魯也.」又《文選》思玄賦 舊注云:「少皥金天氏居窮桑, 在魯北.」均當卽此"라 함.

【湣澤】郭璞은 "湣, 音旻"이라 함.

【欽】'吟'과 같음. 글을 읽을 때나 노래를 읊을 때 내는 소리. 혹 呻吟소리 라고도 함. 郭璞은 "欽, 或作吟"이라 함.

【軨軨】郭璞은 "軨, 吟靈"이라 함. 곽박《圖讚》에 "堪予軨軨, 殊氣同占. 見則 洪水, 天下昏墊. 豈伊妄降, 亦應牒讖"이라 함.

232(4-2-2) 조석산曹夕山

다시 남쪽으로 6백 리에 조석산曹夕山이 있다.
그 산 아래에는 곡수穀樹가 많으며 물은 없다. 새와 짐승이 많이 산다.

又南六百里, 曰曹夕之山.
其下多穀而無水, 多鳥獸.

【穀】構와 같음. 構樹. 나무 이름. 그 열매가 곡식 난알 같아 穀樹라 한다 함.
'穀'과 '構'는 고대 同聲이었으며 雙聲互訓으로 쓴 것. 그러나 郭璞 注에는
"穀, 楮也, 皮作紙. 璨曰:「穀亦名構, 名穀者, 以其實如穀也.」"라 함. 한편
郝懿行은 "陶宏景注《本草經》云:「穀卽今構樹也. 穀構同聲, 故穀亦名構.」"라 함.

233(4-2-3) 역고산嶧皋山

다시 서남쪽으로 4백 리에 역고산嶧皋山이 있다.

그 산 위에는 금과 옥이 많으며 산 아래에는 백악토白堊土가 많다.

역고수嶧皋水가 그 산에서 발원하여 동쪽으로 흘러 격여수激女水로 들어
가며 그 물에는 신요蜃珧가 많다.

又西南四百里, 曰嶧皋之山.

其上多金玉, 其下多白堊.

嶧皋之水山焉, 東流注于激女之水, 其中多蜃珧.

【嶧皋之山】郭璞은 "嶧, 音亦"이라 함.

【激女之水】郝懿行은 "《爾雅》疏引此經作激汝之水,《玉篇》同"이라 하여 '女'는
'汝'와 같으며 '여'로 읽음.

【蜃珧】'蜃'은 무명조개로써 큰 조개(大蚌). '珧'(요)는 살조개, 자개를 말하며
작은 조개(小蚌). 郭璞은 "蜃, 蚌也; 珧, 玉珧, 亦蚌屬. 腎遙兩音"이라 하였고,
郝懿行은 "《爾雅》云:「蜃小者珧.」卽小蚌也"라 함.

234(4-2-4) 갈산葛山의 꼬리

다시 남쪽으로 물길을 따라 5백 리, 유사流沙를 건너 3백 리를 가면 갈산葛山의 꼬리에 이른다.

이 산에는 풀과 나무가 없으며 지려砥礪가 많다.

又南水行五百里, 流沙三百里, 至于葛山之尾.

無草木, 多砥礪.

【砥礪】숫돌을 만들 수 있는 돌. 질이 미세한 돌을 '砥'라 하며, 거친 돌을 '礪'라 한다 함. 郭璞은 "磨石也, 精爲砥, 粗爲礪"라 함.

235(4-2-5) 갈산葛山의 머리

다시 남쪽으로 3백80리에 갈산葛山의 머리 쪽이다.

그 산에는 풀이나 나무가 없다.

예수澧水가 그 산에서 발원하여 동쪽으로 흘러 여택余澤의 못으로 들어
간다. 그 물에는 주별어珠鼈魚가 많으며 그 형상은 마치 폐엽肺葉과 같다.
눈이 있고 다리가 여섯에 진주가 들어 있다. 그의 맛은 시면서 달고 이를
먹으면 여질癘疾에 걸리지 않는다.

又南三百八十里, 曰葛山之首.

無草木.

澧水出焉, 東流注于余澤, 其中多珠
鼈魚, 其狀如肺而有目, 六足有珠, 其味
酸甘, 食之無癘.

주별어(珠鼈魚)

【澧水】郝懿行은 "《呂氏春秋》本味篇作醴水"라 하여 '醴水'로 보았음.
【珠鼈魚】郭璞은 "鼈, 音鱉"이라 하였고, 袁珂는 "按:
　　《文選》江賦注·《太平御覽》(939)引此經魚上有'之'字.
　　《御覽》珠鼈作珠鱉,《呂氏春秋》本味篇作朱鱉, 郝懿行
　　云珠朱·鼈鱉竝古字通用"이라 함. 곽박《圖讚》에 "澧水
　　之鮮, 形如浮肺. 體兼三才, 以貨買害. 厥用既多, 何以
　　自衛"라 함.

주별어(珠鼈魚)

【肺】'肺'자여야 한다고 보고 있음. 袁珂는 "按: 經文'肺', 〈宋本〉·〈汪紱本〉·〈吳任臣本〉·〈畢沅校本〉竝作'肺', 作'肺'是也"라 함.

【有目】'四目'의 오기. 郝懿行은 "此物圖作四目.《初學記》(8)引《南越志》云: 「海中多珠鱉, 狀如肺, 有四眼六足而吐珠.」 正與圖合. 疑此經'有目'當作'四目', 字之譌也"라 하였고, 袁珂는 "眼: 郝說是也, 王念孫校同郝注"라 함.

【無癘】癘는 疫病. 疫疾. 郭璞은 "無時氣病也"라 함.

236(4-2-6) 여아산餘峩山

다시 남쪽으로 3백80리에 여아산餘峩山이 있다.

그 산 위에는 자수梓樹와 남수枏樹가 많고 산 아래에는 형기荊芑가 많다.

잡여수雜余水가 그 산에서 발원하여 동쪽으로 흘러 황수黃水로 들어간다.

그곳에 짐승이 있으니 그 형상은 마치 토끼와 같으나 새의 부리를 가지고 있으며 치효鴟鵂의 눈에 뱀의 꼬리이다. 사람을 보면 그 짐승은 잠을 자는 척한다. 이름을 구여犰狳라 하며, 그 울음은 자신의 이름을 부르는 소리를 낸다. 이 짐승이 나타나면 각종 메뚜기 떼가 나타나 곡물이 큰 피해를 입게 된다.

又南三百八十里, 曰餘峩之山.

其上多梓枏, 其下多荊芑.

雜余之水出焉, 東流注于黃水.

有獸焉, 其狀如菟而鳥喙, 鴟目蛇尾,

見人則眠, 名曰犰狳, 其鳴自訆, 見則

蠡蝗爲敗.

치효(鴟鵂)

【枏】'枏'은 '柟', '楠'자의 異體字, 楠樹. 郭璞은 "枏, 大木, 葉似桑, 今作楠, 音南"이라 함.

【荊芑】郝懿行은 "〈南山經〉虖勺之山(024)下多荊杞. 此經作芑, 同聲假借字也, 下文竝同"이라 함. 혹 '荊芑'로 표기된 것이 있으나 이는 '荊芑'로 표기하여야

하며, '荊'은 가시나무의 일종. '芑'는 杞와 같음. 枸杞子 나무를 가리킴. 판본의 정확한 변별이 어려워 '芑', '芑'는 두 글자는 혼효되어 있음.

【鴟】鴟鴞, 鵂鶹(부엉이), 貓頭鷹 따위의 새매, 부엉이, 올빼미, 무수리, 징경이, 솔개 따위의 맹금류 조류를 통칭하여 일컫는 말이라 함. 그중 치는 깃에 심한 독이 있어 이를 물에 타서 사람에게 먹이면 죽는다 함. 毒殺用으로 그 독을 사용하기도 함.

【眠】거짓으로 죽은 체함. 郭璞은 "言佯死也"라 함.

【㺎狳】袁珂는 "按: 經文㺎狳, 王念孫・畢沅・郝懿行竝校作㺎狳"라 함. 곽박《圖讚》에 "㺎狳之獸, 見人佯眠. 與栽協氣, 出則無年. 此豈能爲, 歸之於天" 이라 함.

구여(㺎狳)

【螽蝗爲敗】螽蝗은 누리, 황충, 메뚜기 등. 농작물에 큰 피해를 주는 곤충. 袁珂는 "按:《說文》(13)云:「螽, 蝗也. 蝗, 螽也.」 螽蝗只是一物,《太平御覽》 (913)引作虫蝗爲敗, 于義爲長. '爲敗'者, 郭璞注云:「言傷敗田苗.」 是也"라 함

237(4-2-7) 두보산杜父山

다시 남쪽으로 3백 리에 두보산杜父山이 있다.
풀과 나무가 자라지 못하며 물이 많다.

又南三百里, 曰杜父之山.
無草木, 多水.

【杜父】 '父'는 '보'로 읽음.

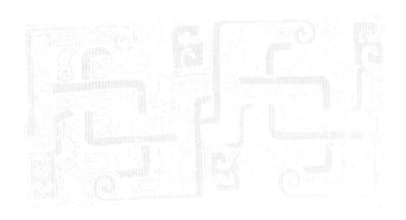

238(4-2-8) 경산耿山

다시 남쪽으로 3백 리에 경산耿山이 있다.

풀과 나무가 없으며 수벽水碧이 많고 큰 뱀이 많다.

그곳에 짐승이 있으니 그 형상은 마치 여우와 같으나
물고기 꼬리를 가지고 있으며 그 이름은 주유朱獳라
한다. 그 울음은 자신의 이름을 부르는 소리를 내며,
이 짐승이 나타나면 그 나라에 크게 공포에 떨 일이
일어난다.

주유(朱獳)

又南三百里, 曰耿山.

無草木, 多水碧, 多大蛇.

有獸焉, 其狀如狐而魚翼, 其名曰朱獳.

其鳴自訆, 見則其國有恐.

주유(朱獳)

【水碧】郭璞은 "亦水玉類"라 함. 水玉, 즉 水精(水晶)과 같은 일종의 옥.

【朱獳】郭璞은 "獳, 音儒"라 함. 곽박《圖讚》에 "朱獳無奇, 見則邑駭. 通感靡誠,
維數所在. 因事而作, 未始無待"라 함.

239(4-2-9) 노기산盧其山

다시 남쪽으로 3백 리에 노기산盧其山이 있다.

풀과 나무가 없으며 사석沙石이 많다.

사수沙水가 그 산에서 발원하여 남쪽으로 흘러 잠수涔水로 들어간다. 그 물에는 여호鵹鶘가 많으며 그 형상은 마치 원앙鴛鴦과 같으나 사람의 발을 가지고 있다. 그 울음은 자신의 이름을 부르는 소리를 내며, 이 동물이 나타나면 나라에 토목공사가 벌어진다.

又南三百里, 曰盧其之山.

無草木, 多沙石.

沙水出焉, 南流注于涔水, 其中多鵹鶘,

其狀如鴛鴦而人足, 其鳴自訓, 見則

其國多土功.

여호(鵹鶘)

【盧其之山】 郝懿行은 "《太平御覽》(925)引此經‘盧其’作‘憲期’"라 하여 '憲期山'으로 보았음.

【鵹鶘】 郭璞은 "鵹, 音黎"라 함. 鵜鶘. 즉 사다새를 가리킴. 곽박 《圖讚》에 "狸力鵹胡, 或飛或伏. 是惟土祥. 出與功築. 長城之役, 同集秦域"이라 함.

【其狀如鴛鴦而人足】 郭璞은 "今鵜鶘足頗有似人足形狀也"라 하여 사다새의 발 모양이 사람 발과 같음을 말함.

240(4-2-10) 고야산姑射山

다시 남쪽으로 3백80리에 고야산姑射山이 있다.
풀이나 나무가 자라지 않으며 물이 많다.

又南三百八十里, 曰姑射之山.
無草木, 多水.

【姑射山】 산 이름. '射'는 '야'로 읽음. 袁珂는 "按: 〈海內北經〉有列姑射, 有姑
射國, 卽此經姑射之山之國也"라 함. 《列子》 黃帝篇에 "列姑射山在海河洲中,
山上有神人焉, 吸風飮露, 不食五穀; 心如淵泉, 形如處女; 不偎不愛, 仙聖爲
之臣; 不畏不怒, 愿慤爲之使; 不施不惠, 而物自足; 不聚不斂, 而己無愆. 陰陽
常調, 日月常明, 四時常若, 風雨常均, 字育常時, 年穀常豐; 而土無札傷, 人無
夭惡, 物無疵厲, 鬼無靈響焉"이라 하였고, 《莊子》 逍遙遊篇에는 "藐姑射
之山, 有神人居焉. 肌膚若冰雪, 綽約若處子; 不食五穀, 吸風飮露; 乘雲氣,
御飛龍, 而遊乎四海之外. 其神凝, 使物不疵癘而年穀熟"이라 함.

241(4-2-11) 북고야산北姑射山

다시 남쪽으로 물길을 따라 3백 리, 유사流沙를 건너 백 리에 북고야산
北姑射山이 있다.
풀이나 나무가 자라지 않으며 돌이 많다.

又南水行三百里, 流沙百里, 曰北姑射之山.
無草木, 多石.

【北姑射山】 산 이름. 고야산의 북쪽에 있었던 산으로 여김.

242(4-2-12) 남고야산南姑射山

다시 남쪽으로 3백 리에 남고야산南姑射山이 있다.
풀과 나무가 자라지 않으며 물이 많다.

又南三百里, 曰南姑射之山.
無草木, 多水.

【南姑射山】고야산의 남쪽, 북쪽 등 세 개의 산이 있었고, 그 근처에 나라가
있었음을 알 수 있음.

243(4-2-13) 벽산碧山

다시 남쪽으로 3백 리에 벽산碧山이 있다.
풀과 나무가 자라지 않으며 큰 뱀이 많고 벽옥碧玉과 수옥水玉이 많다.

又南三百里, 曰碧山.
無草木, 多大蛇, 多碧·水玉.

【碧】碧玉.
【水玉】水精, 水晶.

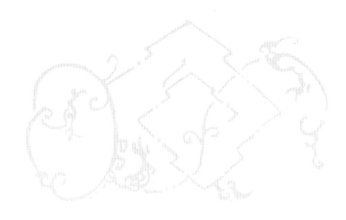

244(4-2-14) 구씨산緱氏山

다시 남쪽으로 5백 리에 구씨산緱氏山이 있다.
풀과 나무가 자라지 않으며 금과 옥이 많다.
원수原水가 그 산에서 발원하여 동쪽으로 흘러 사택沙澤으로 들어간다.

又南五百里, 曰緱氏之山.

無草木, 多金玉.

原水出焉, 東流注于沙澤.

【緱氏之山】郭璞은 "一曰俠氏之山"이라 함.

245(4-2-15) 고봉산姑逢山

다시 남쪽으로 3백 리에 고봉산姑逢山이 있다.

풀과 나무가 자라지 않으며 금과 옥이 많다.

그곳에 짐승이 있으니 그 형상은 마치 여우와 같으나 날개가 있다.
그 울음소리는 마치 홍안鴻鴈의 울음소리 같으며 이름은 폐폐獙獙이다.
이 짐승이 나타나면 천하에 큰 가뭄이 든다.

又南三百里, 曰姑逢之山.

無草木, 多金玉.

有獸焉, 其狀如狐而有翼, 其音如鴻鴈,

其名曰獙獙, 見則天下大旱.

폐폐(獙獙)

【獙獙】獘獘와 같음. 郭璞은 "獙, 音斃"라 함. 郝懿行은 "斃·獘同. 經文獙卽
獘字異文. 《玉篇》作獘, 云:「獸名.」卽此"라 함. 곽박 《圖讚》에는 "獙獙如狐,
有翼不飛. 九尾虎爪, 號曰蠪蚳. 縶鉤似鼍, 見則民悲"라 함.

246(4-2-16) 부려산鳧麗山

다시 남쪽으로 5백 리에 부려산鳧麗山이 있다.

그 산 위에는 금과 옥이 많으며 산 아래에는 잠석箴石이 많다.

그곳에 짐승이 있으니 그 형상은 마치 여우와 같으나 아홉 개의 꼬리와
아홉 개의 머리, 호랑이 발톱을 가지고 있다. 이름을 농질蠪姪이라 하며
그가 내는 소리는 마치 어린 아이 울음소리와 같다. 이는 사람을 잡아
먹는다.

又南五百里, 曰鳧麗之山.

其上多金玉, 其下多箴石.

有獸焉, 其狀如狐而九尾·九首·虎爪,

名曰蠪姪, 其音如嬰兒, 是食人.

농질(蠪姪)

【其狀如狐而九尾·九首】郝懿行은 "《廣韻》說蠪姪無'九首'二字, 餘竝同"이라 함.

【蠪姪】郭璞은 "龍蛭二音"이라 하였고, 袁珂는 "按: 經文蠪姪, 注文龍蛭, 王念孫·
郝懿行竝校作蠪蚳·龍侄"이라 함. 290의 '蠪蚳'와 같은 동물이 아닌가 함.
곽박 《圖讚》에는 "欻欻如狐, 有翼不飛. 九尾虎爪, 號曰蠪蚳. 絜鉤似鳥, 見則
民悲"라 함.

247(4-2-17) 진산礧山

다시 남쪽으로 5백 리에 진산礧山이 있다.

남쪽으로 진수礧水에 임해 있으며 동쪽으로는 호택湖澤을 바라보고 있다.

그곳에 짐승이 있으니 그 형상은 마치 말과 같으나 양의 눈, 네 개의 뿔, 쇠꼬리를 가지고 있다. 그의 울음 소리는 마치 호구猳狗의 짖는 소리와 같으며 그 이름을 유유峳峳라 한다. 이 짐승이 나타나면 그 나라에 교활한 사기꾼들이 많이 나타난다.

그곳에 새가 있으니 그 형상은 마치 오리와 같으나 쥐의 꼬리를 가지고 있다. 나무를 잘 타고 오르며 그 이름을 혈구絜鉤라 한다. 이 새가 나타나면 그 나라에 많은 역질이 돈다.

유유(峳峳)

又南五百里, 曰礧山.

南臨礧水, 東望湖澤.

有獸焉, 其狀如馬, 而羊目·四角·牛尾, 其音如猳狗, 其名曰峳峳, 見則其國多狡客.

有鳥焉, 其狀如鳧而鼠尾, 善登木, 其名曰絜鉤, 見則其國多疫.

혈구(絜鉤)

【碔山】王崇慶은 "碔, 音一眞反"이라 하여 '인산'으로 읽도록 하였으나 郝懿行은
"《玉篇》云:「碔, 音眞. 石山」蓋卽此. 郭注'一'·'反'二字, 疑衍"이라 하여 '진'
으로 읽어야 한다고 교정하였음.

【羊目】郝懿行은 "《藏經》本目作首"라 하여 '羊首'가
맞을 듯함.

유유(㺭㺭)

【㺭㺭】郭璞은 "㺭, 音攸"라 하였고 郝懿行은
"《說文》·《玉篇》無㺭字, 疑㺭當爲㹓. 古從屮之字或
從中, 中亦屮也, 〈海內經〉有䝏狗, 卽菌狗, 亦其例"
라 함. 곽박 《圖讚》에는 "治在得賢, 亡由夫人. 㺭㺭
之來, 乃致狡賓. 歸之冥應, 誰見其津?"이라 함.

【狡客】狡猾한 빈객. 사기꾼이 들끓음을 말함.

【絜鉤】郭璞《圖讚》에는 "獙獙如狐, 有翼不飛. 九尾虎爪, 號曰蠪蚳. 絜鉤似鳬,
見則民悲"라 함.

248(4-2-18) 동쪽으로 두 번째 경유하는 산들

무릇 동쪽으로 두 번째 경유하게 되는 산의 시작은 공상산空桑山으로부터 전산碙山에 이르기까지 모두 17개의 산이며 6천6백40리이다.

그 산의 신들 모습은 모두가 짐승의 몸에 사람의 얼굴을 하고 있으며 머리에 미록의 뿔을 꽂고 있다.

이들 신에게 제사를 올릴 때에는 닭 한 마리를 모물毛物로써 기도하며 벽옥璧玉 하나를 땅에 묻어준다.

凡東次二經之首, 自空桑之山至于碙山,
凡十七山, 六千六百四十里.
　其神狀皆獸身人面載觡.
　其祠, 毛用一雞祈, 嬰用一璧瘞.

수신인면(獸身人面)

【載觡】 '載'는 '戴'와 같음. '觡'(격)은 사슴(麋鹿)의 뿔. 郭璞은 "麋鹿屬角爲觡, 音格"이라 함.

4-3. 東次三經

〈碰山周邊〉明 蔣應鎬 圖本

249(4-3-1) 시호산尸胡山

다시 동쪽을 세 번째 경유하게 되는 산계의 시작은 시호산尸胡山이다.

이 산은 북쪽으로는 상산殊山을 바라보고 있으며 그 산 위에는 금과 옥이 많고 산 아래에는 가시나무가 많다.

그곳에 짐승이 있으니 그 형상은 마치 미록麋鹿과 같으나 물고기 눈을 가지고 있다. 그 이름을 완호獂胡라 하며, 그 울음은 자신의 이름을 부르는 소리를 낸다.

又東次三經之首, 曰尸胡之山.

北望殊山. 其上多金玉, 其下多棘.

有獸焉, 其狀如麋而魚目, 名曰獂胡,

其鳴自訆.

완호(獂胡)

【又東次三經之首】 '又'자는 연문. 袁珂는 "按: 汪紱本經文'東次三經'上無'又'字, 是也. '又'字實衍"이라 함.

【殊山】 郭璞은 "殊, 音詳"이라 하여 '상산'으로 읽음.

【棘】 酸棗樹.

【獂胡】 郭璞은 "獂, 音婉"이라 하여 '완호'로 읽음. 원음은 '원'. 곽박 《圖讚》에 "獂胡之狀, 似麋魚眼. 精精如牛, 以尾自辨. 鮯鮯所潛, 厥深無限"이라 함.

250(4-3-2) 기산岐山

다시 남쪽으로 물길 따라 8백 리에 기산岐山이 있다.
　그곳의 나무는 주로 복숭아나무와 오얏나무이며, 그곳의 짐승은 주로
호랑이이다.

又南水行八百里, 曰岐山.
其木多桃李, 其獸多虎.

【桃李】복숭아나무와 오얏나무. 오얏은 지금의 자두를 가리킴.

호(虎)

251(4-3-3) 제구산諸鉤山

다시 남쪽으로 물길 따라 5백 리에 제구산諸鉤山이 있다.
그곳에는 풀과 나무가 자라지 않으며 사석沙石이 많다.
이 산은 너비와 둘레가 백 리에 이르며 미어寐魚가 많다.

又南水行五百里, 曰諸鉤之山.
無草木, 多沙石.
是山也, 廣員百里, 多寐魚.

【寐魚】郭璞은 "卽鮇魚, 音味"라 하여 '미어'로 읽음. 본음은 '매.' 민물고기로써
곤들매기라 함. 그러나 郝懿行은 "鮇魚, 今未詳,《玉篇》云:「鮇, 音未. 魚名.」
與郭義合. 又有鮇字與鱴同, 非此也"라 함.

252(4-3-4) 중교산中交山

다시 남쪽으로 물길 따라 7백 리에 중교산中交山이 있다.
풀과 나무가 자라지 않으며 모래가 많다.

又南水行七百里, 曰中交之山.
無草木, 多沙.

253(4-3-5) 호야산胡射山

다시 남쪽으로 물길 따라 천 리를 가면 호야산胡射山이 있다.
풀과 나무가 자라지 않으며 사석沙石이 많다.

又南水行千里, 曰胡射之山.
無草木, 多沙石.

254(4-3-6) 맹자산孟子山

다시 남쪽으로 물길 따라 7백 리에 맹자산孟子山이 있다.

그 산의 나무는 주로 자수梓樹와 동수桐樹가 많고 복숭아나무와 오얏나무가 많다. 그곳의 풀은 주로 균포菌蒲가 많으며, 그곳의 짐승은 주로 미록麋鹿이 많다.

이 산은 너비와 둘레가 백 리가 되며 그 산 위에는 하나의 물줄기가 발원하며 이름을 벽양碧陽이라 한다. 그 물에는 전어鱣魚와 유어鮪魚가 많다.

又南水行七百里, 曰孟子之山.

其木多梓桐, 多桃李, 其草多菌蒲, 其獸多麋鹿.

是山也, 廣員百里, 其上有水出焉, 名曰碧陽, 其中多鱣鮪.

【孟子之山】畢沅〈校本〉에는 '孟于之山'이라 하였고 〈藏經本〉을 근거로 하였다 함.
【菌蒲】海藻類의 바다식물. 紫菜, 石花菜, 海帶, 海苔 등 김이나 미역류가 아닌가 함. 郭璞은 "未詳"이라 하였고, 汪紱은 "菌, 蕈也. 今之紫菜·石花·牛毛·海帶·海苔之類, 皆菌蒲屬也"라 함.
【鱣鮪】'鱣'은 鱘鰉魚. 즉 철갑상어의 일종. '鮪' 역시 鱘魚로 칼철갑상어라 함. 郭璞은 "鮪卽鱣也, 似鱣而長鼻, 體無鱗甲, 別名鮥(魚+餐), 一名鮥也"라 함.

255(4-3-7) 기종산跂踵山

다시 물길 따라 남쪽으로 5백 리에 유사流沙라는 곳이 있다. 그로부터
5백 리에 산이 있으니 이름을 기종산跂踵山이라 한다.

너비와 둘레가 2백 리이며 풀과 나무는 자라지
않고 큰 뱀이 있다. 그 산 위에는 옥이 많다.

그곳에서 물이 난다. 너비와 둘레가 십 리에
걸쳐 물이 솟아나며 그 이름을 심택深澤이라 한다.
그 물에는 휴구蠵龜가 많다.

휴구(蠵龜)

그곳에 물고기가 있으니 그 형상은 잉어와 같으며 다리가 여섯, 새의
꼬리를 하고 있다. 그 이름을 합합鮯鮯이라 하는 물고기이다. 그 우는
소리는 자신의 이름을 부르는 소리를 낸다.

又南水行五百里, 曰流沙, 行五百里, 有山焉, 曰跂踵之山.
廣員二百里, 無草木, 有大蛇, 其上多玉.
有水焉, 廣員四十里皆湧, 其名曰深澤,
其中多蠵龜.
有魚焉, 其狀如鯉, 而六足鳥尾, 名曰鮯
鮯之魚, 其名自叫.

합합어(鮯鮯魚)

【有水焉】郭璞은 "今河東聞喜玄有潠水, 源在地底, 潰沸涌出, 其深無限, 卽此
類也"라 함.

【蠵龜】큰 거북. 등껍질이 玳瑁와 같으며 문채가 있는 거북이라 함. 郭璞은 "蠵, 觜蠵, 大魚也, 甲有文彩. 似瑇瑁而薄"이라 함. 郭璞《圖讚》에 "水圓四十, 潛源溢沸. 靈龜爰處, 掉尾養氣. 莊生是感, 揮竿傲貴"라 함.

【鮯鮯】'합합'으로 읽음. 郭璞은 "鮯, 音蛤"이라 함. 곽박 《圖讚》에 "婇胡之狀, 似麋魚眼. 精精如牛, 以尾自辨. 鮯鮯所潛, 厥深無限"이라 함.

합합어(鮯鮯魚)

【其名自叫】'其鳴自叫'여야 함. 郝懿行은 "名,〈藏經本〉作鳴, 是"라 함. 汪紱本과 吳任臣本, 畢沅校注本에는 모두 '鳴'으로 되어 있음.

256(4-3-8) 무우산蹰隅山

다시 남쪽으로 물길 따라 9백 리에 무우산蹰隅山이 있다.

그 산 위에는 풀과 나무가 많으며 금과 옥도 많고 자토赭土가 많다.

그곳에 짐승이 있으니 그 형상은 마치 소와 같으며 말의 꼬리를 하고 있다. 이름을 정정精精이라 하며, 그 울음은 자신의 이름을 부르는 소리를 낸다.

又南水行九百里, 曰蹰隅之山.

其上多草木, 多金玉, 多赭.

有獸焉, 其狀如牛而馬尾, 名曰精精,

其鳴自叫.

정정(精精)

【蹰隅之山】蹰偶山. 郝懿行은 "《玉篇》·《廣韻》竝作蹰偶山"이라 함.

【赭】赭土. 붉은색의 흙.

【精精】郭璞 《圖讚》에 "婆胡之狀, 似欒魚眼. 精精如牛, 以尾自辨. 鮎鮎所潛, 厥深無限"이라 함.

257(4-3-9) 무고산無皐山

다시 남쪽으로 물길 따라 5백 리, 유사流沙를 건너 3백 리를 가면 무고산 無皐山에 이른다.

그 산은 남쪽으로 유해幼海를 바라보고, 동쪽으로는 부목榑木을 바라 보고 있다.

풀과 나무는 자라지 않으며 바람이 많다. 이 산은 너비와 둘레가 백 리이다.

又南水行五百里, 流沙三百里, 至于無皐之山.

南望幼海, 東望榑木.

無草木, 多風. 是山也, 廣員百里.

【幼海】郭璞은 "卽少海也. 《淮南子》曰:「東方大渚曰少海.」라 함.
【榑木】扶木, 扶桑木. 해가 뜨는 곳에 있다는 神樹. 〈海外東經〉 "湯谷"(561)에
"下有湯谷, 湯谷上有扶桑, 十日所浴, 在黑齒北, 居水中. 有大木, 九日居下枝,
一日居上枝"라 함.

258(4-3-10) 동쪽으로 세 번째 경유하게 되는 산들

　무릇 동쪽으로 세 번째 경유하게 되는 산계의 시작은 시호산尸胡山으로부터 무고산無皐山까지 모두 9개의 산이며 6천9백 리이다.

　그곳 산신들은 형상이 모두 사람의 몸에 양의 뿔을 하고 있다.

　그 신들에게 제사를 올릴 때에는 숫양 한 마리를 사용하며 쌀은 서미黍米를 사용한다.

　이 신들이 나타나면 바람과 비, 그리고 수재가 일어나 농사를 망치게 된다.

凡東次三經之首, 自尸胡之山至于無皐
之山. 凡九山. 六千九百里.
　其神狀皆人身而羊角.
　其祠, 用一牡羊, 米用黍.
　是神也, 見則風雨水爲敗.

인신양각(人身羊角)

【米用黍】袁珂는 "按: 經文米, 各本皆然, 唯畢沅校本作'糈', 極是, 應據改"라 하여 마땅히 '糈用黍'이어야 한다고 보았음.

【敗】홍수에 의해 농사를 망치고 가옥이 침수를 당하는 등 수재를 겪음.
　袁珂는 "按: 言人身羊角之神見, 則風雨水將敗害田禾也"라 함.

4-4. 東次四經

〈北號山附近〉明 蔣應鎬 圖本

259(4-4-1) 북호산北號山

동쪽으로 네 번째 경유하게 되는 산계의 시작은 북호산北號山이다.

이 산은 북해北海에 임해 있다.

그곳에 나무가 있으니 그 형상은 버드나무 같으나 붉은 꽃이 피며 그 열매는 대추와 같으나 씨가 없다. 그 맛은 시고 달다. 이를 먹으면 학질에 걸리지 않는다.

식수食水가 그 산에서 발원하여 동북쪽으로 흘러 바다로 들어간다.

그곳에 짐승이 있으니 그 형상은 마치 이리와 같으며 붉은 머리에 쥐의 눈을 가지고 있다. 그가 내는 소리는 마치 돼지 울음과 같으며 이름을 갈저獦狚라 한다. 이 짐승은 사람을 잡아먹는다.

갈저(獦狚)

그곳에 새가 있으니 그 형상은 마치 닭과 같으며 흰머리에 쥐의 발, 호랑이 발톱을 하고 있다. 그 이름을 기작𪁖雀이라 하며 역시 사람을 잡아먹는다.

又東次四經之首, 曰北號之山.

臨于北海.

有木焉, 其狀如楊, 赤華, 其實如棗而無核, 其味酸甘, 食之不瘧.

食水出焉, 而東北流注于海.

有獸焉, 其狀如狼, 赤首鼠目, 其音如豚, 名曰獦狙,
是食人.

有鳥焉, 其狀如雞而白首, 鼠足而虎爪, 其名曰䟂雀,
亦食人.

【又東次四經之首】汪紱本에는 '又'자가 없음.

【獦狙】갈단(獦狚)이어야 함. 郝懿行은 "經文獦狙當爲獦狚,《玉篇》·《廣韻》竝作
獦狚云:「狚, 丁旦切, 獸名.」可證今本之譌"라 함.

【䟂雀】郭璞은 "䟂, 音祈"라 하였고, 郝懿行은 "《楚辭》天問云:「䟂堆焉處?」
王逸注云:「䟂堆, 奇獸也.」柳子〈天對〉云:「䟂雀
在北號, 惟人是食.」則以'䟂堆'爲卽'䟂雀'之譌,
王逸注蓋失之"라 함. 곽박은 '獦狙'과 함께《圖讚》
에서 "獦狙狡獸, 䟂雀惡鳥. 或狼其體, 或虎其爪.
安用甲兵, 擾之以道"라 함.

기작(䟂雀)

260(4-4-2) 모산旄山

다시 남쪽으로 3백 리에 모산旄山이 있다.

풀과 나무가 자라지 않는다.

창체수蒼體水가 그 산에서 발원하여 서쪽으로 흘러 전수展水로 들어간다.

그 물에는 추어鱃魚가 많으며 그 형상은 마치 잉어와 같으나 머리가 크다.

이를 먹으면 사마귀가 나지 않는다.

又南三百里, 曰旄山.

無草木.

蒼體之水出焉, 而西流注于展水. 其中
多鱃魚, 其狀如鯉而大首. 食者不疣.

추어(鱃魚)

【鱃魚】鰌魚, 鰍魚와 같으며 미꾸라지. 郭璞은 "今蝦鰌字, 亦或作鱃. 音秋"라
하여 '추어'로 읽음.

【疣】피부에 나는 사마귀. 贅疣. 郝懿行은 "疣當爲肬"라 함. '疣'와 '肬'는 같은
뜻이며 같음 음의 이체자.

261(4-4-3) 동시산東始山

다시 남쪽으로 3백20리에 동시산東始山이 있다.

산 위에는 창옥蒼玉이 많다.

나무가 있으니 그 형상은 마치 버드나무와 같으나 붉은 결이 있으며 그 즙은 피와 같다. 열매가 맺히지 않으며 그 이름을 기芑라 한다. 그 즙을 말에게 바르면 말을 잘 길들일 수 있다.

자수泚水가 그 산에서 발원하여 동북쪽으로 흘러 바다로 들어간다. 그 물에는 아름다운 조개가 많다. 자어茈魚가 많은데 그 형상은 붕어 같으며 하나의 머리에 열 개의 몸이 붙어 있다. 그 냄새는 미무蘪蕪풀의 냄새와 같다. 이를 먹으면 방귀를 뀌지 않게 된다.

又南三百二十里, 曰東始之山.

上多蒼玉.

有木焉, 其狀如楊而赤理, 其汁如血, 不實, 其名曰芑,
可以服馬.

泚水出焉, 而東北流注于海, 其中多美貝, 多茈魚, 其狀
如鮒. 一首而十身, 其臭如蘪蕪, 食之不糞.

【芑】郭璞은 "音起"라 하였고, 郝懿行은 "李善注〈西京賦〉引此經作'杞',
云:「杞如楊, 赤理.」是知杞假借作芑也, 經內多此例"라 함. 판본에 구분 없이

'芑', '芑'를 함께 쓰고 있음. 곽박《圖讚》에는 "馬維剛駿, 塗之芑汁. 不勞孫陽, 自然閑習. 厥術無方, 理有潛執"이라 함.

【可以服馬】말을 馴致하여 잘 다룰 수 있도록 함. 郭璞은 "以汁塗之, 則馬調良"이라 함.

【𩽾魚】자줏빛이 나는 물고기. 袁珂는 "按: 何羅魚亦一首十身, 見上文〈北山經〉譙明山(129)"이라 함. 곽박《圖讚》에는 "有魚十身, 孋蕪其臭. 食之和體, 氣不下溜. 薄之躍淵, 是爲災候"라 함.

【糟】'屁'의 가차자. 방귀 냄새. 항문으로 배출되는 臭氣. 畢沅은 "《廣韻》云: 「糟同屁, 下氣泄也. 匹寐切.」"이라 함. '不糟'에 대해 郭璞은 "孚謂反. 止失氣也"라 함.

262(4-4-4) 여증산女烝山

다시 동남쪽으로 3백 리에 여증산女烝山이 있다.

그 산 위에는 풀이나 나무가 없다.

석고수石膏水가 그 산에서 발원하여 서쪽으로 흘러 격수鬲水로 들어간다.
그 물에는 박어薄魚가 많으며 그의 형상은 마치 전어鱣魚와 같으나 눈이
하나이다. 그 물고기가 내는 소리는 마치 구歐와 같다. 이것이 나타나면
천하에 큰 가뭄이 든다.

又東南三百里, 曰女烝之山.

其上無草木.

石膏水出焉, 而西流注于鬲水, 其中多
薄魚, 其狀如鱣魚而一目, 其音如歐, 見則
天下大旱.

박어(薄魚)

【薄魚】메기의 일종. 입이 크고 수염이 있으며 앞 지느러미가 날개처럼 크고
눈이 하나임. 곽박《圖讚》에 "有魚十身, 蘪蕪其臭. 食之和體, 氣不下溜.
薄之躍淵, 是爲災候"라 함.
【鱣魚】郭璞은 "鱣魚, 大魚也. 口在頷下, 體有連甲也. 或作鮎鯉"라 함. 지금
중국 江南지역에서는 黃魚라 부름.
【如歐】'歐'는 '嘔'와 같음. 嘔吐. 郭璞은 "如人嘔吐聲也"라 함.

263(4-4-5) 흠산欽山

다시 동남쪽으로 2백 리에 흠산欽山이 있다.

금이 많고 돌은 없다.

사수師水가 그 산에서 발원하여 북쪽으로 흘러 고택皐澤으로 들어간다.
그 물에는 추어鰌魚가 많고 무늬 나는 조개가 많다.

그 산에 짐승이 있으니 그 형상은 마치 돼지와 같으며 어금니가 있다.
그 이름을 당강當康이라 하며, 그 울음소리는 자신의 이름을 부르는 소리를
낸다. 그 짐승이 나타나면 천하에 풍년이 든다.

又東南二百里, 曰欽山.

多金而無石.

師水出焉, 而北流注于皐澤, 其中多

鰌魚, 多文貝.

당강(當康)

有獸焉, 其狀如豚而有牙, 其名曰當康, 其鳴自叫, 見則
天下大穰.

【鰌魚】鰌魚, 鰍魚와 같으며 미꾸라지. 郭璞은 "今蝦鰌字, 亦或作鰷. 音秋"라
하여 '추어'로 읽음.

【當康~天下大穰】郝懿行은 "當康大穰, 聲轉義近. 蓋歲將豊稔, 玆獸先出以鳴瑞,
故特記之"라 함. '大穰'은 크게 풍년을 이룸. 오곡이 풍성한 결실을 맺어

큰 수확함을 뜻함. 곽박 《圖讚》에 "當康如豚, 見則歲穰. 鱐魚鳥翼, 飛乃流光. 同出殊應, 或災或祥"이라 함.

【文貝】무늬가 있는 조개. 貝는 일종의 甲殼類. 올챙이처럼 생겼으나 머리와 꼬리만 있다 함. 郭璞은 "貝, 甲蟲, 肉如科斗, 但有頭尾耳"라 함.

264(4-4-6) 자동산子桐山

다시 동남쪽으로 2백 리에 자동산子桐山이 있다.

자동수子桐山가 그 산에서 발원하여 서쪽으로 흘러 여여餘如라는 못으로 들어간다. 그 물에는 활어鰣魚가 많으며 그 형상은 물고기와 같으나 새의 날개를 가지고 있다. 그가 출입할 때면 빛이 나며 그가 내는 소리는 원앙鴛鴦새 울음소리와 같다. 그가 나타나면 천하에 큰 가뭄이 든다.

又東南二百里, 曰子桐之山.

子桐之山出焉, 而西流注于餘如之澤.

其中多鰣魚, 其狀如魚而鳥翼, 出入有光,

其音如鴛鴦. 見則天下大旱.

활어(鰣魚)

【鰣魚】'활어'로 읽음. '鰣'의 본음은 '할.' 郭璞은 "鰣, 音滑"이라 하였고, 袁珂는 "按: 鰣魚已見上文〈西次三經〉樂游之山桃水(090), 形與此異"라 함. 곽박《圖讚》에 "當康如豚, 見則歲穰. 鰣魚鳥翼, 飛乃流光. 同出殊應, 或災或祥"이라 함.

활어(鰣魚)

265(4-4-7) 섬산刻山

다시 동북쪽으로 2백 리에 섬산刻山이 있다.

금과 옥이 많다.

그곳에 짐승이 있으니 그 형상은 마치 돼지와 같으나 사람의 얼굴을 하고 있으며 몸 색깔이 노랗고 붉은 꼬리를 가지고 있다. 이름을 합유合窳라 하며 그가 내는 소리는 어린아이 우는 소리와 같다.

이 짐승은 사람을 잡아먹으며 역시 곤충이나 뱀도 잡아먹는다. 이것이 나타나면 천하에 큰 물난리가 난다.

又東北二百里, 曰刻山.

多金玉.

有獸焉, 其狀如彘而人面, 黃身而赤尾, 其名曰合窳, 其音如嬰兒.

是獸也, 食人, 亦食蟲蛇. 見則天下大水.

합유(合窳)

【合窳】郭璞은 "窳, 音臾"라 함. 곽박 《圖讚》에 "豬身人面, 號曰合窳. 厥性貪殘, 物爲不咀. 至陰之精, 見則水雨"라 함.

266(4-4-8) 태산太山

다시 동쪽으로 2백 리에 태산太山이 있다.

그 산 위에는 금과 옥, 그리고 정목槙木이 많다.

그곳에 짐승이 있으니 그 형상은 마치 소와 같으며 흰머리에 눈이 하나, 두 개의 뱀 꼬리를 가지고 있다. 그 이름을 비蜚라 하며 그가 지나가는 곳에서는 모든 물이 말라 없어지고 풀에 닿으면 풀이 죽어버린다. 이 짐승이 나타나면 천하에 큰 역질이 돈다.

구수鉤水가 그 산에서 발원하여 북쪽으로 흘러 노수勞水로 들어간다. 그 물에는 추어鱃魚가 많다.

又東二百里, 曰太山.

上多金玉·槙木.

有獸焉, 其狀如牛而白首, 一目二蛇尾, 其名曰蜚, 行水則竭, 行草則死. 見則天下大疫.

鉤水出焉, 而北流注于勞水, 其中多鱃魚.

비(蜚)

【槙木】女貞樹(女槙樹)라고도 하며 常綠喬木. 사철나무. 郭璞은 "女槙也, 葉冬不凋"라 함. 袁珂는 "按:《說文解字》(6)云:「槙, 剛木也, 從木貞聲. 上郡

有楨林縣.」郭注或本此"라 함.

【蜚】郭璞은 "音如翡翠之翡"라 함.《圖讚》에 "蜚則災獸, 跂踵厲深. 會所經涉,
　竭水槁林. 禀氣自然, 體此殃淫"이라 함.

【大疫】郭璞은 "焉體含災氣也"라 함.

【鰼魚】'鰼', '鰌', '鰍'는 모두 같은 뜻의 같은 음. 미꾸라지.

비(蜚)

267(4-4-9) 동쪽으로 네 번째 경유하게 되는 산들

무릇 동쪽으로 경유하는 네 번째 산계의 시작은 북호산北號山으로부터 태산太山에 이르기까지 모두 8개의 산이며 1천7백20리이다.

凡東次四經之首, 自北號之山至于太山, 凡八山, 一千七百二十里.

【一千七百二十里】袁珂는 "按: 畢沅本經文'里'字作三, 有注云: 「此下當脫 '里'字.」 則一本當爲'一千七百二十三里'也. 又此經不言神狀及祠物, 疑文有 闕脫"이라 함.

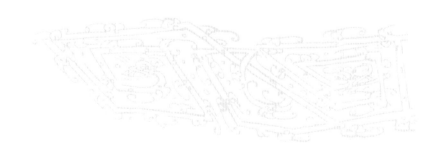

268(4·4·10) 동쪽 경유의 산에 대한 기록

이상 동쪽 경유의 산에 대한 기록이며 모두 46개 산에 1만 8천8백 60리이다.

右東經山志, 凡四十六山, 萬八千八百六十里.

임동석(苗浦 林東錫)

慶北 榮州 上苗에서 출생. 忠北 丹陽 德尙골에서 성장. 丹陽初中 졸업. 京東高 서울
敎大 國際大 建國大 대학원 졸업. 雨田 辛鎬烈 선생에게 漢學 배움. 臺灣 國立臺灣師範
大學 國文硏究所(大學院) 博士班 졸업. 中華民國 國家文學博士(1983). 建國大學校
敎授. 文科大學長 역임. 成均館大 延世大 高麗大 外國語大 서울대 등 大學院 강의.
韓國中國言語學會 中國語文學硏究會 韓國中語中文學會 會長 역임. 저서에《朝鮮
譯學考》(中文)《中國學術槪論》《中韓對比語文論》. 편역서에《수레를 밀기 위해 내린
사람들》《栗谷先生詩文選》. 역서에《漢語音韻學講義》《廣開土王碑硏究》《東北
民族源流》《龍鳳文化源流》《論語心得》〈漢語雙聲疊韻硏究〉 등 학술 논문 50여 편.

임동석중국사상100

산해경 山海經

干晉, 郭璞 註/淸, 郝懿行 箋疏/袁珂 校註 / 林東錫 譯註
1판 1쇄 발행/2011년 12월 12일
2쇄 발행/2018년 1월 10일
발행인 고정일
발행처 동서문화사
창업 1956. 12. 12. 등록 16-3799
서울중구다산로12길6(신당동,4층) ☎546-0331~5 (FAX)545-0331
www.dongsuhbook.com
잘못 만들어진 책은 바꾸어 드립니다.

＊

＊
사업자등록번호 211-87-75330
ISBN 978-89-497-0698-6 04080
ISBN 978-89-497-0542-2 (세트)